跨度传记文库

KUADU ZHUANJI WENKU

跨度
传记文库

虞姬传

文星传◎著

中国文史出版社
CHINA CULTURAL AND HISTORICAL PRESS

图书在版编目(CIP)数据

虞姬传 / 文兴传著. — 北京：中国文史出版社，2018.5
ISBN 978 - 7 - 5205 - 0213 - 9

Ⅰ. ①虞… Ⅱ. ①文… Ⅲ. ①传记文学 - 中国 - 当代
Ⅳ. ①I25

中国版本图书馆 CIP 数据核字(2018)第 066731 号

责任编辑：卢祥秋　薛未未

出版发行：**中国文史出版社**
社　　址：北京市西城区太平桥大街 23 号　邮编：100811
电　　话：010 - 66173572　66168268　66192736（发行部）
传　　真：010 - 66192703
印　　装：廊坊市海涛印刷有限公司
经　　销：全国新华书店
开　　本：720 × 1020　1/16
印　　张：14.5　　　　字数：209 千字
版　　次：2018 年 5 月第 1 版
印　　次：2018 年 5 月第 1 次印刷
定　　价：42.00 元

目　录

一曲楚歌动地来（序）

楚歌是汉代的主流文学形式之一。楚歌独特的历史和文学性决定了它在中国文学史上的地位。《史记》作为司马迁的绝唱，受到了楚歌的重大影响，其所展示的生命、生命价值和生命精神与楚歌所展示的生命、生命价值和生命精神完全一致，它们共同构建了汉初文学。我们知道，正是因为有了楚歌，《史记》才成了"无韵之离骚"；正是因为有了楚歌，一部《史记》才如此荡气回肠。我总在想司马迁那壮怀激烈的情怀，那无所畏惧的精神，会不会是受了项羽和《垓下歌》所代表的艺术形象感染。

项羽，是中国历史上唯一一个为苍生而放弃天下的人，也是唯一一个在战场打仗还将自己女人搂在怀里的武将，其浪漫气质亦空前绝后。他一生轰轰烈烈、气势恢宏，最后竟选择了自杀，并不是他没有最后的反击之力，也不是他不留恋美好的人间，只是他始终追求着那种人格的尊严，他以死成志。项羽失去了江山，却赢回了自己，他的肉体毁灭了，但却以独特的方式完成了伟岸人格的塑造，令人震撼，发人深省。

而项羽的女人——虞姬，更具传奇色彩。楚汉争霸的硝烟已散去两千多年，虞姬的动人传说却是经久不衰，"霸王别姬"的经典篇章更是被后人一次次翻新、传唱，广为流传。

虞姬的一生，是被历史赋予了令人神思遐想的传奇魅力的一生；虞姬的一生，是女性敢爱敢恨，生而为爱的一生。

1

项羽，这位"力拔山兮气盖世"的英雄，面对四面楚歌，他不求天，不求地，甚至不像楚人先民那样求助于神鬼，却只是对着自己心爱的女人发出"虞兮虞兮奈若何"的仰天长吟。这位叱咤风云的英雄，此刻儿女情长、英雄气短的哀叹，是那样地刺痛我们，引起我们内心的共鸣，让我们痛彻心扉。

而跟随项羽南征北战的绝代佳人虞姬，一个柔弱的女子，却怆然以歌和之：

> 汉兵已略地，
> 四方楚歌声；
> 大王意气尽，
> 贱妾何聊生。

歌罢竟拔剑自刎，以断项羽后顾之情。虞姬的死虽没有改变项羽命归乌江的结局，但虞姬大义凛然、视死如归、忠于爱情的义举，使她成为值得称颂的英烈女子。当我们翻开《史记》，当我们翻看先人祭奠虞姬的诗篇，两千多年前金戈铁马的惊心动魄和"霸王别姬"的委婉凄美，无不恍若眼前。

两千多年来，历朝历代，无数的文人墨客被虞姬的形象打动，他们吟诗作赋，抒发情怀，来祭奠这位奇女子，来抒发自己内心的英雄气概与儿女情长。那样的诗不胜枚举，似乎比赞美任何女子的都多。在这浩如烟海的诗歌中，我最爱这两首。一首是清朝诗人何浦的《虞美人》：

> 遗恨江东应未消，
> 芳魂零乱任风飘。
> 八千子弟同归汉，
> 不负君恩是楚腰。

这首诗将一弱女子与那八千雄壮的男儿做比较，更加凸显了虞姬的忠贞与悲壮。另一首我喜欢的是一首七律《虞姬》：

虞家有女过江东，玉洁冰清气若虹。
不羡嫦娥奔皓月，偏随竖子傲长空。
青萍三尺为君舞，珠泪一帘因尔笼。
勿叹势如墙上草，妾魂化剑斩奸雄。

这首诗我尤喜"偏随竖子傲长空"这一句，即便那项羽是一竖子，即便那项羽鸿门宴上放走刘邦，即便那项羽掌控了天下大势后，依然依约列土封侯，导致最后饮剑乌江，虞姬依然爱他。在虞姬眼中，他是她的大英雄！虞姬其实是最懂得项羽的，同为贵族出身的他们早已心心相印，她知道他有不可放弃的人格尊严，他有着契约精神，他有着不会低下的高贵头颅。只有虞姬这样的女子，才不以胜败论英雄，才愿随一失败的竖子而去。这首诗真正写出了虞姬的精神，表现了虞姬艺术形象的精神内涵。

后人们总是把虞姬与美连接在一起，虞姬的名字已经成为美的象征，这不仅仅是外在的美，更是精神层面的美。虞姬的形象也跟着进入了艺术的殿堂，成为中国文学、戏剧、电影的创作题材。京剧大师梅兰芳先生的京剧《霸王别姬》更是家喻户晓，使虞姬成为京剧的艺术经典。

大江东去，浪淘尽，千古风流人物。楚汉之争的硝烟早已不见了踪影，沧海桑田，江东或早已非当年模样，那田宅小河或已不复存在。然而霸王别姬的凄美绝伦还余音绕梁，还在江东，还在中国人的文化记忆与传承里。虞姬，她刚毅、忠贞和传奇的一生，深深为世人所铭记。

虞姬，这便是虞姬。十面埋伏，四面楚歌，虞美人已看到了项羽最后的结局。死算什么？面对死亡，我可以笑着、跳着、扭着、显摆着给你看，面对死亡，我不愿独生，我不愿后死，这便是妖艳的虞姬。死算什么？我可以先死给你看，死给我的英雄看，死给我的情人看，这便是美人虞姬！这绝对是天下第一浪漫和凄美的死法，为英雄！为所爱！为性情！

项羽，那个被唤作楚霸王的项羽，当然的大英雄。或许是虞姬的死启示了他，或许是虞姬的浪漫感染了他，当他看见自己过去的旧将吕马童时，笑从心中来，他笑着对马童说：你不是我过去的老朋友吗？我听说汉王悬赏千金购我人头，并赏万户封地，来来来，来来来，我便成全你吧，语罢挥剑自刎而死。这是何等的蔑视，又是何等的悲壮！他自杀了。死算什么？死给敌人看，死给朋友看，死给天下人看，死给后世子孙看。这便是项羽。

我想说天下英雄与美人的故事，有哪个比它更精彩？有哪个比它更令人荡气回肠？英雄项羽，美人虞姬，一个遗恨于乌江故渡，一个落寞于田间荒冢。曾经的楚河汉界，曾经的田园小河，曾经的硝烟弥漫，都在世事的起落中泯灭，唯有这段英雄美人的故事仍在传唱，在文学里，在戏剧里，在电影里，在我今天的小说里。

试想一下，两千年前的那个日子，他在仰天高唱楚歌，寻找死亡前生命最后的支撑，"力拔山兮气盖世，时不利兮骓不逝，骓不逝兮可奈何，虞兮虞兮奈若何"。她再以楚歌和之，与其说是在表达爱的忠贞，不如说是在给他生命最后的安慰与力量，"汉兵已略地，四方楚歌声；大王意气尽，贱妾何聊生"。

这便是英雄项羽与美人虞姬。为这样的英雄美人，我愿悲歌！我愿楚歌长存！

真的很庆幸，我们有一部《史记》；真的很庆幸，我们有霸王与虞姬，这是我们民族血性的证明，这是我们所有浪漫的根基。我庆幸，我们的先人有着最为高贵的贵族的精神；我庆幸，我们民族的女性，亦是为爱而生，亦可为爱而死！

我不知道这个世界上有什么比爱更高贵！

第一章　小溪浣纱，郎骑竹马天边来

一

虞姬那时虽豆蔻年华，却已晓男女之事，哪里经得男人这般似火目光，她羞得脸都烫了，头勾得低低的。她还以为是自己衣衫不整，露了那不该露的地方，便慌慌张张拉了下衣领，又将那双浸在水中白皙的小脚拼命地往回缩。

只那目光依然肆无忌惮，直直的，一眨不眨，让她的肌肤灼热，甚至出汗，如烈日的炙烤一般，仿佛穿透了她的衣裳，穿透了她的躯壳，直直地照见了她怀里那怦怦跳动的心。

虞姬初感觉到那目光时，她往那边瞟了一眼，并没有看见人，怪了，莫非真是日光？她听爹爹说过，华夏之内，唯太昊伏羲有这般目光，那是华夏的天皇，是华夏太阳神啊，自然目光如炬。虞姬能感觉到那炯炯目光来自旁边小石桥，那是座极小的桥，红石砌的，长不过几丈，高不过两人。村里人农闲时玩透索（跳绳），一根绳子便从这头牵到了那头，所以便将这桥唤作一绳桥。清晨的朝阳将那人影投将到水面上，虞姬鼓起勇气微微抬起眼皮，斜斜望去，她窥见了那随着波光晃动的影子，她甚至看见了那布满青苔的桥墩。那桥墩不高，绿色青苔之间

1

露着红色石头。一些在水中漂流的水草，被桥墩挂住，像绿色的带子一般，在水面上摇曳，被拉得好长好长。虞姬不敢再往上看了。她猜得出这目光绝不是来自他们村子的人，虽然村子里的人都说她漂亮，村子里那些男人似乎也都愿意多看她几眼。可村子里任何男人，哪怕再野性，再无所顾忌，也发不出这般灼热的目光。这哪里是人的目光，分明是一道烈焰，能穿透人体，能穿透她心的烈焰。虞姬几乎忘了洗衣，她一动不动，等着那目光离开，等着那水中倒影消失。

那目光仿佛执意要与虞姬作对，并无离开的意思，水面的影子依然在水中晃动，波光粼粼。眼看太阳升高，阳光倒映于水面，分外闪亮，那泛起的浪花亦是金光闪闪。河边的知了也开始鸣叫了，一阵一阵，还有风从树梢飞过的声音，亦是一阵一阵。

虞姬心里怦怦直跳，她愈想让自己平静，愈是平静不得。她胡乱捣了几下洗衣石上的衣服，那捣衣的棒槌却没捣在衣服上，倒是将衣服下面的石块捣得咔咔直响。那衣服里裹着的草木灰也被捣得散在水里，像水墨一般浸染开来，让她脚下的水变了颜色。

于是那石桥上便传来一阵笑声，那个影子道："这妹子，如何便将那草灰捣了去，没了草灰衣服又如何洗得干净？天下无有这般洗衣的！"

虞姬这才不由自主地朝那石桥望去，这不看不知道，一看着实吓了一跳。那是怎样的一个男子啊。那男子看来方及弱冠，虽青春年少，却十分的身高马大，肩宽腰细，玉树临风般立在桥面上，那桥上的石栏在他旁边仿佛矮了许多。那少年身着交领长衫，窄袖长手，上衣下裳皆为白色，头上的巾子亦为白色。好一个翩翩少年郎，如此挺拔伟岸！虞姬心中一颤，倒是愈发羞涩了，赶紧将那头颅又勾下，居然不敢再抬起，不敢去看那双闪光的眼睛。

那少年又笑道："妹子，不如小生来帮帮妹子，要不了三下两下，便将那衣物洗干净了，俺有的是力气呢。"

虞姬听了这话，赶紧仰起头道："哥哥休要哂笑，奴家自己洗来便是，几件薄衣短裳，哪里便需要人家帮忙。"这回虞姬看清了那双眼，那是一双让人震撼的眼睛，眉毛浓重，却也显得清秀俊俏，眼窝深陷，却更是目光炯炯。那目光可以迷人眼，乱人心，那瞳孔亦是非凡人所有，若不细看时，便如重瞳一般。好一个怪人！明明是头次见到这般眼眸，虞姬心中却有一种别样的感觉，好熟悉的感觉，分明早便见过的感觉，是何处？是梦里，是前生，还是在她此生曾经过的某个地方？

虞姬想起了爹爹给她讲的舜的故事，舜便是重瞳。爹爹还说重瞳能看到常人看不到的神鬼，并有能力使用幻术咒语，游走于阴阳两界，这种人魂魄不散的。虞姬这里惊讶慌张不已，那边却又说话了："哈哈哈，我看妹子细皮嫩肉，天生丽质，必是生在那钟鸣鼎食之家，岂是河边洗衣浣纱之人。"

此话让虞姬心中愈加慌乱，差点儿又将棒槌捣到水里了，心想天下哪有这等泼皮无赖，硬是盯着人家的皮肉看。

虞姬正慌乱之际，那边的田野上传来了一阵歌声，乃那田中农夫们所吟。歌声随风从小河的上游传过来，这旋律温情甜美，似赞歌一般，带着对故乡田野的挚爱与礼赞，带着浓浓的乡情。这是在楚国大地流传甚广的《鸡鸣歌》。虞姬的乡人无有不会唱的。每日清晨，天蒙蒙亮，那些农夫便荷锄下田，在晨曦里，在晓风中，在流水陪伴下，他们唱着这首《鸡鸣歌》，开始了一天的劳作。农夫们劳作间隙，倚树休息时也爱唱这首《鸡鸣歌》，那歌声与他们生生不息的劳作一样渗透在他们生活的每个细节里。虞姬也喜欢这首歌，这是她学会的第一支歌，是伴她长大的歌，是她爹娘和族人们日日唱着的歌。那歌是这样的：

> 东方欲明星烂烂，汝南晨鸡登坛唤。
> 曲终漏尽严具陈，月没星稀天下旦。
> 千门万户递鱼钥，宫中城上飞乌鹊。

歌声让虞姬的心平静了许多，她按捺住慌乱，道："哥哥又取笑了，奴家不过颜集一山野村姑，生在山野间里，草民身世，富贵尚不敢奢求，何谈钟鸣鼎食。"

"哈哈哈，妹子此言差矣，那生在钟鸣鼎食之家的也不过是爷娘的庇护，富虽是富，只那贵字断是生不来的，未可称贵。"

虞姬奇怪，随口便问："那请问哥哥，富而不贵，何为贵？"

又是一阵笑声，那少年更是不走了，他抱起双肩，道："以我看来，那贵字着实难得，不可以钱财家世而论。唯大丈夫能称得上贵者，大丈夫必是胸怀天下，有仁有义，敢作敢为，知廉耻懂礼仪，言而有信，坦坦荡荡。正所谓，'居天下之广居，立天下之正位，行天下之大道。得志，与民由之，不得志，独行其道。富贵不能淫，贫贱不能移，威武不能屈，此之谓大丈夫'。天下唯此等大丈夫能称得一个贵字。"

虞姬没想到只随口一问，便招来那少年洋洋洒洒一通高论。她不想与一个陌生少年多言，便微微一笑，自去将那棒槌在衣服上捶打。

那少年见虞姬不再言语，颇为得意，又道："那妹子，汝以为哥哥所言如何？"

虞姬虽未曾拜师出学，但其父便一读书之人，耳濡目染，也颇识得些文墨音律，那先贤们的话自然也晓得一二，听少年这般说道，便笑了，撇嘴道："原以为哥哥如此伟岸之人，张嘴必有高论，哪承想也未见甚的奇处。奴家一介村姑，四岁便闻那富贵不能淫，贫贱不能移，威武不能屈，五岁便诵仁义礼智信。哥哥啰唆了。"

虞姬的话让那少年愣在石桥上，半晌不得言语。虞姬便去捶那浸在水中的衣服，且吃吃笑。清脆的笑声与棒槌溅起的水花欢快地飞到虞姬的脸上，让虞姬刚才的紧张全然消失了，心情也愉悦起来。

那少年许久才又道："妹子休要这般说话，言之凿凿岂若行之切切。休要小看了哥哥，试看明朝，我鸿鹄高飞，声震天下时，须教汝晓得我今日之言绝无相欺。"

虞姬又笑了，低声道："哥哥站稳了，休要从那石桥上跌了下来，湿了白白净净衣衫须不是好玩儿的。"

"……哼，我说不过妹子，只待看来日便是。妹子花容月貌，倾城

4

倾国，大丈夫必迎娶之！"

虞姬被那少年这般说道，立时便面红耳赤起来，嗔道："无礼，怎的便这般聒噪。"

"妹子，汝相信我，我必给汝一个钟鸣鼎食之家。"

虞姬担心耽搁时间长，返家晚了娘要数落，便不再搭腔。眼看那衣物也浆洗得差不多了，于是她将石块上的衣物一一装进竹篓里，起身离去。

二

虞姬身后是一大片青草地，正是草长莺飞的季节，芳草萋萋，几乎能盖住人的膝盖。草丛中一条隐约的小路，是村里人早晚来这河边踩出的，这小路便蜿蜒在草丛中。眼前小河亦是蜿蜒在草丛中，几乎被野草遮盖，外人多有不知，可村里的男人和女人都爱在这河里洗漱，因这河在村子的后面，所以村里人把它唤作后河。

黄昏是这条小河最热闹的时候，尤其是在夏日，劳作一天的人们必是要浸泡在这水中，冲洗一天的疲劳与汗水的。月光下，一个个脱得赤条条的，白花花在河水里嬉戏、冲洗。约定俗成，女人在河的上游，男人在河的下游。那笑声、嬉戏声相闻，却被荒草隔着，谁也看不见谁，再顽劣的后生也绝不会坏这规矩。那时的汉人最能歌善舞，每逢节气，洗漱完毕的人们并不回家，定是要在月亮底下燃起一堆篝火，大家围着篝火踏歌，往往到黎明将至。虞姬很小便在篝火旁学会那《鸡鸣歌》，她随着爹娘唱，随着大家唱，便唱会了。

清晨亦是村子热闹的时候，河沿上总有一些女人蹲着，就着河边那一方方石块洗涤衣物。她们将要洗的衣物摊在石块上，再将准备好的草木灰裹在衣物里，待衣物浸上水，手持一根洗衣棒一遍遍敲打，倒也将那衣物洗得干干净净。女人们话多，洗衣时便张家长李家短的一片笑声。待太阳从东边升起时，这些女人方各自回家，为一家人准备午炊去了。原本常来河边洗涤衣物的是虞姬娘，只因年前娘才给虞姬生了个小弟弟，这些日子脱不得身，洗衣的事便落在虞姬身上。虞姬是个有些心高又不爱热闹的女子，往往待别人在那小路上陆续回家时，才独自背着竹篓来到河边。

她哪承想到今日会遇见这样一个重瞳后生，她低着头慌慌张张、匆匆忙忙地往村里走着。正行走间，眼前小路的地面上便现出一个巨大的影子，一动不动，阳光将那影子投射得变了形，虽是黑黑的一大片，但肯定是个人影，变了形的人影。那影子拉得很长，头很小，那双臂是抱着的，两条腿又粗又大。真是好大一个人！好大一个后生！虞姬并不抬头，她知道是谁，她知道他要干啥。

虞姬掉转方向，朝另一边走，那影子亦是跟着朝另一个方向移动。虞姬又换了个方向，那影子亦跟着换了方向。被逼无奈，虞姬终是抬起头，果然是方才在桥头与她搭讪的重瞳后生，他正笑嘻嘻地站在她面前。尽管在河边虞姬已经瞄过了他一眼，晓得这后生甚是伟岸，可当这后生实实在在立于眼前时，虞姬还是暗暗吃了一惊。她从未见过如此伟岸的男子。只见他身高八尺有余，肩宽手大，尤其那手上关节，皆如那竹竿的节一般凸出。那一身白色衣裳仿佛根本裹不住他，手臂长长地伸在外，小腿也长长地伸在外，如稻田里的稻草人一般。

虞姬忍不住扑哧一笑。

那后生见虞姬望着他发笑，有些莫名其妙，看了看自己，便道："妹妹如何发笑，是笑小生吗？"

"……"虞姬不愿与那后生搭腔，只是捂着嘴欲寻路离开。

那后生伸开双臂，像一只展开翅膀的大鹰一样拦住了虞姬，道："妹妹若不说为何，我便不让道。"

虞姬道："不让道？大哥知道那卧在道上拦人的为何物吗？"

后生先是一愣，片刻便明白了虞姬的意思，他并不恼怒，反而哈哈大笑起来，道："妹妹如此倾国倾城的美貌，手如柔荑，肤如凝脂，必出自殷富有教养人家，如何也出言不逊？"

"大哥也看似厚道之人，该是知书达理的君子才对，如何便光天化日之下戏弄俺良家女子？"

"哈哈，此言差矣！我与妹妹各走各的道，不过途中相逢而已，如何便道我戏弄了妹妹？"

虞姬指着那后生伸展的手臂道："天下有这般行路的，那翅膀还张着？为鸡状，为鸭状？真不知大哥意欲何为！"

"……"

"……若无歹意，大哥闪开便是。这日头已升高，奴家尚有许多事要做，须早早返家呢。"

"既然妹妹如此说道，俺闪开便是，只方才妹妹那一笑，必是有缘故，欲闻其详，还请妹妹不吝赐教。"

虞姬这才笑着问："大哥可是四处漂泊的无根草？"

那后生摇了摇头。

"大哥可是生在那缺衣短食之家？"

那后生又摇了摇头。

"或为盗乎？昨夜必是行了窃？"

那后生的脸即刻便红了起来，头晃得分外激烈，如风吹芦花一般，高声道："岂可！岂可！妹妹若是这般说道，便辱没小生了！"

"如何便辱没了大哥？当今世事艰辛，民不聊生，皆道秦王朝苛政猛于虎。多有铤而走险者，或高举义旗反秦，或杀人越货为盗，其十有八九为生计所迫。依奴家看，未必皆是可恶之人。"

那后生愈加焦急，道："此言差矣，此言差矣！好男儿伟丈夫，必不行那鸡鸣狗盗卑贱之事。我若铤而走险时，必取彼暴秦而代之，何屑为盗。古人云贫贱不能移，威武不能屈，盗泉之水尚不饮，何谈一盗字？小生便是饿死亦不做那为盗的勾当。"

虞姬见那后生窘态毕露，倒是愈加开心了，故意道："以奴家观之，大哥未必便出自那诗书礼仪之家、钟鸣鼎食之族，心中如何恁多高贵。"

7

"妹妹有所不知，在下名籍，小生虽不才，家门倒也荣耀，世为楚将，封于项，故姓项氏。先人项燕有功于楚，楚国无人不知，无人不晓。祖宗荣耀在上，如日月行天，后生当自有约束，岂可为盗？岂肯行那下贱之事，做出那辱没先人的勾当。"

虞姬闻听此言，心中一颤，她自是晓得项燕的大名，大人们每每抱怨秦皇无道时，必要提起自己的楚国，追怀无限，亦是要提到楚国那抗秦的名将项燕。尝有人道："若项燕不死，楚国岂能亡于暴秦。"那项燕在虞姬心中早便成了偶像，她想不到能在这里碰见那项燕的后人，心中顿生出几分敬重。只此道听途说之语又如何信得，她心中自有几分猜疑。她道了声："不知是项公子，奴家说癫话了，多有得罪。"便不再言语。

那后生见虞姬不再言语，却偏要穷追不舍，笑道："妹子并未答我疑问，倒先问了我许多，如此还欠着我呢。"

"不说也罢，怕伤及了公子的高贵。"

"公子定是要知道？"

那后生道："定是。"

"不是要妹子打诳语吧？"

"不是。"

虞姬又看了看那后生的衣裳，便笑弯了腰，指着那后生道："如此说来，这身衣裳必是公子借来的。"

那后生看看自己的衣裳，这才明白虞姬的意思，结结巴巴道："这，这，这，惭愧，惭愧，让妹妹见笑了……实不相瞒，这、这是今岁才添的，初春之时布新除旧，此衣方上身，不过两月方逾，竟也短了，竟也短了……"

虞姬趁那后生一时尴尬，赶紧绕开，捂着嘴吃吃笑着，径直往村里去了，身边青草嫩嫩的芳香直往她鼻孔里钻，让她感到浸透肺腑般的清爽。

摆脱这野小子的纠缠，还轻轻松松便戏弄于他，虞姬正待得意，哪想到不过须臾，身后便传来了那后生的歌声，那歌道：

> 野有蔓草，
> 零露漙兮。
> 有美一人，
> 清扬婉兮。
> 邂逅相遇，
> 适我愿兮。

虞姬晓得这是以前郑人们唱的歌，她曾听人唱过。声音嘹亮而悠扬，这后生是在唱他与她的邂逅，是在唱他对她的喜爱呢。虞姬的脸顿时炙热如火。身边草长莺飞，百花灿烂，身后歌声嘹亮，后生伟岸。那个怪人，那个后生，那个野小子，正无拘无束地向她倾诉衷肠。这是怎样的一个邂逅啊，让她原本静如止水的心，一下子便春情涌动起来。

天晓得，是哪里来的野小子，坏，真坏！

三

虞姬第一次感到这别样的心跳，这种心跳、这种萌动让她心中生出一种甜蜜的感觉。打虞姬似懂非懂那男女之事以来，她能感觉到村里后生们看她的眼神不一样：有那肆无忌惮的，直勾勾迎面望着她；也有那胆怯偷着瞧的，只是在她身后盯着，眼睛贴在她脊梁上久久不肯离去，直到她在某个院墙的拐角拐弯，才能摆脱掉；甚至更有一些大胆的挡路上与她搭讪，拿话来撩拨她的。虞姬皆是不予理睬。她不愠不怒，毕竟一个村里的，人家也未有太过分的举动。虞姬只是微微一笑，她觉得他们的举动滑稽可笑，觉得他们都那样无足轻重。擦肩而过，雨过地皮都不湿。当然有时也会遇见某些不知深浅的外村后生。外村人，少了忌惮，见了虞姬便有些过分的举动。那日虞姬与哥哥去姥姥家看姥姥，回家时虞姬先行，路上便遇见了一个唐突的后生。那后生红脸粗脖，穿戴也像是富贵人家，身后还跟着一个家仆模样的小后生。本来两人只是面对面行着，见到虞姬他仿佛被谁使了定身法一般，便呆在路边一动不动了，一双眼睛直直地望着虞姬。虞姬快步从他身边走过，眼看走远，谁知那后生又气喘吁吁地撵了回来，将虞姬拦在路上。

虞姬有些恐慌，问："大哥，待要如何？奴家须不曾招惹汝……"

那后生道："妹子是哪里人？"

虞姬慌张道："奴家与大哥不曾相识，两家也并无来往，如何便胡乱索问，此非大哥该问的，不晓得也罢，让奴家走路吧。"

虞姬哪里敢与那后生多言，一心只想离开。那后生却硬是拦在虞姬面前，不让她走。两人正相持不下，虞姬的哥哥虞子期也到了，看有人拦住妹妹，大喝一声，便奔将过来。

这子期亦不是一般寻常人物。这虞家本是楚国贵族，先人做过楚国大司马，虞家亦有子弟追随孔子游历，是那三千弟子之一。虞姬的爹爹亦是崇儒之人，注重修身，不光饱读诗书，亦是深通礼、乐、射、御、书、数六艺。因其对虞姬别有疼爱，虽未教她习"六艺"，却亲授虞姬诗书，还特地教习虞姬舞剑。对虞姬的哥哥却是另一般要求，让虞子期自小便读诗书，习"六艺"。那子期竖子般不甚成器，别的学不好，唯喜那"六艺"中的御、射之术，更兼与人习得手搏、技击。每日黎明即起，与村中少年于村东麦场上习练，吆喝声、顿足声能隐约传到村子里。论起拳脚，少有人能与之过上几招。虞姬年幼时亦尝到过这东麦场，玩似的跟着子期学了几路手搏。后来虞姬大了点儿，子期便不欲虞姬再去了，道："咄，女儿身，习练此术何用，去去去。"将那虞姬撵开了，甚至看都不让虞姬看。这子期又正值孔武有力年纪，血气方刚，赶到近前，并不与那拦路的后生搭话，一双拳头便舞了过去。那家仆先上前拦了子期，他哪里是子期的对手，三下两下便被子期打翻在地。于是那后生与子期二人一时便打将起来。那二人拳来腿往，好一阵厮打，竟未见胜负，各自鼻青脸肿。虞姬只好上前一阵好言安抚，才将二人劝开。

这二人分开后还各自回头，相互瞭望。许多日子以后虞姬才知道，这后生名唤季布，那家仆叫姚起。原来他二人这一番厮打，并未结仇，竟惺惺相惜，成了朋友。在以后的日子里，那季布每隔三五日便到村里来，身后永远跟着姚起。不是来寻虞姬的，来寻虞姬的哥哥，二人或玩耍，或切磋御射与剑术，把虞姬扔到了脑后。再提到季布，那子期便赞不绝口，道："得黄金百，不如得季布诺。"

那季布与子期自做朋友，虞姬亦是对季布无甚的好感，好像这一切皆与她无关一般。一日偶在途中与那季布相遇，虞姬欲转身绕开，那季布便喊住虞姬，道："妹妹休要躲我，听我一句话，今番我已与子期结为兄弟，他妹妹便是我妹妹。我只一心善待汝，再无那非分之想，季布此言天在听，地为证！"此言虽铿锵有力，但虞姬心中依然不那么待见他。

可这次不一样，这个天上掉下来的后生，老鹰拉屎一般落在她面前的后生，居然打动了她的心。回到家里，她的脑子里尽是他的模样，虽一样的滑稽可笑，但却是别样的滋味，在她心中荡起一阵阵涟漪。虞姬也说不清这是为啥，从穿着举止上看，他似乎也并不比村子里那些后生强，还是个重瞳的怪人。可不知怎的，那样子便一头扎进了虞姬的心眼儿里。那种甜蜜的感觉一直到傍晚还在虞姬心中荡漾，让她呆呆地去回想，去品味，晚餐时有几次手里的筷子都放错了地方。爹爹看虞姬那失魂落魄的样子，便敲着桌沿道："丢了魂吗？如何不懂得规矩了，那筷子不可乱放的。"

娘也道："啧，这孩子，今日竟是如何了？"

虞姬怕大人看到她心里，赶紧低下头吃饭。

吃罢饭，虞姬早早便回了闺房，掩上门。虞姬的闺房不大，分两部分。里面一间是卧室，卧室进门便是一具简陋的梳妆台。那梳妆台像木几一般，上放着一面铜镜，还有一对化妆盒，一盒是白粉，一盒黑色的黛。盒都是桃木制的，盒面有雕花，一盒雕的是男耕女织，一盒雕的是渔猎歌舞。再往里就是一张卧榻，窗子开在梳妆台上方。外面一间置放着一台纺线机、一台织布机，是平时虞姬和母亲纺线织布的地方。屋里的光线不是太好，两间屋子各有一扇小窗子，平日里纺线织布要开着门的。

虞姬想着心思进闺房，才进外间便几次撞到那织布机上，把膝盖磕得生疼。揉着被磕疼的膝盖，虞姬自己也感觉好笑，不过在桥头一遇，人家连她姓啥名谁都没问，也不过是与她言笑了几句，日后便各自天涯海角了，能不能再次擦肩而过还不一定呢，怎的便将这后生放在心上了？何苦呢？也着实可笑，罢罢罢，休要再去思想才是。

虞姬尽量让自己不再去想这事，她点着豆油灯，借着豆中昏暗的灯火，仔细梳洗一番，又将豆拿到榻边，这才将豆中的火苗轻轻吹灭。即便这样，躺下时还是差点儿将陶豆碰到了地上，吓出一身冷汗。她想若是那豆跌在地上，摔破了，少不得又要招致爹娘的一顿骂。前几天因为冒失，她将堂屋里那盏豆碰打了，爹爹昨天才又买回一盏黑黝黝的新豆。这里说的豆可不是现今咱们说的豆，是当时的照明工具，因它依照当时的食器——豆的形状制成，而得名豆。那时的人将豆脂盛放在陶制的豆一样的小碗里，放上一根灯芯，点燃用来照明，灯火自然是很昏暗。

虞姬躺在床上便感觉今晚月光特别亮，那白花花、明晃晃的月光，从小窗口照进屋内，把闺房照得辉煌一片，比方才豆中的灯火还要明亮许多。那月光洒在墙壁上，洒在虞姬的榻上，洒在虞姬白嫩的脸蛋上。虞姬不由自主又想起那重瞳后生，脑海中的那眸子格外亮，仿佛是月光中两颗闪光的星星，简直可以闪花人眼，闪到人心中。虞姬这才如梦初醒，或许自己便是被这双眸子打动了，那是怎样的一对眸子啊，简直世上无双，那眸子里有着难以掩盖的英雄气概，有着难以掩盖的豪气与高贵，有着难以掩盖的忧郁，更有着难以掩盖的含情脉脉……

虞姬越想越睡不着，她眼睛睁得大大的，亮亮的，盯着窗棂，盯着窗棂外晃动的树梢，就这样胡思乱想着。她也不知道到底想了多久，几乎整夜都未合眼。外面雄鸡的高鸣划破夜空，打破了村子的沉寂。一声，两声，三声，全村的鸡都在鸣，都在唱……

虞姬第一次失眠。

她哪里料得，这一邂逅便注定了她终生的爱恨情仇，便注定了她日后那最悲壮、最辉煌的一刹，便注定成就了一个英雄悲壮又哀婉的美名。

四

一大早虞姬便梳洗完毕，与往常一样，出了闺房她的第一件事便是打扫庭院。打开门，虞姬便看见院子里樱桃树开花了，满院子的粉色与白色，尤其是西边那棵最大的樱桃树，有碗口那么粗，那粉色的花儿一簇簇、一片片压满了枝头。虞姬斜靠在那棵樱桃树下，双目微闭，在晨曦中惬意地享受着被鲜花簇拥的感觉，那蜜一样甜的樱桃花香和晨风一起渗入她的心脾，让她有一种陶醉的感觉。她不由自主地又想起了昨日那个伟岸的后生，那个拨动她心弦便不见了踪影的后生。他，风一样来到她跟前，如今又在哪里野，在哪里疯呢？

田野里有人在唱《鸡鸣歌》，那歌声隐隐约约、断断续续传过来：

东方欲明星烂烂，汝南晨鸡登坛唤。

曲终漏尽严具陈，月没星稀天下旦。

……

虞姬这才离开那棵樱桃树，欢欢喜喜地收拾起庭院。

虞姬在听见河边洗衣的女人们陆续回村时，才将家里要洗的衣物装进竹篓里，喊了声："娘，俺洗衣去了。"

娘在屋内道:"早些回来便是。"

虞姬应着便背起竹篓出门。此刻,天已大亮,又是一个丽日,虞姬在通往小河的路上走得轻快。她听见前面涓涓的流水声在呼唤她,看见草丛里的蚂蚱在跳来跳去。

走着走着,虞姬便听得身后仿佛有脚步声,匆匆回头一瞥,并未见有甚的人,再往前走,又听得身后有脚步声。再回头,便听得有笑声,细看时吓了一跳。一个大大的人正跟在她身后,原来是昨日在石桥上戏弄她的那个后生。

虞姬嗔怒道:"死鬼,便是要吓死奴家吗?"

那后生赶紧拱手道:"不敢,不敢,妹妹。"

"好生的无礼,如何便跟着奴家?"

"妹妹此言亦是差矣,我只行我的道而已。昨日迎着妹妹走,妹妹道我在拦道,戏弄于汝了。今日便不是迎头,走在妹子后面,如何又无礼了?莫非此道是汝家开的,只汝行得别人便行不得?"

"……"这后生倒也能言善辩,一时竟说得虞姬无语。

那后生见虞姬无语愈发得意,又道:"妹妹前面走,哥哥后面行。汝只管走便是,哥并不曾叫人看顾,也晓得路该咋走。妹子若真有心看顾于哥哥,倒也使得,便把些果儿、饭食觅些与小生吃也罢。"

虞姬听他这般言语,扑哧笑出了声,道:"偏是想得美!奴家自浆洗俺的衣物,不是那锄田送饭村姑,何来饭食?"

那后生又朝虞姬挤眉弄眼道:"若是这般,妹子自在前面行便是。我不道汝拦了我的道,汝亦休要言我无礼,两厢方便如何?"

虞姬听也是,便低着头继续往前走。谁料才走出几步,那后生便在后面又唱了起来,还是昨日那歌:

> 野有蔓草,
> 零露漙兮。
> 有美一人,

清扬婉兮。

……

恁地叫人心焦，也不是安分守己之人。虞姬回头道："昨日哥哥还道是项家子弟，想是名门公子，人模人样，君子一般。怎的便在奴家身后便唱出这等男欢女爱之调，汝本无根之草，来去无凭，并无两情相悦，须是戏弄奴家！项家如何有这等子弟，必是有欺。"

那后生忽地便正色道："昨日所言句句为实，并不曾有欺。村东第一宅吴姓人家，便是小生外祖母家。少时便常来，亦曾在这河边捕鱼捉虾，小生乃正人君子，并不曾惹过半点儿是非。昨日一见妹妹，不知怎的便丢了魂一般，回到家中，茶饭不思了，眼前眼后，头上头下一片混沌，除了妹妹的眉眼，便再也无甚了。"

虞姬觉得他说得好笑，道："休要戏言。"

"小生哪敢戏言，妹妹手如柔荑，肤如凝脂，领如蝤蛴，齿如瓠犀。真乃世所无双，若仙人下凡。因见妹妹貌美，小生归家便不得安稳，一日不见，如三月兮。今日早早赶来，非为寻事，实指望能与姑娘结为比翼，此心日月可鉴。"

那后生甜言蜜语叫虞姬耳热心跳，她便再也不言语，低着头一直走到小河边，急匆匆将衣物摊满石块。

那后生依然跟在虞姬身后，他伸长脖子，将脑袋凑到虞姬身边，道："不知妹妹心思如何，怎的便不言语了？"

虞姬咬紧了嘴唇。

"妹妹倒是说话呀！今日若不得妹妹允诺，小生立时便死在此水中，绝无再生之理。"

闻听此言，虞姬只觉得心跳得紧，还是不言语，自顾将那草木灰裹入衣物里，裹得严严实实。她真不知该如何说，真是撞见了鬼，与这莽撞的后生昨日才桥边一邂逅，这个遭天杀的，如何便一头扎进她的心里。昨日思想了一夜，今日一早便又被他逼得这般紧。虞姬心里有话，却出不得口，只好将那手中棒槌举得高高的，拼命地捶打着衣物，哪晓得一不留心，一棒槌打将到水中，将那水花溅到了半天空里，清凉凉地溅了自己一身，更是溅了那项公子一身。

虞姬不好意思，再回头去看，哪料那项公子已成了水公子，湿漉漉水淋淋的一个人，连脚下都是一大摊水渍。那公子亦是面红耳赤，结结巴巴道："妹、妹子便、便将这河中之水全淋到小生身上，若不得允诺，小生也断不后退半步！"

虞姬又扑哧笑了，真的又好笑，又好气，又害羞，她只好道："哥哥如何便这般不省事理！公子寻的是与奴家一日野合乎？汝不知孟子尝言'不待父母之命，媒妁之言，钻穴隙相窥，逾墙相从，则父母国人皆贱之'？"

那项公子赶紧道："小生岂是那苟且之人，岂敢那样委屈妹妹，俺虽一向不好读书，'执子之手，与子偕老'却也是懂得的。正待细问妹子家居何处，姓甚名谁，也好寻个得力之人到府上提亲说媒。"

虞姬被项公子说得心慌，觉得自己的脸面着火一般的热。想说，又不好开得口，便依然不作声，只去敲打那衣物，再次将白花花的水溅得飞上蓝天。

那项公子在虞姬身边转了一圈，又转了一圈，却始终不得虞姬只言片语。偌大一个人，站也不是，坐也不是，被晒在太阳下，被晒在虞姬的身后。

那虞姬倒是不着急，心想：汝不是会唱那郑人的曲子吗？甚的"野有蔓草，零露漙兮"，甚的"有美一人，清扬婉兮"，汝唱啊，唱啊，汝唱得爽快，奴家还待要再听听呢。

眼看太阳又升高了，虞姬竹篓中的衣物也将洗涤完毕，那项公子无奈，顿足搔胸道："妹妹好歹可怜可怜小生，说与小生吧，真是要让小生投到那水中……"

虞姬只不作声，嘴角撇出一丝淡淡的笑意。

那项公子仰天长叹，竟几步奔到河边，做出投水状，喊道："也罢，

16

也罢，我命休矣，我命休矣……"

虞姬并不相信那项公子便会投水，只是心中也明白他的一片赤诚。不愿让他着急受罪，这才红着脸低声道："咄，哪个愿意看汝戏水……以为真是那水中鸳鸯吗……休要胡来了，奴家说与汝便罢，前面村中虞姓便是奴家。"

项公子一愣，道："虞姓？虞姓？妹妹可晓得那虞子期，他是妹妹何人？"

虞姬随口道："村中只一户虞姓，那是家兄。"

闻听此言，那项公子顿足，大喊一声道："妹妹可早说呀！"言罢，他居然拔腿便跑，一溜烟不见了人影。

项公子的举动让虞姬丈二金刚摸不着头脑，十分纳闷儿，怎的便这般模样？莫不是中了邪乎，那子期与他又何干？

第二章　秦晋难结，天降横祸惹命案

一

吃晚饭时虞姬便感觉到哥哥子期的反常，一个劲儿拿眼睛看她。子期是个寡言人，平时里不与虞姬多搭话，好像眼前就没这个妹妹一般，甚至连爹娘问话，也只是嗯嗯啊啊地应着，并无心思。他整日只惦记着东麦场那御射之演习与拳腿剑术，往往吃饭也狼吞虎咽，匆匆放下碗筷便奔将出去。有时候饭尚未食完便闻窗外有村里的后生在喊，那一刻更是慌张，恨不得将碗中的饭菜倒进嘴里。见他这副样子，虞姬的娘总是要望着他的背影叹气道："唉，竟日日如丢了魂一般，如此这般不问稼事，不读诗书，不识五谷，待将来如何是了……"

倒是虞姬的爹爹看得开，他边吃着饭边慢慢悠悠道："逢此乱世，勤于五谷，饱读诗书又如何？那刀兵来时，命也难保。更何况暴秦今日拉夫修长城，明日抓丁戍边关，更有苛捐杂税，那五谷便是收到囤里，亦是有今日无明日。不知何时，一声吆喝，便被人拉走了……一家人倒要到野地里挖野菜吃。倒真不如似他这般，学得一身拳腿，将来结交英雄豪杰，待真无有生路时，便起事，取而代也，除了那暴秦。"

爹爹的话将娘吓白了脸，手中的饭碗也跌落在桌上，慌慌张张道：

18

"息声息声，休再出此言，若旁人听了去，必大祸临头，族矣！"

爹爹苦笑了，低声道："莫要惊慌，若真到那时，举事是死，不举事亦是个死字。不反又待如何？不如便让子期反了，或许拼杀出一条生路……我虞家或得以传后……"

那天爹爹说的话，虞姬默默记到了心里。她真恨自己不是个男儿身，若是男儿身，走投无路时亦是要反的。所以子期日后跟着那项公子离开家乡，前往吴中时，她便义无反顾地去送他们二位。

这日吃完饭，那子期竟未如往日一般匆匆出门，他在饭桌上磨磨蹭蹭，只待虞姬饭罢回到闺房，他便跟将到虞姬的房间来，还将那豆中的灯芯拨得大些。那豆中的火苗一闪一闪地摇曳着，像舞女一般，子期的影子也投射在墙壁上，一高一低地起伏着。虞姬奇怪地睁大眼睛望着子期。

那子期也不说话，只将两手来回蹭着，看着虞姬傻笑。

虞姬道："哥哥只这般傻笑，是何道理？"

那子期道："啊，啊，许久未与妹子说话了，今日便只想与汝说几句话。"

虞姬笑道："今日无有那勾魂人喊了？便是不去了。"

子期更是不好意思，只嘿嘿笑。

"想哥哥必是厌倦了那甚的御射之术，日日在那东麦场上操练，甚是枯燥，甚是辛苦，不如跟我修些女红？"

子期立时便面红耳赤了，道："妹妹取笑了。"

虞姬看出子期心中有事，故意道："那哥哥可是欲带我去那东麦场，再教俺习练几路剑术？"

子期只摇头。

虞姬又道："那，可是欲授妹妹御射之术？"

子期又是摇头。

虞姬指着织布机上织了一半的丝道："那好吧。此丝匹已半矣，哥哥亲手可织之，也好免去妹妹一些辛苦。"言罢索性将织丝的梭子一把塞给子期，那梭子尖头直直刺向子期，仿佛要直取他的心脏。

好在子期敏捷，闪身躲开了，有点儿惊魂未定地望着虞姬。

虞姬扑哧笑了，道："哥哥如何便这般慌张？是怕这尖尖的梭子，还是怕学这织艺？"

"切，养蚕织丝乃妇道之事……如何便也成了艺？爹爹叫我习的六艺可无有此艺。"子期撇嘴，表现出不屑的样子。

"哥哥是小看这织艺了。"

"休怪为兄的说话难听，此乃雕虫小技，岂是我辈男儿所为。"

虞姬道："哥哥这就不对了，休要小看了这织艺。岂不闻《书》曰'垂衣裳而天下治'。这小小梭子织的可不仅仅是身上御寒之物，织的是天下呢。有了男耕女织，才有了天下的丰衣足食，有了丰衣足食，天下方得安稳，此安天下之大计，如何便成了雕虫小技？"

子期被虞姬说得哑口无言，竟无语以对。

虞姬捂着嘴笑道："哥哥本是心灵口拙之人，亦不善说谎。我看汝今日来小妹闺房必是有事，休再支支吾吾了，汝我兄妹，只管吩咐便是。"

子期这才道："这两日妹妹可否遇见一项公子？"

"哪个项公子？"

"便是那重瞳的小子。"

"哦，那个重瞳小子啊……倒是遇着来着，孺子可恶，也不知是哪里来的野小子，在那路途上，只觍着脸要与俺搭讪。"

"妹妹真是有眼不识泰山，他哪里便是孺子了。此人十分了得，他便是楚国大将项燕之后，一贯胸怀大志，日后必会担起复兴楚国之大任。岂可小觑，岂可小觑。"

"他倒也说过是甚的项燕之后，谁知呢？如何能辨其真假。"

"真真切切，村东吴姓便是其外祖母家。此项公子熟读兵法，力可扛鼎，乃人中豪杰，非寻常之人也。"

"那又与俺何干。"

"妹妹有所不知，为兄与他，还有那季布早便结拜为兄弟，早晚起事，反了这暴秦，做一番大业来！"

"原来是哥哥在外结交的兄弟啊，那……便更与俺无干了。"

"……别别，小妹，是，是这样的。今日那重瞳小子找到俺，说是要与为兄亲上加亲呢。"

听子期这般说，虞姬心中早便明白哥哥的来意了，只是依然故作不知，揶揄道："何为亲上加亲？如何加法，汝等自去加便是，把季布也加上便愈是好了。如何与妹妹言说此事，小妹不过一女流，只能做些养蚕织布的勾当。"

子期被逼无奈，只好将那项公子欲央人来提亲一事说与虞姬。

虽然虞姬早有准备，待哥哥真将此事道个明白时，她心中还是羞怯，脸也热了，嗔怪哥哥道："婚姻大事，原是父母之命媒妁之言，哥哥如何不去问父母，倒要问我来？叫妹妹如何作答是好。"

子期道："一家人，爹娘原本对汝偏爱有加，老两口儿又最最好脾气。若有人来提亲时，定是要汝自己拿主意定夺的，汝若言个不字，爹娘定是断然回绝了人家。我这里不如先讨妹妹个说法。"

虞姬故意沉吟不语。

那子期慌了，赶紧道："项公子将门弟子，贵胄后裔，家中也曾钟鸣鼎食，也曾礼仪诗书。今虽家道中落，精神不死，来日必有大富大贵，为兄眼力不会有错，妹妹嫁与了他，日后必有富贵。"

"休要言那富贵，哥哥难道不知，小妹哪里便看重那富贵荣华，更不图那一时男欢女爱。小妹要的是心心相印，两情长久。若得心心相印时，便是刀山火海小妹亦不回头。大凡女子心中最重的便是一个怜字，若心中无有一个怜字，嫁进那侯门将府又待如何？那女子青春在时，如花似玉，这也好那也好。岂不知任她千般好万般好，终会有人老珠黄时。到头来亦是遭人嫌弃、冷落的下场。我只要他情意无限，便胜过那无数富贵。"

"小妹所言正是，为兄岂能不知小妹的性子，顶顶刚烈，顶顶重情。

21

要说那项公子，便是天底下顶顶重情的一个，都言季布一诺值千金，那项公子更是信义之人，得他钟情，便至死亦不更矣。妹妹若是嫁与了项公子，他断不会辜负妹妹的。"

"哥哥所言确凿？小妹终身大事万万不可儿戏。"

"不敢儿戏，为兄愿以项上头颅担保。"

虞姬对项公子原本便有几分属意，又听子期这般说道，心中当然欢喜，哪有回绝之理，她只不好明说，便将脸扭了过去。

那子期不知女儿心思，见虞姬扭过脸，相催愈是紧迫。被逼无奈，虞姬只好红着脸微微地点了点头，低声道："告诉那项公子，俺此生绝不负他，休要负了我。"

子期见虞姬点了头，欢天喜地地冲出了门，走在院子里还发出一阵笑声。虞姬知道他这便是去寻那项公子，要把她的话告于那重瞳的后生。她心中怦怦直跳，真不知这家人何时来提亲。

二

虞姬是哼那首《鸡鸣歌》回家的，跨进院子门，她还在唱"……月没星稀天下旦……"

猛地便听见爹爹高声咳了一下，那声音穿过窗棂，响到了院子里。虞姬听出来那其实不是咳嗽，是在提醒她，要她举止收敛些呢。虞姬与子期不一样，子期见了爹爹往往是躲得远远的，吃饭时即便与爹爹面对面话也不多。往往是爹爹问一句，他答一个字。虞姬在爹爹面前就格外话多，叽叽喳喳的，像个小喜鹊。打小儿爹爹就疼虞姬，所以她不但不忌惮爹爹，有时候还常常去招惹爹爹，经过爹爹身边时，要么在爹爹的肩上拍一掌，要么在爹爹的衣襟上扯一把，让爹爹嘿嘿地笑。

娘常乜斜着眼数说虞姬无有大小尊卑，在爹爹面前放肆。爹爹却说："无妨无妨……在家里，哪有许多讲究……丫头，这，当着外人面这样可是不行的，还是要有规矩的。"

在外人面前，爹爹也总是要把脸板着，做出一副不苟言笑的样子。爹爹是读书人，又是贵族出身，在村里颇受人敬重。他的不苟言笑被当作天经地义，村子里那些天性好戏谑的人，在爹爹的面前亦是不敢造次，唯有唯唯诺诺。

听了爹爹的咳声，虞姬知道是家里来人了。虞姬闭了嘴，将那《鸡鸣歌》的后半截咽到肚里，伸了伸舌头，走路也轻手轻脚起来，再往院子里看，东边的墙角还有一只被缚得紧紧的大雁。虞姬一惊，她听娘讲过，雁是纳采的主要赘品，也叫作"委禽"，取意于鸿雁候时而动、顺乎阴阳往来、飞行"渐进有序"的自然属性。同时也取其年年南归的寓意，告诉人们女儿不可忘了娘家。今日来客是谁，莫不是那重瞳后生遣来说媒的？虞姬不由得心跳得紧，喘息亦是急促起来。

她小心谨慎地将洗罢的衣物晾晒在院子，晾完衣服，看着满院子的阳光，便恋恋不舍地回到自己的闺房里。她坐在窗下轻轻打开竹简，看了会儿书，实在看不进去，便又去织布。那织布机便唧唧响了起来，与院子里大树上的喜鹊一唱一和。虞姬这里唧唧复唧唧了好一阵子，才听见爹娘那边的大门吱扭响了，仿佛有人出来。再过片刻，虞姬便听见爹娘将来客送到了院子门口。他们站在门口亲热地说着什么。爹娘似乎对人家颇为感激，一个劲儿说着道谢的话，来人跨出门，他们还手扶着门框望着。

估计那人远去了，爹娘这才回转了身子，往他们自己的房间里去。虞姬想他们或许该唤她过去了，这事总得给她言一声吧。可是那两个人竟嘀嘀咕咕地回到他们自己的房间将门掩上了，并不见一声呼唤。

虞姬只好继续三心二意地去摇她的织布机，好在织布不需要那么专心。那一上午便在虞姬的心神不宁中度过。

午饭时，子期没有回家，不知又野到哪儿去了。饭桌上只有虞姬与爹娘三个人，虞姬只拿眼睛看双亲，两位老人并不与她言语，那表情与往日一般无二，仿佛啥事都没有，只是堂屋里多了些礼品。虞姬几次忍不住想开口问上午那来人是干吗的，却又羞于启齿，这种事，一个女孩子怎的便好开口相问呢？好似她急于出嫁一般。

饭罢，虞姬快快回到自己房间。

日头偏西时，虞姬在家里实在憋不住，胡乱搜将了几件该洗的衣物，与爹娘言一声，便又往那河边一路行去。今日衣物少，她没像往常那样背着竹篓，只拎着个小竹篮。

虞姬只想在这条小路上或者是河边遇见那项公子。她并未想好见到他说什么，问什么，她只是想遇见他，哪怕是远远看他一眼。

那是一条弯曲的小路，那是一条长满杂草的小路。半道上虞姬便又听见身后有窸窸窣窣的声音，似乎是脚踩在草上的声音。她寻思必是那项公子在使怪，前日里他便是这般跟随着她的，便是这般使怪的，还吓了她一跳。今日断不会再被他吓了，倒要叫这重瞳的小子吃我一吓，叫他也晓得俺的手段。虞姬寻思罢，心中暗喜。她悄悄将那竹篮移到怀里，在那衣物中挑出一有带钩的曲裾，在手中团成团，默默行走数十步后，突然尖叫一声，便将那曲裾往身后抛去。只听得身后有人啊了一声，大喘不已。虞姬高声道："叫汝使怪！"言罢便笑着转回头去看。

虞姬这回又被吓住了，那被惊吓到的人并不是项公子，是一个三十多岁的男人。那男人身高约六尺，手中拎一拳头粗木棍，身着白色布襦短衣，腰间缠着长长的麻绳，一眼望去若裹着革带一般，许是方才受了惊吓，惊魂未定，一脸通红，双目含怒地望着虞姬。

虞姬晓得自己惹祸，一时间也窘迫得无地自容，只想往那地缝里钻。她结结巴巴道："咦，咦，咦……"也未道出个所以然来。

那男子看清虞姬，倒并未发怒，面色亦是渐渐转怒为喜，道："不妨事，不妨事的……俺并未怪罪于汝……汝谁家女子？"

虞姬这才敢端详此人，她有印象的，此人来过村子几次，跟在亭长身后大呼小叫的。听爹爹说此人为求盗。那时亭长为朝廷最低的官吏，配有两卒，一为亭父，一为求盗。亭父负责本亭保洁，求盗负责追捕盗贼。虞姬忙躬身施礼，道："原来是求盗大人，小女子乃此处虞姓人家女子，家便在后面的村子里。其实并不知身后有人，只是一个人做要……不想惊动了大人，俺这里给大人赔罪……"

那求盗道："啧啧啧，原来是虞家女子啊，想不到虞家竟出落汝这等窈窕女子。真一个字：妙！妙！妙！"

虞姬被那求盗说得不好意思了，低头无语。

那求盗将虞姬抛在地上的曲裾拾起还给虞姬，笑道："吓着人倒不甚紧要，我若拾将此曲裾去了，此番回去当如何与爹娘回复？"

"小女子知错了，谢大人不咎。"

"嘿嘿，如此将曲裾乱抛，汝欲何干？可是寂寞了？"

虞姬听出这求盗话中有话，暗含几分挑逗，赶紧正色道："小女子并无甚的寂寞，只是好玩儿而已。"

那求盗嬉笑道："如此甚好，如此甚好！今日本人亦是无事，寂寞难挨，正无从打发时光呢，便陪汝小女子玩会儿？"

这话歹意已露，虞姬道："大人玩笑了，小女子正待浣衣，爹娘尚在家中等候，哪里有甚的工夫玩耍。"

那求盗几步跨到虞姬前面，拦了虞姬的去路。他道："小女子着急个甚，未盗未窃，如何便怕见我，休要走了汝。"

虞姬着急，道："朗朗乾坤，汝拦一小女子去路，大人欲何为？"

"无他，只欲与汝玩耍玩耍！依了俺，汝便无事。"

"小女子若不依呢？"

那求盗冷笑了几声，道："好歹俺也随亭长做了些勾当，汝一个小女子如何晓得俺的手段。看汝年小俺便晓于汝吧，我为求盗，与俺作对者尽为盗贼，不死，亦当徭役……"

虞姬骨子里刚烈，哪里肯听他这般要挟，她怒从心头起，卧蚕眉倒竖，丹凤眼圆睁，一顿足便扬起手中竹篮开路。眼看二人要在那小路上撕将起来，只听得有人大喊："何方歹人！不知英雄在此！竟于俺眼皮底下行那欺男霸女的勾当！"

虞姬转眼望去，心中大喜。不远处，一人若天上掉下来一般，飞快地奔将过来。来人不是别人，正是虞姬一心想见到的项公子。

三

虞姬亦是未想到项公子的吼声与常人不同，宛若狮吼虎啸般低沉，又若那闷雷一般炸响，叫人几分胆战。求盗一时脸色大变，这边急忙放开虞姬，抬眼望去。待项公子奔到近前，那求盗看清项公子时，脸色方轻松起来，他笑道："这不是那、那……那项家小子吗？我还以为谁呢，汝小子啊，不好好在家里待着，竟四下流窜，来此何干？"

项公子道："休要问我何干！我倒要问问汝，身为求盗，不做正事，在此调戏良家女子，竟意欲何为？"

求盗大笑道："真是个不识高低的小子！我也是汝能问的？汝以为这还是楚国啊，还是汝家项燕为大将乎？赶紧走开，赶紧走开，若再胡言乱语，休怪我坏了乡人情面，这便拿了汝去见官。尔等啸聚闾里，习剑术练拳腿，意为反乎？"言罢，求盗便做出解腰上麻绳的样子。

虞姬目睹过求盗抓人的情景，就这般解下腰间麻绳，三下两下便将人拿下，作茧似的将人缚了严实。她担心道："项公子……"

那项公子哪里肯相让，竟大步上前，欲与那求盗相搏。求盗见吓不住那项公子，大喝一声："便是寻死来了！"便将手中那粗粗的木棍挥起，朝项公子奔过去。

虞姬晓得那样粗木棍若是落在项公子头上，便是青铜做的头颅也要开瓜般破作几瓣的，她急忙赶上前大喊："项公子快跑！"

项公子到底练过拳脚，闪身躲过木棍，朝求盗便是一脚。那脚尖正落在求盗的胳膊上，让求盗趔趄了几步，差点儿跌倒。求盗一时颜面尽失，脸涨得猪肝般紫红，又大喝道："反了！反了！硬是反了，待我拿下汝个反贼！"又挥棍向前，朝项公子砸去。

那项公子虽身材高大，却也鹰般的敏捷，只见他一个腾挪，便又躲

26

过了一棍，再抬腿一脚，扎扎实实踢将在求盗背上，将那求盗踢出一丈开外。

求盗好容易方站稳脚步，疯了般大叫一声再挥起那拳头粗的木棍冲将过来。也不知他安的何种心肠，此番他没有冲向项公子，而是横着将木棍扫向虞姬。眼看那木棍要落在虞姬身上，说时迟那时快，项公子不顾一切跃到虞姬身前，那木棍便扫将在项公子背上，将项公子扫翻在地。其伤不轻，项公子口中喷出几口鲜血，眼睛依然死死瞪着求盗，重瞳俱光芒四射，其光摄人魂魄。

那早便气急败坏的求盗，见项公子这般，便冲到项公子跟前，道："今日索性结果尔命！不留后患。"他再将那木棍举起，眼看便往项公子头上砸去。哪料横里飞过来一双手，紧紧擎起那木棍。

又一条大汉出现在虞姬眼前，道："恳请求盗手下留人！"

虞姬看那人时，又是一惊，一条山一般壮实的男人，三十来岁，眼睛瞪着求盗，正喘着粗气。

求盗不让道："闪开！我必取竖子狗命！"

"何必如此。"

"必如此不可。"

那男人亦不让道："休要逼我出手！"

"尔亦欲毙我棍下乎？"

"休要张狂！"

二人言语不和，一时较起劲来，那男人跳出一丈开外，从腰间掣出一把短剑，未等求盗再出手，便又冲到求盗近前，只见那短剑一闪，便刺入那求盗的心窝里。那求盗身体晃动几下，口血飞溅，眼看着便一头栽倒在地。

虞姬知道惹大祸了，惊叫一声，半晌不得言语。

那壮汉将项公子从地上扶起，问道："有碍乎？"

项公子摇摇晃晃站起，道："季父放心，并无大碍。"

"如此莽撞，唯尔也，他人便休矣。"

那壮汉又望了虞姬一眼，项公子赶紧道："此女子便是虞姬。"又对虞姬道，"此乃项羽季父。"

这是虞姬第一次见项梁，她只晓得他是项公子的季父，并不知道他的大名，直到日后此人闹出大事，虞姬方晓得项公子这季父唤作项梁，英雄义气，气贯长虹，十分了得。她上前行礼，惊魂未定地指着地上的求盗道："如今闹出了人命，只如何是好？"

项梁微微一笑，道："小女子休要惊慌，汝与我侄快快离去便是。人是我杀的，人命关天大事，与尔等无关，血海样的大事，自有我一人担着。"

项公子一旁道："事因小侄而起，岂能让季父一人担着，小妹妹自管离去，我必随季父一起担当，绝无旁观的道理。"

虞姬见项公子这般说话，小小年纪，遇事全无丁点儿惧色，心中更有几分敬意，也道："其实事全因我一人而起，二位皆路见不平，行侠仗义而已。小女子岂可这般全身而退，我亦不去。"项梁听罢哈哈大笑，道："倒是个有情有义有见识的女子。项家子弟皆好眼力。只是这种事岂是汝可担当的，速速离去。"

"小女子绝不离去，见官时亦好做个旁证。"

项梁更是大笑，道："哈哈哈，此事若不见官或有生路，若是见官时，三人谁也走不脱，皆为毙命矣。大秦暴虐，刑罚凶残，更何况项家为保楚国曾死命抗秦，大秦一贯视项氏子弟为仇。若为秦所获，皆死无葬身之地。冤各有头债各有主，今做下命案，须有人头顶着，方消后患。尔等各自回家，吾一人一头顶着即可。与其皆死，不若我独守于此！"

项公子哪里肯依，道："我必不去，岂可让季父独自受死！"

项梁道："此言差矣，大丈夫岂可坐而待死，单等那官府来时，一时闹将起来，留得姓名，便一路远遁而已，岂能让他等拿了去。"

项公子道："如此，愈是不走，必与季父共赴生死。"

"便是不走？"

28

"便是不走！"

项梁摇了摇头，苦笑地望着虞姬道："非我夺爱，竖子不从。汝可自去，留则无益，徒增我等负累。家去回复令堂，多多谢罪，竖子今日一去，不知何日得还，生死或未可知，那提亲之事休要再理会便是。"

虞姬心中阵阵难受，眼泪只在眼眶里打转。她知道她确实无法跟着他们，她若再不离去，正如项公子季父所言，或许还会连累了他们。可她又割舍不下眼前这重瞳小子。这莽撞小子已经在她心中深深扎根了，相识虽只短短数日，却仿佛早已相知，仿佛已经共同经历了无数的岁月，经历了生死相依。这，或许便是二人前世相欠，今生必是有缘吧。

虞姬一时无语，她甚至没有了主意。

项梁催促道："小女子不知利害，如何还要立在这里连累我们，叫人撞见，汝如何脱得干系？赶紧走了便是！"

项公子亦是催促道："今番紧急，妹子即刻离开，休要与人提及此事，免得连累了自己。"

虞姬犹豫地望着项公子，道："可……可……"

"妹子休再言语，此时便去也……若有来生，我必还来寻汝！"

虞姬只好匆匆离开，走出数十步，她突然感觉有话要说，便转过身去高声喊道："那项家公子，那重瞳小儿，休要忘记了俺，虞姬等汝他日归来！"

她听见那两个人在哈哈大笑，那笑声放荡无忌，气冲霄汉，在空中荡漾，被风吹得很远很远，吹遍了整个原野。

第三章　千里送别，少年意气情若山

一

虞姬慌慌张张回到家日已西落，掩门时，她看见西边天空有一大片绯红的云彩，似燃烧的火焰一般，在跳跃，在闪动，格外艳丽夺目。虞姬从未见过如此艳丽的火烧云，让她的眼前都一片红色混沌。她想此或是某种预兆，是吉？是凶？她不得而知。

方才回家路上，她总感觉有人在跟着似的，她往门外细细地看了一遍，便匆匆地将门掩上。刚插好门闩，虞姬就听见身后有声音传来："何故此时掩门？时光尚早呢，子期也尚未归呢。"

虞姬吓了一跳，慌忙回过头来，她看见爹娘都站在她身后，四只眼怪怪地望着她。虞姬不知该如何回答，半晌开不了口。

爹爹道："小女子何事？竟如此慌张？"

这是人命关天的事啊，虞姬真不知该不该对爹娘说，她欲言又止："这，这……"她想起项公子让她休要向人提及此事的话，便将口掩住。

爹爹又问："说吧，如此慌张，所为何事？"

虞姬道："回爹爹话，小女子一时走神，竟忘了时光，故而掩门。"

爹爹似乎看到了虞姬的心里，道："小女子素无谎言，今日何故相瞒？"

"并……并无……相瞒……"

爹爹笑了，道："我女休要相瞒了，午饭时便觉汝神色恍惚，若心中有事一般，究竟是何事，只休要瞒了我们两个做老的，但说无妨。"

虞姬还是犹豫不决。

爹爹言道："小女子平素从无谎言，一旦有欺，神色大变，岂是瞒得过去的？还是快快道来，何事要瞒父母？"

虞姬知道躲不过爹娘的眼睛，何况这人命关天的大事，早晚要惊天动地，哪里瞒得住，便告诉了爹娘又何妨，那爹娘岂会坏了自己。于是她让自己平静了片刻，便示意爹娘，将爹娘带进自己的房中，这才将刚才发生的事一五一十地告诉了爹娘。

爹娘听完虞姬的话都惊得半晌说不出话，娘又问了一句："汝说那项公子可是村东吴姓人家外孙？"

虞姬点头。

爹爹问道："不好，不好，今日有人来提亲，说的正是这小子。"

娘在一旁顿足，抱怨道："我原说了不妥不妥的，汝偏是应下了这门亲事。可好，如今他惹下了命案，这如何是好，如何是好！"

爹爹皱眉片刻，回问娘道："汝道我为何应下这门亲事？"

娘支支吾吾道："我，我晓得汝看重的是他的族人，那个，那个叫项燕的大人……"

爹爹淡淡一笑，道："正是如此。这些年秦国统治，横征暴敛，苛捐杂税，势若猛虎；又修长城，戍边关，拉丁拉夫，百姓民不聊生，十室九空。原本富庶的楚国大地，如今田野荒芜，流民遍野。谁不怀念我们楚国？谁不怀念那个保卫楚国的项燕大人，谁不道若那项燕尚在，我们楚国百姓断不会受此暴秦之苦。项燕之后人亦是备受人敬重，我家女子若能嫁入项家，乃家族幸事。"

娘道："只是如今人命官司便在眼前了，如何是好？我原本便说此

31

小子莽撞，即便今日不出事，他日必要作反。"

爹爹道："我晓得的，我晓得的……将虞姬许配与他，正是看重他这点，实指望有一天这小子能高举义旗，号令天下，有所作为，也好恢复我楚国社稷。怎料今日事发突然，不期而至。也好，早晚不过如此，来了也好，来了也好……"

"一黄口小子，今惹下命案，将逃亡何处尚不知，谁晓得他日能否恢复楚国社稷？依我看那婚姻大事且待日后再议，休要连累我家女子。今正好寻了个缘由，且回了人家吧。"

"方才应承，不过一日如何便改口？那信字尚在否？若说此命案亦非他事，是为一个义字，更是为我家小女出头。如此无信改口，无义不晓得感恩，便是羞杀老夫也？日后老夫如何见人，休要再言改口。"

娘想再说话，爹爹正色道："那季布不过一黄口小儿，只因重诺，闾里皆道'得黄金百，不如得季布诺'，老夫尚不及一黄口小儿乎？此事休要再言！于情于理皆无改口之说。"

言罢，爹爹便将项公子使人来提亲的事告于虞姬，道："……此婚姻大事本便是父母之命媒妁之言，爹爹已经应下这门亲事，原本想晚上便告于汝的，谁料下午便出了这等大事……"

虞姬听了爹爹的话，一时心中悲喜交加。喜的是那重瞳小子终是来提亲了，爹爹也应下了这门亲事；悲的是她与他居然这样的有缘无分，才相知便要分离，等待那重瞳小子的也不知怎的一个结局。

爹爹沉默片刻，又道："小女休要烦恼，爹爹既然已经将汝许配与他，便一心等待便是，绝无再嫁之理。今事已至此，休要有甚的烦恼，是凶是吉，终会有个了断。依爹爹看，此重瞳小子相貌绝非凡人，重瞳乃异相，乃帝王之相。相传当年虞舜便是一目两眸，那造字的圣人仓颉，亦是重瞳，福人自有天佑。"

娘见爹爹这般言说，便顿足道："偏这子期又不在近前，若在便使他去打探打探，或许可瞒了旁人。小女子，我问汝，斩杀那求盗时，可有旁人看到？"

虞姬道："我哪里晓得，小女子一时慌乱，顾不得那许多了……"

爹爹道："子期与那重瞳小子整日厮混在一起，恐怕此刻早便得到了消息。待夜里回来一切便知晓了。"

三人在屋中嘀嘀咕咕许久，爹爹的话让虞姬铁了心，横竖她只等项公子。这重瞳小子，倒真是有情有义有胆魄、顶天立地的一个男人，嫁与这般男人也不亏她做女人一生一世了。人家为她命都舍得，她还有啥不可舍的？便是等他一百年，便是等他一辈子又何妨？她想，他日他若是高举义旗，她便去那狼烟丛里，生生死死追随他，他若血溅沙场，她便化作精灵，去陪伴他。

二

那夜子期回家甚晚，月亮早已偏西，虞姬眼看着那一弯月亮，在树梢间徘徊西去。村子仿佛比平日还要寂静，连犬吠声都无有。虞姬与爹娘都未休息，点着一盏陶豆，忐忑不安地等着子期回家，等着他带回来消息。

直到四更天时，先是村中的犬吠声响起，先是三两声，接着便响成一片。然后便有脚步声响起，咚咚咚的，一路朝虞姬家这边响过来，接着院子的门便被推开了，门轴的响声划破了小院的寂静。

爹娘赶紧把堂屋的门打开，招手将子期喊进屋。那陶豆里的火苗被门外挤进来的风吹得忽忽闪闪，将子期映在墙上的身影也拉扯得时高时低。显然子期依然处在某种兴奋中，喘息急促。

爹爹问："今日如何此时才回？已是四更天了。"

子期似乎有些为难，没马上回答爹爹的问话，却扭过脸望着虞姬道："今日之事，想妹子是知道的。"

虞姬点了点头。

子期问道："便是汝惹出的事端？是也不是？"

33

虞姬道："哥哥此言差矣，为妹哪里敢惹甚的事端。遇那求盗，只怕躲还躲不及呢。小女子本是去那河边洗衣，不想半路遇见了求盗。那人见只我一人，便纠缠不休，几次欲非礼于我，哪承想被项公子撞了个正着。他那等仗义之人，如何容得下这般欺人事端在眼前，路遇不平，便是出了手，拦下那求盗。那求盗亦是横行乡里惯了，哪里容得别人拦他，拎着个大棍，只要往死里去打那项公子，生生欲取项公子性命。幸得项公子季父及时赶到，事发紧急，汝死我活，容不得手下留情，便一刀结果了那求盗的命。若不如此，今日毙命的便是项公子了……"

爹爹竖起大拇指道："倒是那项家人，项燕之后，个个英豪，也不亏了楚国项燕的大名。只是如今惹出命案，便如何是好？子期可晓得，那项家人更待如何？"

子期听爹爹这般说，长长出了口气，便道："孩儿是后来知晓的，小妹说的句句属实。如今求盗的尸首被掩在路边的乱草丛中，一时半会儿不会被发现。"

爹爹道："不妥不妥，为何不趁早挖坑埋到土里了事，掩在那乱草丛中，早晚会被人发觉。"

子期道："杀人大事，哪里久隐瞒得了？求盗不见了，亭长岂有不寻之理？那一亭之长何等熟悉闾里人家，岂有寻不到之理？便是以土掩埋早晚亦会被人告发。项公子一家怕累及我们，在尸首上留下了字，云'杀人者项梁也'。"

"如此不是坐而待死乎？"

"哪里便坐而待死？爹爹有所不知，那项梁便是项公子季父，端的是个行大事之人，胸中沟壑万千，豪气干云。此人素有反秦之心，故独步江湖，广交天下朋友，一旦天下有事，必是高举义旗。项梁今言，好好谋划谋划，要寻个好行事的地方，这一两天二人便远走天涯了。"

"哦，欲往何处？"

"楚国辽阔，以项家的影响，何处不可安身？"

爹爹便把项公子家提亲的事告与了子期，并问道："我已经允诺此事，早晚是一门亲戚。那项公子可曾向汝提及此事，他这一走，撇下虞姬奈何？"

子期道："这，这，他倒没说……只是叫我告诉小妹，告诉二老，他愧对小妹了，想是不愿连累我们吧。再说这两个项家男人此一去，也真是吉凶未卜，生死难料，哪还会牵挂此事。"

爹爹道："为父既已允诺，哪有后悔之理，婚姻大事岂可朝三暮四。再说他们今日亡命全是为了我家小女子。人家不提是仁义，我们若亦是如此，恐叫人笑话，为人不齿了。索性把话说开，汝现在便去告诉他们，我家小女子既已许配给项家，绝无反悔之理，生便是项家的人，死便是项家的鬼，去去去，告诉他们，我家小女子便等定了，只要那项公子不死，他日便来迎娶！"

虞姬听爹爹这般说道，心中自是一阵感慨，有万千滋味在心中涌动。她暗自思忖，到底是爹爹，跟她心思竟这般相似。她见过村里的后生，也见过邻村的后生，也见过过路的大队人马——那些兵士和劳役，有雄赳赳气昂昂的，有无精打采的。千万后生里却没有一个似这重瞳小子，竟一下子钻进她心里。仿佛是冥冥之中的注定，仿佛是前生的约定。她觉得他便是她的，她也便是他的。常听大人们说，人的姻缘是前生注定的，既然是注定，她就认定了，更复何求！

子期听爹爹说话这般决绝，便拿眼睛去看虞姬。

虞姬道："兄长休要觑我，爹爹使汝去便去。我们虞家岂是那苟且人家，小妹又岂是那苟且之人，让人家笑话了去。"

子期见二人皆这般言说，便道："既然小妹也有这般决心，我此刻便去说与项家，也要他们一句话。"说罢子期复又开门出去，脚步匆匆。又是一阵咚咚咚的脚步声响起，外面又闻犬吠。

子期这一去，那犬吠声便一直不落，此起彼伏，连绵不断，从村东响到村西，从村南响到村北，也不知出了甚的事，却又并无人声。虞姬放心不下，忧心忡忡，一夜皆辗转反侧，时而侧耳倾听，时而思来想去，总是难眠，直到东方欲晓才浅浅睡去，却又做了一个噩梦，惊出一身冷汗。那梦里一只巨大老虎尾随着她，不远不近，那大虎喘着粗气，甚至一直在低声咆哮，却也不冲过来。虞姬加快脚步，那虎便也加快脚步；虞姬慢行，那虎便也慢行，任虞姬如何也摆脱不掉。

三

翌日，天将露曙，那虞姬心里有事，便匆匆起床，匆匆洗漱。待她收拾完毕，来到院子里，才发现爹娘皆已站在院子里。虞姬吃了一惊，上前问道："汝们如何起得这般早？"

娘长叹一声，道："子期昨夜离家，至今尚未回来，我们如何睡得着。昨夜村里犬吠了一夜，也不知村中出了何事？为娘心里紧得喘不过气，莫不是来了官差，拿了那项公子与子期？"

爹爹的面容似乎很平静，他低声道："此言实无见识，休要做这般猜想。那项家子弟与子期皆习武之人，性子又强项，岂会任由那官差拿了去。若两下相遇，只怕早便杀声一片，人叫马嘶了。昨夜只是闻犬吠，并不见人声，好叫人蹊跷。"

虞姬听出其实爹爹的声音并不平静，在颤抖。

娘焦急道："那汝道是何故？若并无那意外，明知我们在等消息，那子期也该早早回家报信才是，如何天亮也不见归？"

爹爹一双手搓得紧，嘟囔道："好歹等到天亮，我们出去看看便一切明了。"

几个人正在这里窃窃私语，就听得门外有脚步声传来，这次不是一个人的脚步声，急匆匆，脚步纷杂，响成一片。

娘脸色大变，道："糟了，糟了。这许多的人拥来，直奔咱家，端的是来势汹汹，不知是凶是吉？"

爹爹撇了下嘴，道："要出事便出事了，要来早便来了。一定是子期他们……"

果然一会儿便有敲门声传来，虞姬跑过去打开院子的大门。那子期便一头闯了进来，他身后跟着项公子与项梁，还有季布几个人。

娘气愤地问道："竖子！为何一夜竟未归，不知父母焦急吗？"

子期道："母亲大人恕罪，本来子期亦是想讨得项家消息后便回来禀告父母的，那晓得到项家没多久，还未及传话，便有人道村边来了狼，在出事的小路上。我等寻思必是那求盗的尸首招来的，一行人便赶将过去。哪料待我等赶到时，那求盗的尸首已被那狼群撕扯碎了，狼藉四五里。明日必事发，项家人原想瞒得几日，得以从容走脱的。哪料出此意外，不敢再做盘桓，故连夜准备，眼下便要动身亡走他乡。"

爹爹此时才开口，他摸着下颌的胡子道："……怪不得昨夜犬吠了一夜……如此，须快快离去，快快离去。休要等那大秦官兵得了消息，快马加鞭撵了来，那时便走不脱了。"

子期又道："爹爹大人说得正是。只这项公子得爹爹的话，一家人皆是感怀，今特来拜别。"

子期言罢，他身后的项公子上前一步，推金山，倒玉柱，纳头便拜，口中道："小婿不肖，惹出这等大事，今已是大祸临头。闻岳丈大人特宣不弃，信守诺言。此举感天动地，项某一家人皆颂岳丈恩德，小婿更是感激涕零，今特来拜别。他日若得出头见日，必归故里，一来迎娶府上佳丽，二来叩谢岳丈大人不弃之恩。只是此一去不知吉凶，若小婿不得出头之日，或殁于荒野，或不赦于永世，只恐误了妹妹终身大事……"

爹爹未等项公子言罢，便打断项公子的话，道："何出此言？'一言而非，驷马不能追；一言而急，驷马不能及。'老夫既已出此言，岂有反悔之理！只盼汝逢凶化吉，早日得以重新出头，休再言其他。"

那项公子欲再言其他，爹爹便道："眼看黎明，休要再多语，快快起来，速速离开此地，也好找个栖身之地，来日再做计较。"

一旁的项公子季父项梁亦道："休要再做盘桓，只当心再有不测。虞公，在下自不多言了，虞公大义我等自会铭记在心，终生不忘，若得拨云见日，必回来报答。"

言罢众人欲转身离去，那子期倏尔亦跪在爹娘跟前。

爹娘惊讶地望着子期，道："何故如此?"

子期道："不肖子欲随项公子一起亡走天涯。一则相互扶持，待机起事，共图恢复楚国大业，亦不辜负爹爹大人多年教诲；二则昨夜与项公子一起穿梭于村里村外，早被人看破。今若不一起远走，必遭累及，恐命不能保。故请父母大人应允。"

娘急顿足，正欲出言阻止，爹爹拦下娘，道："我儿言之有理！虞家世受楚恩，恢复我大楚八百年社稷正是我日夜夙愿，今为父年高力衰，无以效命，正待汝辈后生举事，血荐轩辕！"

子期的话突然，众人一时惊讶，皆无语。闻子期这般说，旁边的娘眼睛立刻红了，急忙上前插嘴道："不可，不可，子期尚年少……哪里成得了这等大事……便是那项公子亦是……"

爹爹没让娘再说下去，把娘拉开，大声道："事已至此。大秦残暴无道，刑罚苛刻，不稍宽容，今不走必死，走则尚可期待。汝休要害了我儿！走走走，速速离去！"

子期在地上咚咚地磕几个头，起身便先自顾出门了。

众人这才跟着出门，门前早有车马等候，众人于那车上各取剑戈，便相互簇拥着大步离去。爹爹又朝虞姬使了个眼色，低声道："此行慷慨，豪杰亡命，他日必举大事，须壮行色，汝何不送他们一程……"

虞姬闻父言，晓得爹爹心思，便也甩开步子，随着项公子与子期一行离开了村子。

四

一行人等匆匆南行，沿着村南的小路，走过石桥，走过一大片田地，前方是一树木郁郁葱葱的土山。

虞姬抢先上了山包，此刻东方已现曙色，红日欲出，东方满天的橘红。那橘红色的光映照着山川、河流、远近的村庄，和一群手持剑戈、行色匆匆的后生。满目的郁郁葱葱中，有一棵高大的银杏，秀于满山的林木，格外醒目，它高大挺拔，苍老又青翠。村里的老人们说，它有两千岁了，是棵神树。那树枝上挂满了各色的布条，那是村民们挂在银杏树上的祝福，但凡有人远行，家人必在这树上挂一布条，祈求神树保佑远行人平安，也在招呼他们早日归来，哪怕归来是一个魂魄呢。多少年，多少代，人们都这么做，以致这棵银杏树像长满胡须的老人一般。此刻那些布条亦被曙色映红，在晨风里飘动，若招摇的旗幡一般。于那树下，虞姬将衣襟的下摆撕下，亲手挂在一根树枝上。她不知道自己是被这招摇的旗幡打动，还是被这些行色匆匆的男人打动。她想起了爹爹教她的歌，那是一首慷慨而悲壮的歌，是楚国武士们都爱唱的歌，是楚国军人的魂，是赞颂阵亡烈士的歌，那是楚国大夫屈原的《国殇》。虞姬便于那银杏下高声地唱了起来：

操吴戈兮被犀甲，车错毂兮短兵接。
旌蔽日兮敌若云，矢交坠兮士争先……

刚唱两句，虞姬便觉得自己身上的血沸腾了。她想起爹爹跟她说的话，爹爹告诉她，他们虞姓身上流着与别人不一般的血，他们的血是高贵的，他们的头颅是高贵的，他们是楚国贵族后裔，是人与神媾和的后裔，是楚国武士与那妖媚山鬼的后裔。那个屈原笔下，身披薜荔腰束女萝的山鬼，曾千万次地缠绕在她的梦里，曾千万次地感动着她。在她童年的游戏中，曾将无数的绿枝绿叶缠绕在身上，曾无数次幻想驾着赤豹身后紧跟文狸，行在山间，行在田野，行在闹市，行在天上人间。而此刻，虞姬觉得自己便真的成了山鬼，是个不惧生，亦不惧死的山鬼，是个能诱惑这个世界上最勇猛武士的山鬼。她的歌声亦愈加激昂，须臾间便感染这帮年轻人，大家都跟着唱了起来：

凌余阵兮躐余行，左骖殪兮右刃伤。

霾两轮兮絷四马，援玉枹兮击鸣鼓。

天时怼兮威灵怒，严杀尽兮弃原野。

出不入兮往不反，平原忽兮路超远。

带长剑兮挟秦弓，首身离兮心不惩。

诚既勇兮又以武，终刚强兮不可凌。

身既死兮神以灵，魂魄毅兮为鬼雄。

　　虞姬目睹着眼前这些男人唱着歌，一个个从她身边走过。她看子期的眼红了，在她面前欲言又止；她见项公子气息喘得紧，看见项公子的眼皮在跳动，她甚至听见了项公子的心跳。项公子在虞姬面前停下，哽咽道："悲莫悲兮生别离，乐莫乐兮新相知。小妹就此驻足吧，若再送我等必涕零了。"

　　虞姬道："也好，送君千里终有一别。项公子，要知道小妹的心便如这银杏，千年万年在这里候着汝归来，休要辜负了我。"

　　项公子道："此生定不负小妹！"言毕便大步向山下走去。众人将到坡底，将被那郁郁葱葱的树木遮掩。那项公子回首，再次向虞姬张望，须臾间独自高歌起来：

出其东门，有女如云。

虽则如云，匪我思存。

缟衣綦巾，聊乐我员。

出其闉阇，有女如荼。

虽则如荼，匪我思且。

缟衣茹藘，聊可与娱。

　　虞姬知道他这是在表达对她忠贞不渝的爱意，是在向她倾诉他的衷

40

情。虞姬想起了屈原《九歌》中的山鬼，她便于那山巅回应着项公子，她唱道：

> 若有人兮山之阿，
> 被薜荔兮带女萝。
>
> 被石兰兮带杜衡，
> 折芬馨兮遗所思。
>
> 怨公子兮怅忘归，
> 君思我兮不得闲。
>
> 风飒飒兮木萧萧，
> 思公子兮徒离忧。

歌声从山巅洒下，如甘霖一般。虞姬看见那些男人皆驻足，皆回首，皆被她感动。虞姬知道她不应该耽搁他们，不应该让这些即将远行的男人再流连，他们不属于儿女情长，他们肩负着复兴楚国的重担，他们必将远行，必将在出生入死中实现他们的梦想。虞姬朝那些男人摆了摆手，催他们前行。

郁郁葱葱的林木终于将那些男人遮掩住了，虞姬想，她的心、她的魂已经随他们去了，永远地去了，不管是血雨腥风，也不管是出生入死，从此她与他们、与他便永不分离……

第四章　狼烟四起，不羡嫦娥奔皓月

一

果然那项梁杀死求盗一事很快便败露了，官府里来了不少官兵。他们围了项羽外祖家，也围了村子，大呼小叫，四处寻人，搞得村子里鸡飞狗跳。

事情是因虞姬而起，虞姬的爹娘担心会牵扯到虞姬，待将虞姬藏到院子里的菜窖里。他们吩咐虞姬道："事发，惊动官兵了，小女子恐难脱干系，可到地窖里一躲，若非爹娘呼唤，休得要露头！"

虞姬倒并不害怕，并不想进那地窖里，她嫌地窖黑潮，道："是那求盗自作孽，当死，小女子无辜。"

爹爹道："咄！那大秦的官府岂容汝说理！求盗乃官家人，岂是百姓可杀的？小女子如何晓得利害！休要多言。"

娘也在一旁道："休要连累一家人！"

虞姬无奈，只好下到地窖里，爹娘再以柴草将那地窖盖严，不留一点儿缝隙。虞姬只好在那伸手不见五指的地窖待着，一心只听外面的动静。

须臾便听得那官兵进了院子，四处搜了一阵子，才离开。虞姬正待从地窖里爬出，又听得院子门响。

有人高声喊："虞太公一向可好。"

虞姬听出是亭长的声音，莫非他晓得事情是因虞姬而起，虞姬心中一紧。

爹爹的声音倒是平静，"有劳亭长挂牵，老夫一向无恙。"

那亭长嘿嘿笑了几声，问道："这子期如何不在？"

"竖子不安分，哪里束缚得住，前些日子便出门了，不得一点儿消息。"

"嘿嘿，汝家不是还有一位貌若天仙的小女子吗？如何也不见了踪影。"

"昨日随她娘舅去姥姥家省亲，不几日便回。"

"哈哈哈，虞太公便休要再瞒人啦，要想人不知除非己莫为，这项梁杀人，恐与汝家难脱干系，此中蹊跷若不知，我便空为亭长了……"

"这，这……"虞姬听出爹爹的紧张。

"哈哈哈，太公休要慌张，此事我已查明。也怪那求盗，原本便横行乡里惯了，素有民愤，更兼贪财好色。我早晚苦心说教与他，他却依仗着几分蛮力，哪里肯将我良言放在心里。此等歹劣之徒，早晚必有一劫。"

"亭长所言极是，我家小女子，早便许配与那项家公子。小女子遭求盗如此纠缠戏弄，休道那项家子弟个个英雄，便是一般人家，若有一分血性，亦不会旁观。"

"正是念及此，我方才已为汝搪塞过去。我与那官家道项梁杀那求盗，皆为一时口角引发殴斗，失手所为。如此便不会累及太公家人。"

"啊，啊，感激亭长的救命之恩！老夫铭记了……"

"感激便休要再提了，我如此搪塞，一是那项梁与俺尝有交往，素知那男人本是有义之人。天下谁不知他项家，难得于俺大楚有功；二来在下亦是早闻太公大名，心中景仰久矣。故做下此等有违律法之事，也算是为汝等担下血海般的干系了，身家性命也豁将出去。"

"亭长恩同再造，老夫实在无以回报。好在那项公子与子期皆青壮之士，更非等闲之辈，若来日成就大事，岂能不报答亭长。"

"太公休要言报，言及此处我最忧心。我亦晓得那项梁一干人并非等闲之辈，且素有反秦复楚之心。我只盼他们此一去休要再做下反事，那时便是我也搪塞不下去了，大秦法度是要连坐的，只怕我亦将受那连累之苦。若摊上这等大事，我这项上吃饭的东西怕是难保了。太公亦是要受累及的，哪里还得安居于此，轻者千里徭役，重者亦是全家皆蒙屠戮。若日后有了他等的消息，可将此利害告于他等，安生活命便好，也算未辜负我一片苦心，休要图一时恩仇快意，再酿出大事，累及我等……那时无有好的。"

虞姬只听得爹爹一个劲儿地应承，又听见娘满院子撵鸡撵鸭的声音，说是要送与亭长做报答。鸡飞鸭叫间那亭长又与爹爹吩咐了许多，爹爹只是满口的感激。

最后虞姬听得那亭长拎着鸡鸭出门的声音，他站在门口又啰唆了许多。

待那亭长出了院子大门，虞姬早已等待不及，也不待爹娘召唤便从地窖里钻了出来。刚站到地窖外，她便被那白花花的太阳刺得好长时间睁不开眼，有些摇摇晃晃。虞姬扶着旁边的大树，暗暗寻思，看那些男人离去的阵势，来日若不反才怪。这些血性男人，这些大楚遗民，有哪个甘心受暴秦统治，又有哪个甘愿做暴秦的顺民？若真有那一天，她一点儿也不怕连累，她今生与那重瞳小子命已相连，心已相连。待那狼烟四起时，待他剑指大秦时，她愿化作战鼓去为那些男人呐喊，她愿化作旌旗去为那些男人招魂。

二

那项公子虽是避到外地，倒也常有消息传来。他的消息和子期往往

44

是同时而至，捎话人站在虞家门外喊一声："虞太公，有人捎话！"虞姬一家三口皆奔至门前，打开大门。那人往往是风尘仆仆的样子，还有一黑包裹斜挎着，挨着屁股。那人笑嘻嘻地站在门外，便将子期的口信告诉爹爹，子期的话不多，只几句，道是人在吴中，一切皆好，盼爹娘多多保重。

爹亦是将家中一切皆好，只等孩儿早日归家之类的话捎给那捎话的人。

那人将子期的话捎完，也并不离去，低声对虞姬道："还有人捎话与姑娘呢。"虞姬的爹娘见状便不声不响离开了。那人这才将那项公子的话捎给虞姬，那话亦是不多，往往也是三五句，无非是叫虞姬吃好喝好，休要忘了他。不过话毕，那人还要在那黑包裹里摸来摸去，摸出一些小东小西的物品，双手递与虞姬。那物品也不是甚值钱物品，或是吴中的梳篦，或是耳饰类饰品。那些小玩意儿虽不起眼，虞姬觉得也是那项公子的一片真情。最让虞姬喜爱的是一副玛瑙珠串成的颈饰。虞姬独自在闺房时，便将那颈饰戴在颈上，对着铜镜照了又照。皎洁的月光照在那颈饰上，那一颗颗玛瑙珠，晶莹剔透，闪着橘红的光，像一颗颗夜明珠，让她的闺房都明亮起来，让她白皙秀美的面庞，透露出别样的美艳，逼人眼的美艳。那副颈饰让虞姬爱不释手。她暗自思忖，想不到这重瞳小子倒也是个多情的痴人。他心中惦记着她，她又何尝不是日日思念他呢？许多的日子他都在她的梦中出现。她梦见他起事了，招了十万大军，骑着高头大马还乡来了。他的队伍旌旗招展，皮甲明亮。子期在他左边，季布在他右边。他们浩浩荡荡地走过楚国大地，走过原野，走过小桥，一直走进村里。

他们停在虞家的大门前，他来拜见虞姬爹娘，他来迎娶她。他是她的英雄，他是闾里的英雄，他是楚国的英雄。虞姬每每想到此便常常笑出声来。有时爹娘在眼前，她亦会失声笑出，让爹娘愕然不已，不知她欲何为。

当然那相思不尽是这般甜美，还有苦楚凄伤，有时候她会不由自主想到那项公子血染战袍，毙命沙场，再也不归了，他们各自离魂独舞，这一别便是永生永世。想到这些，她会感到痛彻心扉，不由得泪眼迷离。这种时刻她往往会避开爹娘，拾掇几件衣物，佯作洗衣来到小河边，望着那一去不回的河水，唱着屈原的《湘君》：

> 君不行兮夷犹，蹇谁留兮中洲？
> 美要眇兮宜修，沛吾乘兮桂舟。
> 令沅湘兮无波，使江水兮安流；
> 望夫君兮未来，吹参差兮谁思？

那多愁善感的《湘君》最能抒发她此刻的情怀。她一直喜爱《湘君》，爹爹教她时，她一吟之便泪流满面。那时爹爹便说她是佳人阁泪胜却英雄豪气。

虞姬几乎可以将自己的想象编成一个悲欢离合、爱恨情仇的故事了。

虞姬自己也未想到她的想象会那般快地便成真了。寒来暑往，未出四载，先是陈涉等起大泽中，闹得人心惶惶，似乎硝烟弥漫了整个世界，接着便传来项梁也在吴中反了的消息。那消息是从项家那边传来的。那是十月的一个日子，天空格外高远，碧蓝碧蓝的，没有一丝的云彩。虞姬正在一棵樱桃树下看着一行大雁从头顶飞过，那嘎嘎的叫声响彻天际，让樱桃树上的叶子也颤动起来。爹娘也正在院子的那一头唉声叹气。这本该是个很正常、很平静的秋日下午。

一阵敲门声把这平静打破了。虞姬慌忙跑过去打开大门，迎面看见几个项家子弟站在门口，为首的是个叫项庄的后生，年龄与虞姬相仿，和项羽一样生得十分伟岸。虞姬知道他是项公子的叔伯兄弟，村里常遇见的。此刻项庄突然到来，她知道必是有事，忙将项庄让进院子，喊爹娘出门。

那项庄将一干人等留在院外，独自进了院子，见到虞姬的爹娘先行施礼，然后将项梁等人在会稽举吴中之兵起大事告于前。

爹爹捋着胡子沉吟片刻，道："七月陈涉大泽揭竿而起，我料项公子等人不会旁观，今果然起事了……"

"太公果然先见之明。"

"汝等今欲何为？"

项庄道："大秦连坐制，一人犯法必是株连九族，官府岂能再容我项家，今在家是死，逃亡亦是死，不若去投奔项梁，一起反了。趁官兵未到，我等欲速速走人。我闻子期亦在起事军中，太公与项家更是姻亲，势必受累，特来告知太公，或与我等同行。"

虞姬听见爹爹干笑了几声，有点儿苦涩，有些沙哑，他道："终于来了，这一天终于来了……唉，老夫本是行将就木之人，哪里能与尔一同颠簸，这把老骨头怕是未到吴中便散了。"

项庄道："那……太公可另寻去处，还是避避为好。"

虞姬看见爹爹的目光望向自己，有些担忧，有些决绝。爹爹问虞姬道："眼前这些后生往吴中，投身义举，投那项公子，或战死沙场，或匡扶我大楚！汝将与他们同往乎？"

虞姬没想到爹爹会这般问她，尽管她早猜到会有今日，但事情来时，还是觉得有些突兀，她不知当如何回答。那项家公子所为正是她的神往，也是爹的夙愿，可爹娘毕竟年事已高，若受株连，必是凶多吉少。她又如何舍得下年迈的爹娘呢？虞姬一时无语。

爹爹笑道："小女子休要以我为念，我与汝娘自有避处。爹爹本已将汝许配给了那项家公子，便是刀山火海亦不可相避，当同甘共苦，生死相依。我素知汝性烈，若有心与那项公子同赴楚难，便休要盘桓，收拾收拾，此刻便与项庄同去吴中。"

项庄在一旁道："太公所言极是，晚辈也如此寻思，只恐二老不舍，又忧路途遥远，或生意外，故未敢言及此事。"

爹爹大笑道："哈哈哈，我家世受大楚恩惠。复楚本老夫心愿，只于今年老体衰，无以为力。小女子若得与项公子同举大义，生死相依，亦算是了了老夫心愿，有何不舍？若小女有此意，便是一个字：去去去，休要盘桓。老夫这里便与尔等送行！"

闻爹爹这般说，虞姬便也横下一条心，道："横竖不过生死一场，小女子并无半点儿犹豫，只是舍不下爹娘。"

爹爹将手一挥，道："小女子不知我心乎？休要惦记家中，我与汝娘尚可相互搀扶，并无大碍。汝到吴中，只一心追随项公子，共图大业。爹娘并无他求，只待尔等早日凯旋！"

爹爹说得悲壮，虞姬听得动情。她晓得爹爹的心愿，也晓得爹性格中的豪气，她想她可以义无反顾了，她该去追随项公子了。她不仅仅是为了自己心中的那个男人，更是为了爹爹的心愿。

三

虞姬当下便要去收拾好行囊，她道："大家稍候片刻，待我去闺房收拾行囊，这便与大家同去项公子的营中。"

爹爹道："今日便休要梳妆打扮了。"

虞姬很奇怪，爹爹如何这般说话，平日里她出门前总是要花费许久时间梳妆打扮，这个时候爹爹是绝不允许别人催促的。他总要道："外正衣冠礼仪，内正品德心灵，乃君子也。休要催促。"今日却这般说话。

虞姬有些不解道："今要出远门，爹爹如何便不让小女子梳妆？"

爹爹道："今日非同寻常，爹爹送汝是出征，是到那沙场效命，一路山高水险。或官兵缉拿，或出生入死。这战乱之际，强人横行，军队无序，休要说梳妆打扮了，便汝那俏丽模样，敢出远门也必招来杀身之祸，累及大家。去去去，赶紧换上男儿装扮，或不再惹人眼目。"

娘听了爹爹的话，赶紧进屋拿了套子期前些年的衣服，递到虞姬手里。虞姬思忖爹爹说得有理，便回闺房去换衣服。子期是个习武好动之人，新衣上身不几天，不是这里扯开，便是那里撕破。那些旧衣服虽补丁连连，一个叠着一个，却也浆洗得干净，黑是黑，白是白。虞姬平时哪里会穿这等的衣服。她家境虽不算太好，也有几亩好田地，一家人衣食亦可无忧。就连那子期若不是知道自己好动，新衣穿不了几天，也不会穿这等衣服的。只是想到爹爹刚才的话，虞姬无奈，硬着头皮将子期的旧衣穿在身上。

虞姬本以为自己穿上子期的旧衣，便将自己的俏丽掩饰住了，这对她来说是件很痛苦的事。女孩子本便爱美，何况虞姬打小儿便知道自己容貌出众，总看见街坊邻居朝自己竖大拇指，啧啧道："这哪里是人啊，硬是天仙下凡了嘛。"尤其那卧蚕眉、丹凤眼，更是叫人称奇，无人不说小女子长大必是奇人。再大点儿，出落得愈发俏丽，村里村外的男人遇见她无不驻足回首，那魂魄仿佛都没了。虞姬亦是常常得意，故比那寻常的女孩子更用心化妆，哪次出门都要在铜镜前打扮一两个时辰，待齐齐整整，方迈出闺房。那日头下一站，便亮堂堂地照亮一大片，比那当空的红日还耀眼，明亮。这次她不但不可梳妆打扮，还要穿上子期的旧衣衫，把自己往丑里收拾，心情哪里好得了。换上子期衣服，一并将发式换作男儿的发式。虞姬思忖今番她再无女儿的娇媚了，索性连镜子都懒得照了，便快快出得门来。哪料想她往院子里一站，那院子里的人都倒吸了口凉气，他们看惯了女装的虞姬，哪里会想到，换了男装的虞姬却是另一番惊艳，卧蚕眉上透露着一丝刚烈，丹凤眼里闪着无限柔情，好一个天下再也难寻的美少年！

汝看那男装虞姬：白衣，黑发，白衣偕那黑发皆飘飘逸逸，不扎不束，微微飘拂，仿佛衬着悬在半空中的一个玉人。再细看时，更是面如冠玉，长身而立，卧蚕眉、丹凤眼，抬眼望长天，日月亦无颜色。

那项庄不由得叹道："此亦惹人眼目矣！"

爹爹也顿足道："奈何奈何，便是奈何，终不能换个人吧？"

项庄亦无甚的妙法，只好道："罢罢罢，好歹是个男儿装束，便也少了许多麻烦。"

爹爹也只好点头，道："罢罢罢……"

粗粗收拾好行囊，爹娘便将虞姬与项庄送出院子大门，与门外等候的项家子弟会合。爹娘待要送出村口，项庄拦住了，他道："太公休要远送，赶紧也打点打点，到亲戚家避上几日。今反声四起，遍地英雄，无有不反者。想他大秦亦不久矣，太公躲些许日子便可回。待我等成就大业再回来拜谢太公。"

虞姬拦住爹娘，当下几番叩首，即当拜别。起身时，她看见爹爹的眼睛皆红了，娘早已泪流满面，侧过脸去。

虞姬道："爹娘休要牵挂小女子便是，到那边有项公子，有子期哥哥关照，定不会稍有差池。汝们多保重才是。"

爹爹便不再前行，相互搀扶着朝众人摆手道："尔等走好，走好，但多行小路，少行大道，处处小心官兵截杀。"

虞姬本第一次别离爹娘，想已年迈体衰的爹娘今后的艰辛；想自己此一去沙场征战，箭如雨，戈如林，生死未卜，也不知此生能否再见爹娘？心中自是难受，几多伤感涌上心头，行走间，眼睛亦湿了，泪水几出眼眶。她咬紧牙关，努力将那酸酸的眼泪咽下，寻思此乃出征，哪里容得儿女情长，须豪迈才是。她又大声唱起了屈原的《国殇》：

> 操吴戈兮被犀甲，车错毂兮短兵接。
> 旌蔽日兮敌若云，矢交坠兮士争先……

虞姬声音高亢激昂，极富感染力。一行人等皆为所动，随虞姬唱了起来，精神也顿时饱满。虞姬暗自思忖，若有一日，得在那沙场之上，在那万军丛中，她必以此来激励那些楚国的将士，国虽有殇，楚魂不灭……

> 诚既勇兮又以武，终刚强兮不可凌。
> 身既死兮神以灵，魂魄毅兮为鬼雄。

那是个秋日的午后，十月的风略带些许寒意。一行人慷慨前行，去那热血飞扬的沙场，去见证生与死，去见证不屈的楚魂，去见证千秋不灭的悲壮。

虞姬与众人走出了好远，翻过了那耸着千年银杏的土山，下到谷底。虞姬再回首，居然看见了爹娘，哪承想那一双白发苍苍的老人居然跟到了土山上，他们相互搀扶着站在那银杏树下，正朝这边眺望着。

秋日的暖阳，洒了他们一身，满头白发皆被染黄，那银杏的枝杈插进了蓝天，绿叶间夹杂着点点的黄，在空中摇曳着。一枝树枝上悬挂着一张巨大的白布，那是她家的床单呢，爹娘居然将它整个都悬挂在银杏树上。那张巨大白布，那么醒目，那么招摇，与银杏树上悬挂的那些布条一起在风中飘动，猎猎如战旗，悲壮若楚歌。这是多虔诚的祈佑啊，这是多真切的召唤啊。她想，此一去，不管是成是败，是荣是耻，一切都不重要，轰轰烈烈一场后，来日她必归故里，哪怕血溅长空，身首他乡，她的魂魄亦是必归故里的。爹娘的祈佑与召唤已经铭刻在她骨子里了，已经融进她的血液里了。

虞姬眼睛一红，再也控制不住了，泪水瞬间便湿了香腮。

四

虞姬跟着项庄一干人等马不停蹄，紧赶慢赶，一个下午走了十几里路。眼看日头西沉，西边天空飘着浓浓的一抹火烧云，那颜色极为鲜艳，映红了整个天地。虞姬觉得自己口干舌燥，也确实有些走不动了。她将项庄唤到跟前道："这一口气少说也走了十数里，众人皆力衰，想那官差也断是追不上了。何不就此休息片刻，也好埋锅造饭，待进了食，众人体力恢复，再行赶路不迟。"

项庄左右看了看，道："恐怕不妥吧……"

"有何不妥？"

"此地附近有村舍，鸡鸣狗吠之声不时传来，更兼此刻云霞满天，遍野皆归家的农人。我等埋锅造饭太惹人眼，恐有那多事之人，报了官差。"

"何妨，此处人地生疏，无人可辨别汝我，谁晓得我等是投靠项公子的。便是那官差来了，我等托词前去服徭役，官差又奈我何。"

那项庄犹豫须臾，摇头道："还是谨慎点儿才好，来时前辈吩咐，走路走小路，处处留心为好。我等一鼓作气，再行他几里路，待天色昏暗时，挑个僻静处再埋锅造饭岂不更好？还是行吧。"

虞姬知道项公子这个兄弟谨慎，平时和子期、季布一起玩时是最老实忠厚的一个后生。她不想为难项庄，便不再言语。

于是大家又行了一段路，天也黑了下来。虞姬也感到耳边安静极了，只有他们沙沙的脚步声，并无那鸡鸣犬吠传来，似乎附近已没了村落。她又将项庄唤到眼前，道："天色已黑，听动静，此刻我等业已远离村落，便是埋锅造饭的好地方。"

那项庄面无表情道："未可。"

虞姬不高兴了，她道："方才汝道，恐附近村落多事之人告发。此刻已远离了村落，况四野黑黑如漆，荒郊野外，何人会窥我等？更何来告发者？此刻不埋锅造饭，更待何时？"

项庄道："正是这夜色，虽已远离了村子，四野平坦，一旦我等燃起炊烟，那红红的火光必是远播，十里之外亦可察也，不妥不妥。"

"依汝之言，旦不妥，夜不妥，竟何时是妥？难不成叫我等饿到那项公子营内，恐未见大营我等皆毙命于饥饿了。"

项庄依然面无表情道："姑娘听我说，前行数里，有沟壑，沟壑中有林木，沟深而林密。彼时我等匿于那沟壑之中，更兼有林木掩映，那夜火亦不为人知，是造饭的极佳地点。"

听项庄这般说道，虞姬觉得也有些道理，便长长地叹了口气，强忍了饥饿，又跟着这一干人等继续前行。约半个时辰后，果然前方一沟壑，众人嬉笑着下到沟壑里。

虞姬再看看周遭，皆林木。那沟虽不甚深，附近树林却茂盛，此地造饭，那烟火再旺，也断不会有明火远播。虞姬心中暗暗佩服起项庄了，想不到他小小年纪便如此有心机，她低声对项庄赞道："果是项家子弟，个个英雄，如此深谙谋略，了得。"

那项庄终于有了一丝笑意，有些羞涩道："此非谋略，乃小小机断，皆为前番与项羽、子期他们厮混时习得，只当皮毛。无谋略无以成大事，有谋略无机断亦难成大事。"

虞姬暗忖，真不枉了这些人。这些后生天天凑在一起，竟也练就了成大事的底子，天下少年英雄便是这般练就的吧。他们个个人杰，想来日神州大地，必是他等少年叱咤风云、纵横天下之疆场。

那项庄叫两人掘野灶，叫两人林外望风，余下的人觅柴，取水。众人手快，不一会儿那野灶便掘好，柴火也抱将过来。众人钻木取火，火光燃起，架上大釜。众人七手八脚正备夜炊，便听得林子外传来梆声，声声急切。项庄道："不好！未为缜密，必是火光招来官府差人。"

众人大骇，虞姬也感意外，一时不知如何是好。

项庄道："休要惊慌，我自有应对。汝等且掀了大釜，将明火散开，四下点燃，愈多愈好，愈大愈好，等我去林外看了再说。"言毕他掣出腰间长剑，跳出沟壑，快步奔向林外。

虞姬等人按项庄吩咐，将那柴火燃得红光漫天。少顷项庄奔回，道："汝等随我来矣！只一个方向杀出，休要恋战。"

众人皆掣出剑戈，那虞姬亦将腰间长剑掣出，这剑是出门时爹爹亲手交与她的。爹爹道："此物乃军之魂魄，军中出入断不可少此物。"此剑乃她平日舞剑的用剑，剑长近三尺，舞起来呼呼生风，寒光闪闪，观者如山色沮丧，天地为之久低昂。爹爹尝告于她，此剑乃虞氏先人传下之著名楚剑。那剑成双箍厚格式，剑格的正、反两面，分别以绿错金铭文嵌绿松石。松石镶嵌成精美的饕餮纹与云雷纹造型，剑身上有八字鸟虫篆错金铭文。虞姬熟悉此剑，此剑亦熟悉她。多少个寒来暑往，虞姬日夜习练此剑，早已剑人合一。

虞姬随众人跟在项庄身后，一阵喊杀朝那边冲去。此刻，整个林子亦是四处火焰，火声、风声、喊杀声也四处响起。虞姬不晓得官差在哪里，官差亦不晓得虞姬他们在何处。虞姬只感觉他们是被官差围了，四处皆有喊声，那喊声此起彼伏，皆道："休要走了项家人！休要走了项庄！"

项庄这边无人懈怠，无不奋力拼杀。若遇拦住者，项庄便高声喝道："挡我者亡矣！"众人一路拼杀，争死在先。

那虞姬毕竟女流，方遇阻时，尚有几分胆怯，不敢上前。一旁项庄道："今退必死，进或生！且随我来争条命！"

虞姬便也顾不得那许多，快步向前，真待与敌交手，更将胆怯全然忘掉，一心只想死里逃生，那剑便在手中舞动，或劈或刺，好不流畅，一般人真也难敌。好在拦截他们的并不是秦军，只是那些衙门里的官差，平日里养尊处优，哪里经过沙场。吆喝百姓，横行乡里尚可充数，这般真刀真枪阵势又何曾见过，一旦交手，望剑影闪闪，火光冲天，哪有不胆战的，便纷纷避让。更兼那四处燃烧的大火，也将那官差分散，以为处处皆有项家人，向那火光围去。虞姬与项庄一干人等很快便朝南杀出一条路，冲出了重围。

他们不敢稍有喘息，一鼓作气，竟跑出十数里。众人稍做休憩，清点人数，这二十多人只折损两个，也算是虚惊一场。只是出门时携带的那些干粮、行李、锅碗瓢勺尽失，再无人言埋锅造饭之事。

第五章　一诺千金，披肝沥胆故人情

一

　　虞姬这一干人等，匆匆复匆匆，只拣那荒凉无路处奔走，也不知行了多少里路，也不知道走了几个时辰。直到天大亮，日头直直地照在身上，众人来到一座荒无人烟的山下。看看四野无有炊烟，亦无开垦过的土地，极目远眺，除了杂草还是杂草，除了乱石还是乱石。那秋天的杂草，深绿中夹杂着淡黄，草丛中散布着各色的野花，在秋风中摇晃着。项庄这才再次叫众人停下歇脚。此刻大家皆饥饿，疲惫，似乎再也行走不得。虞姬细细看这些个人，有的瘫倒一般，四脚八叉躺在地上；有的相互斜倚着，或呻吟，或喊饥叫渴。唯那项庄尚直挺挺地立着，不做疲惫状。他口唇泛白，有细细的白皮卷起，衣衫凌乱，上面溅着点点的血污。只是他依然强打着精神对众人道："只小憩片刻，休要睡去。"

　　众人听马上还要赶路，皆不满，纷纷抱怨。

　　那项庄又道："尔等休要聒噪，休要这般丧气，此处离吴中已不远。稍息片刻，便再行赶路！"

　　众人不从，或道："已无站立之力，只如何再行赶路。"或道："若得走，便是马尚需草料食之，况人乎？"或道："无食尚可，如今只口

55

渴难耐，若再不进水，实在难行。"

项庄哪里听得他人言，只独自立于地上，四处遥望。

众人哼哼唧唧了一阵，不过须臾，皆昏昏欲睡，再须臾便有鼾声大作。那项庄皱起眉头，耐着性子独自在地上踱了数圈，舔了舔嘴唇，一顿足，便大声喊道："皆起！皆起！赶路！"

众人哪肯睬他，自顾睡去。

项庄大怒，道："咄，若般懈怠，只怕我手中这三尺长剑依不得尔等！速起！速起！"言罢他便挥起手中的长剑驱赶那些躺在地上的人。

虞姬没想到竟无一人惧怕，那剑锋指处皆道："汝便是杀了我等，亦再无力行走！"

项庄道："方逃得性命，将再等死乎？便是我不杀尔等，或官差追来，或秦兵相遇，只待顷刻，尔等皆为醢矣！"

"不过一死，一剑了结，也胜似做个累死鬼。"

虞姬虽未与众人一般睡去，亦是无一点儿力了，口中干涩，嗓子若火烤般火辣辣的疼，但她知道此刻是不可放弃的。若大家泄了气，休要说再遇上堵截的，便是如此瘫倒在这荒郊野外，饥渴交加，他们中的许多人也再难站立起来了。毕竟一天一夜滴水未进，又是奔波，又是冲杀，血尽精竭。虞姬暗自思忖，既然前番拜别了爹娘，绝无在此处等死的道理，便是死亦要死在项公子的大营里，才不辜负了爹娘的凤愿，才不辜负那项公子一片真情。虞姬知道人不惧死时，剑戈相逼亦是无用。她勉强站了起来，向前望了望，不远处有隐隐约约一片黛青色，再仔细看时，仿若林子，顿时心中惊喜。她暗自思忖道：有林木处必有水源。虞姬心里立时便有了主意，她对众人大声道："前方有水！"

"水？"果然听到水字，众人皆来了精神。

有人问："何以见得？"

"老人们常言，林密处必有水源，有水便能救命。"虞姬道。

众人哪用多说，只闻一个水字，便个个精神振作，皆摇摇晃晃站了起来，朝虞姬指的地方走去。

那项庄朝虞姬看了一眼，眸子里满是钦佩。他也跟在众人身后奔了过去。

果然众人行了数百步后，那林子便真切地展现在眼前。一干人等欢呼雀跃，踉踉跄跄往前奔了起来。眼看来到林子跟前，哪承想一阵鼓声，林子里闪出一标人马。数百来人，将他们团团围住。再看众人皆瘫坐在地，个个惊恐无比，唯那项庄将手中的长剑晃晃悠悠举起。

虞姬心中暗自叫苦，此番休矣，这般光景便如何是好，她与众人只待束手就擒了。

那数百人马将他们团团围住后，却并不动手，为首一人，面容消瘦白皙。他策马上前，问道：“尔等何人？”

项庄摇摇晃晃上前道：“我等皆下项人也，因服徭役，误入歧途，以至这荒野之中，亦是两日滴水未进，饥渴至此……”

那首领道：“咄！如此拙劣谎言，安能瞒得了我。看尔等剑戈在手，衣襟之上满布血污，分明与人剑戈相见过，岂是服徭役之人，必是暴秦官兵！赶紧实话道来，若再有谎言，片刻之间尔等便化为灰烬！”

虞姬才猜出这些人不是秦国官兵，亦不是秦国官差，也赶紧上前将他们是项梁族人，欲往吴中投奔项梁之事一一具陈。

为首那人显然被虞姬吸引了，对虞姬道：“这后生好生相貌，倒是一表人物，汝可是那项梁的子侄项庄？我与那项梁已结为兄弟，你也算我的子侄了。”

虞姬赶紧指着项庄道：“他才是那项大人子侄，我不过随他等相聚而已。”

为首那人又问道：“如何称呼？”

“小人虞二。”

为首那人在马上哈哈大笑，道：“尔等幸得遇我，那项梁已立楚怀王，自号为武信君，复兴大楚指日可待。我乃田荣，方与武信君合兵一处，攻亢父，今大破秦军于东阿，日前才与那武信君分手，正欲引兵归齐，再行征兵买马，以图后事。今项梁不知何处，尔等如此困乏，难以

57

前行，正逢我齐军征兵买马，不若随我征战，功者必奖！"

那田荣言罢，也不待项庄一干人等回话，回头看了一眼虞姬，便自顾策马前行。

后面的人将饭食与水送与虞姬这一干人等，待他们食罢，尽数编入齐国军籍，充作士卒，一路随军前行。

途中项庄低声语于虞姬道："本欲投伯父，不想编入齐军，非我等所愿。饭食既已饱，不若速速离去。"

虞姬心中也正忐忑，本来是投项公子去的，却落到齐军手里，乱军丛中，一旦她女子身份暴露，结果更不堪设想。她亦知道此刻离去，那正征兵的齐军岂肯放过他们。她与项庄道："休要这般思忖，此刻若去必遭他等荼毒。且从长计议，或有幸离去。"

二

虞姬判断得没错，每到休息时，周围的兵士便将他们围在中间，或悻悻道："休得他顾！若生异心尔等皆死。"

翌日，齐军夜宿。是夜，月朗星稀，大军于旷野燃起篝火。虞姬项庄等皆围坐于篝火旁，这一干人等皆嗟叹不已，不知将如何。正在大家嗟叹之时，人丛中传来一阵马蹄声。一校官来到他们跟前，大声问道："那虞二何在？"

虞姬知道这是找自己的，便站起回道："小人在此。"

"我家主帅唤汝。"

"我？"虞姬很奇怪，以为人家是弄错了。

"便是汝！"

"我乃一小卒，主帅唤我何干？"

"休要啰唆，主帅唤汝便是汝！谁敢问他？随我一同去便是。"

虞姬不知出了何事，只好随那校官一同来到齐军大帅的大帐外。校官进去通报后，便叫虞姬进帐。

虞姬哪里敢怠慢，跟着校官低着头走进大帐。她从未见过这般大的大帐，也从未见过这样火把通明的帐篷，那些火把皆是由艾蒿和芦苇扎成的，上面蘸有油脂做照明用的，那光与寻常百姓家豆碗不可同日而语。那些火把插青铜的器皿上，分列在帐篷两边，光芒四射，将大帐照得亮如白昼。虞姬头一次见到这般光亮，眼睛亦是被刺得睁不开，话也不敢说。

"抬头。"一个声音道。

听了这话，虞姬方敢把头抬起来，她看见眼前站的便是昨日那个自称田荣的首领，火把将他的脸映得更白，仿佛夜空里的一弯月牙。

田荣问道："汝家居何处？父为何人？如何便与这项庄一起投军？"

虞姬除了将自己女儿之身隐瞒之外，别的都一一如实禀告。

田荣又问道："汝可曾婚配？"

"回大人，方及弱冠，并未婚配。"

那田荣听了虞姬的回话哈哈大笑道："善，善……"

虞姬不知他为何言善，正满心狐疑，就听得那田荣对旁边那校官道："好生善待此后生，不叫一点儿闪失，他日砍打杀伐之时休得使他上前。"

虞姬赶紧行礼，惶恐道："我本为布衣百姓，承蒙将军搭救，跟了将军，为齐军一卒，只等报将军大恩，执鞭坠镫，效命疆场，将军如何如此恩我，使我不得砍打杀伐？"

那田荣笑着对虞姬道："休要多问，且随我大军同行，待回到齐国我自有安排，那时汝便知分晓。"

虞姬哪里再敢多问，又随那校官诺诺退出大帐。退出几丈开外，那校官才笑道："汝富贵至矣，只勿相忘也。"

虞姬问："大人何出此言？若为一兵卒，富贵何来？今蒙大帅召见，在下一心忐忑，正不知所以然，还望大人赐教。"

那校官又笑道："他日富贵，可会忆及今日？"

虞姬道："大人取笑了，若得富贵，实不敢相忘。"

那校官这才道："我家大帅膝下有一女，大帅甚喜，视若身边玉佩、手中宝剑，常不离左右。昨日大帅见尔，便满脸喜色，数次回头观，后对我等道：'皆言不知子都之姣者，无目者也。此生胜却那子都数倍不已！真乃我婿也。'若为大帅婿，焉能不富贵？在下这里先恭喜公子了。"

虞姬闻听此言，一时大骇，心中叫苦不迭。她原是为投奔项公子才女扮男装的，哪承想却被这齐国大将田荣看中，欲收她为婿。如果到了齐国，她投不成项公子不说，若暴露了她女扮男装的身份，恐怕便是性命亦是难保。虞姬疑虑重重，愁眉不展，见到项庄，她将此事告知，那项庄亦是叫苦不迭，连连顿足道："若真到了齐国，叫我如何再见项家兄弟。"

再行军时，虞姬一干人等旁又多一专门照看她的校官。他们哪还有逃跑的机会。眼看将到齐国，众人依然无可奈何地跟着齐军走。一日众人正在行军途中，耳边马蹄声脆，一小队人马在大军旁经过。有人低声道："楚国使者！楚国使者！"虞姬这一干人等皆张望，果然那些人穿着有楚国标志的服装，剑戈明亮，旗帜高扬，快马加鞭地往前走。项庄兴奋地朝那些人挥手，那些人又哪里看得见大队人马中的项庄。虞姬晓得机会来了，也许这便是他们回到楚国的唯一机会。只是喊又不能喊，叫也不能叫。如何是好，如何是好，虞姬忽地急中生智，她对这一干人等道："歌矣！歌矣！"她带头唱起了《鸡鸣歌》：

> 东方欲明星烂烂，汝南晨鸡登坛唤。
> 曲终漏尽严具陈，月没星稀天下旦。
> 千门万户递鱼钥，宫中城上飞乌鹊。

于是这二十余人皆引吭高歌，那是所有楚人皆熟知的歌，楚国无人不是在《鸡鸣歌》中长大。那是他们的生活，是他们的童年，是他们的乡情，是他们的爹娘……一时歌者动情，闻者动容。那一小队的楚国使者闻此歌声，也皆勒住马缰，齐刷刷朝虞姬这边望来。啊，虞姬看见了一个红红的面庞，那是张她熟悉的面庞，是项公子与子期的朋友——季布，他骑着一匹高大的黑马，身后跟着姚起，走在那一小队人马前面，全然首领的样子。

几乎是同一时刻，季布也看见了她与项庄。那季布哪里有半点儿怠慢，策马便奔到他们跟前。他跳将下马，分开众人，径直奔到虞姬跟前。那校官欲阻拦，虞姬便道："休要无礼，此乃虞二表兄，多日不见，我正欲讨得家乡音讯。"

那校官不再阻拦，但却站在一旁不肯离开，虞姬又道："此是不欲我与表兄说话乎？若这般，我便与汝去见大帅！与俺讨个自由。"

那校官见虞姬这般说，犹豫片刻，便快快地站到数丈之外，只拿一双眼睛远远望着他们。

二人将各自情况草草说了一下，虞姬低声将齐国大将田荣要将女儿许配与她，现在一个校官寸步不离地跟在她身边的事也悄悄告于季布。她道："若到齐国，我命危矣。哥哥救我！"

季布皱眉想了一会儿，低声道："田荣尝与楚军共同抗秦，此人虽面目白皙，常见笑容，其实性非和善，骨子里残暴至极，且好色，此事万不可让其知晓真相。若其得知汝为女儿身，不知又会生出何等事来。今窥汝貌美，欲使汝做其小婿，若得知汝为女儿之身，必将汝据为己有。"

"只是，只是，这又哪里瞒得了长久，只恐这般下去，到了齐国便休矣。"

"休要慌张，今我为楚使，主公有信与那田荣。待我办完差事，自会寻思出良机将汝带走。"言罢季布欲离开。

虞姬一把将季布扯住，道："哥哥若只顾那差事，我今休矣！"

那季布见虞姬这般，便指天信誓旦旦道："休要担忧，我岂能忘了汝。只听我季布一言，有我季布在，便是丢了季布的身家性命，也必不

61

叫汝入齐。"

季布与虞姬讲完，又与那项庄等寒暄数语，道："尔等休要懊恼，区区数人，想他田荣也不会放在心上，我皆可带走。只虞姬之事须另寻良策。"

言毕，季布便匆匆离开，去寻那田荣。

三

那季布去了大约两个时辰，便再行返回。来队列里寻到虞姬一干人，他跳下马来，对项庄言道："方才与那田荣大将军求情，大将军恩准尔等归楚。皆跟我走便是。"

那校官似乎也得令了，一旁道："只这虞二好福气，留下享福，余下人等尽可离去。"

虞姬听说自己走不了，心中一沉，正欲说话，却看见季布朝她使眼色，这才把话咽回去，只在心中忐忑。

季布对那校官道："这位虞二乃是我表弟。此番分手，正值战乱，硝烟遍地，更千里转战，不知何时能再见，此地一别或阴阳相隔也未可知。出门时娘舅曾吩咐许多，此番齐军中相遇，也实是难得，我许多的话要与他一叙，大人让他送我一程如何？"

那校官犹豫良久，只不允。

虞姬明白季布的心思，必是想趁此机会将她带走。于是她亦对那校官道："骨肉分离，实是难忍，大人开恩。若是不放心，汝可一同随行。"

那校官不满道："也是啰唆，方才说罢，如何又要说，哪来这许多的话。"

虞姬道："父母年老体衰，田地荒芜，家中诸事皆要嘱托于我，哪里是一言片语讲得清的。在汝眼皮底下，不过一里半里便回转，何妨？

与人方便与己方便。"

那校官这才勉强点头应允，叫上四五名军士，随他一起骑上大马，不远不近跟着虞姬。

季布并不登马，牵着马缰与虞姬等步行。虞姬与季布边走边低语。行出约一里路，季布低声对虞姬道："待再走些路程，汝可乘我马速速离去。"

虞姬道："那校官岂会容我离开。"

季布道："季布在此，哪里容得他多言！"

"只怕言语不合时，闹将起来。"

"哈哈哈，何妨，彼时已远离齐军，便这三五军士、一个校官，奈我何？"

"若厮杀起来，那齐军大队人马并不远，岂肯善罢甘休，若得了消息，遣快马强兵，杀将过来，彼众我寡，如何是好？"

季布大笑道："汝可知我身旁这马是谁的？"

虞姬摇了摇头。

季布道："此番事急，楚军与那秦兵酣战且急，取定陶未果。武信君故遣我来联络齐军，共抗强秦。恐我误事，项羽哥哥特将此马假于我。"

虞姬闻听此马是项公子的，不由得细细地看去，此时方看出这高头大马黑黝黝的，威风凛凛，双目光芒四射。虞姬心中暗想，真不愧是项公子的坐骑，只他可配此马，也只此马可配他。那马仿佛通人性一般，也朝虞姬望了望，将马首偏向虞姬，轻轻地打了个响鼻，脚下的蹄子弹起一阵尘土，仿佛在向虞姬示意着什么。虞姬由衷赞道："是匹良马。"

季布道："此马非寻常之马，名曰'乌骓'，通体漆黑，油光发亮，唯四蹄白得赛雪，背长腰短而平直，四肢强健而壮实，又名唤'踢云乌骓'。人将其献入楚营时，无有人不喜爱，只是野性难驯，一般人哪里靠得近，便是依仗蛮力骑上的，无须片刻，也必被它摔将在地，无不鼻青脸肿。只我那项羽哥哥驯马有术，更雄壮无比，见到'乌骓'他大

63

吼一声，跃上'乌骓'，便扬鞭奔跑，只见他一林穿一林，一山过一山。此马非但未将他摔下，反倒汗流如注，身疲力竭。途遇一树，那项羽哥哥于那马上，将手缚于树身，本欲借树身将那马压制，谁知'乌骓'岂肯示弱，亦是拼死挣扎，结果人马齐用劲，竟将那树连根拔起，离地三五尺。这'乌骓'终是被项羽哥哥神力折服，从此甘愿为我家哥哥所驱使。"

季布的一席话，将虞姬带入无限的想象中，她脑海中现出项公子那伟岸的雄姿与那一往无前的气概。她耳边仿佛正响着项公子的吼叫声，脑海中正闪过项公子跃上马背的情景。

季布又道："此马尝日行千里，岂是齐军里那些良马撵得上的。你骑上它自管去便是，一骑前突，万驹莫追。"

虞姬有些忐忑，又望了望身边的乌骓马，暗自思忖，她哪有项公子那伟力，如何驾驭得了这乌骓马。

季布看出虞姬的忐忑了，笑道："汝休得担忧，此马更兼性可通人，重情有义，但凡我家哥哥交与的人，便甘心为所驱使，万死不辞，视若主人一般。那不相干之人便休想靠近。"

二人正说着，那校官便驱马近前，道："眼看已出一里多了，二位就此分手吧，我也好回去与我家大帅复命。"

季布叫手下人拦住那校官，这边将虞姬扶上那乌骓马，道："此马识途，你只管坐好便是，它必将你送到项羽哥哥的大营。"

虞姬哪里肯走，她若走了，这季布将如何面对齐军？如何面对那田荣？这项庄一干人等亦将因她的逃亡而受牵连。她一人一走了之，大家都凶多吉少。她对季布道："我一走了之，汝等将如何？"

季布身后的姚起紧接道："汝放心走便是，有我在，岂会让季公子有半点儿闪失。"

虞姬知道姚起的本事，哪里相信姚起的话，她摇头道："此事不妥，不妥，不可，万万不可！"

虞姬话音方落，季布便笑着在乌骓马的屁股上拍了一掌，道："回

64

家，休要停下！"哪待虞姬再有二话，那乌骓马便风驰电掣般跑了起来。一阵风刮过一般，瞬间虞姬便将身边那些人远远抛在身后，耳边只有断断续续的争吵和打斗声，她知道那边闹将起来了。

虞姬心中一阵紧似一阵，她不知道季布他们将如何应对齐军，若真是闹起来怕是凶多吉少吧。她知道她回不去了，此刻她心中只有一个念头：快快去见项公子吧，快，愈快愈好，或许他才能将他们救下。虞姬不由自主地又在那马屁股上拍了一掌。

那乌骓马仿佛懂得虞姬心思一般，四个雪白的蹄子奋起，踏雪般飞翔。

第六章　裙裾飘飞，玉洁冰清气若虹

一

那乌骓马居然一口气跑到几百里外的楚军大营，是时，日已西沉，火红的夕阳被一片火烧云裹着，仿佛整个西边的天空都在燃烧。

楚军大营要比齐军的大得多，那大大小小的帐篷连绵数里，扎在平旷的原野上。那些帐篷整齐排列，声势浩大而威严，那大营处旌旗猎猎，迎风飘扬，号角声此起彼伏，仿佛在传递着什么。大营里时时有列队的士兵巡查。那乌骓马驮着虞姬奔进辕门时，把门的士兵看见乌骓马都纷纷闪开，一路也并无人拦阻，好些士兵看着虞姬身下的乌骓马，还竖起拇指赞叹。虞姬暗暗惊诧，这项公子的马也好生了得，看来楚军士兵无人不识，无人不晓。因了这马的缘故，虞姬居然径直来到一座大帐前。虞姬见过田荣的大帐，也是这般，比一般的帐篷大得多。她想这该是楚军大帅住的地方吧？听说那项公子做了将领，便是在此帐中歇息吗？未待虞姬细想，那乌骓马便立于那大帐前，昂起脖子，嗷嗷一阵长嘶。那声音嘹亮悦耳，在空中飞扬。

乌骓马的嘶鸣方落，大帐里便闪出一员高大威猛的将领。虞姬望去，真个好不威风。你再看那将领：人高马大，膀阔腰圆，威风凛凛，乌黑的头发在头顶扎一圆髻，红绸束之，若一束鲜花；身着乌金甲，披虎皮红战袍。他手中执着虎头盘龙戟。那战戟亦是非同一般，长约一丈开外，光那戟杆便有碗口般粗细，一般人哪里拿得起。那将领连人带戟立在大帐前，便同小山一般。

虞姬一时没认出那将领，那将领也未认出虞姬。四目相对，二人相视片刻，虞姬这才认出来，此，便是项公子啊，那样熟悉，又那样陌生的梦中人！那双重瞳的眸子，正熠熠生辉，朝她闪着光。他，与前番相比变化太大了。前番那举止间透着生涩，今番他成熟中带着一种摄人魂魄的魅力；前番他虽高大却瘦弱，今番他高大且健硕；前番他布衣短衫寒碜，今番他战袍铠甲鲜亮；前番他重瞳闪亮而调皮，今番他重瞳闪亮而坚定。

一个懵懂后生，几年间居然成了一个盖世英雄、俊俏男儿。虞姬的心一时便醉了。她真想立刻便跳将下马，扑入他的怀里。多少月夜星空，多少相思牵挂，多少担惊受怕，不就是等着这一刻吗？不就是为了这一刻吗？她的脚在马镫里颤了几下，却没有翻身下马。她矜持了，她依然挺直着身子。他发达了，他做大事了，他麾下有千军万马了，他的大帐里会藏娇吗？他身边会少了倾慕他的女子吗？他那迷倒万千人的重瞳，比以前更亮了，比以前更摄人魂魄了。他是否也和她一样，还在日日思念着对方？他已英雄盖世，横扫千军，是否还会在意她一弱女子？这些年，虽常有信物往来，他却始终没回去看过她，心中还有她吗？虞姬骨子里的高傲不允许她立刻下马，多少日夜的思念这一刻却顿时化作无数的抱怨，她矜持地望着对方。

那项公子似乎也认出了虞姬，他将那虎头盘龙戟咣当一声扔在了地上，大地震动。虞姬感到身下的乌骓马也颤动了，四个蹄子仿佛皆在颤抖。

那项公子朝前走两步，口中道："你？竟真是你吗？"

虞姬没有回答项公子，她将头扭向一旁。

项公子又跑到虞姬面前，道："是我那虞姬妹子吗？如何这般装束？"

虞姬又将脸扭开，心中暗自思忖；若不是为了投奔你，我如何会这般装束，如何会脱去我那漂亮的女儿装，你，还好意思问吗？

那项公子又迎着虞姬的目光站着，道："我那虞姬，我的爱姬！让我想得好苦！"

虞姬这次没再扭过脸去，她要将自己的哀怨，要将自己的委屈告诉他，于是便于那马上轻声唱起了歌：

采三秀兮于山间，

石磊磊兮葛蔓蔓；

怨公子兮怅忘归，

君思我兮不得闲。

那歌声委婉，缠绵悱恻，似有无数哀怨。

项公子何等人物，如何不解虞姬的哀怨。只须臾，他站在虞姬面前亦是高声唱道：

思美人兮，揽涕而伫眙。

媒绝路阻兮，言不可结而诒。

蹇蹇之烦冤兮，陷滞而不发。

申旦以舒中情兮，志沉菀而莫达。

……

虞姬知道他唱的也是屈原的诗，是屈原的《九章·思美人》，爹爹常在家里吟唱，楚国的读书人皆会唱。只是项公子的嗓音粗狂而沧桑，仿佛经历了万千年风霜雪雨的洗礼，每个字都深深打动着虞姬。就在那歌声中，项公子缓步走到乌骓马前，他长臂轻舒，将虞姬从那乌骓马上抱将下来……

这一刻，虞姬顺从了，她的心、她的骨肉皆酥软了，所有的哀怨竟刹那化作云烟。此刻，虞姬僵硬的身体渐渐柔软，心中的盔甲早已化作蔓藤，探出枝条将公子环绕。

虞姬被项公子抱进大帐许久才放下，那项公子将虞姬放在榻上，也不顾身边那些未及躲避的卫士，一双大手就撕开了虞姬的衣襟，他迫不及待地要与虞姬亲热。

那虞姬也是抑制不住内心的激动，紧紧望着项公子，低声呻吟起来。她看见了那些慌忙回避的卫士，她看见了大帐的门帘尚未放下，她看见了有好奇的军士在向大帐里张望。她自己想不到这一刻，她居然连一点儿害羞也没有，连一点儿顾忌也没有，连一丝回避的想法也没有。她觉得自己那么坦然，那么开心，甚至有点儿炫耀。她觉得她出生入死就为了这一刻，她千里迢迢就为了这一刻，既然连生死都不在乎了，她还在乎什么？她真想让天下人皆看看，看她有一个多好的情郎，她要让天下人皆看看，看她是多么幸福，看她是多么骄傲。

虞姬正迎合之际，突然便听见乌骓马在外嘶鸣，虞姬脑海中便闪现出季布，想起了姚起，想起了项庄，他们的身影在虞姬的脑海里一个个闪过。是的，她如今到了情郎身边，她如愿以偿了，那些个人尚不知生死呢！虞姬心中一紧，急忙止住了项公子的手，道："且慢，公子且听我言。"于是她将她与项庄一同出门，季布为她身陷齐军大营的事一一告诉项公子。

虞姬道："项公子，须快快将季布他等救出，此番迟恐生变。"

项公子听完，哈哈哈大笑，道："此等小事何须爱姬担忧。"

"为何？"

项公子不慌不忙道："如今强秦未去，大敌当前，楚齐两军，合者互利，分者各弱，斗者皆亡。那田荣岂会不晓这个道理，岂肯为此区区小事伤了楚齐两国的和气。待我再遣使赴齐，致以歉意，陈以利害，田荣必不会加害于季布他们的。爱姬尽可放心便是。"

虞姬发现如今的项公子真的再不是从前那个毛手毛脚的后生了，他不仅举止沉稳了许多，那唇上也长出了浓浓的黑须。那黑黑的两道，如展开的燕尾一般，让他更显得威武。这让虞姬心中生出许多怜爱、许多庄重，她想她不能这般便将自己送出去，便将自己送到这个人手里。她须盛装，她须美丽妖娆，她须让他拜倒在她的石榴裙下，她须一种灵魂中的盛大仪式……

虞姬这才羞涩道："这大营内可有女儿装？待还了我女儿装再与公子欢娱可好……"

项公子闻听此言，道："无妨无妨，爱姬这般装束美甚，美甚，便是那郑国檀郎子都也难比。"

虞姬故作嗔怒道："休要胡言，哪有这般比较的。若项公子还是虞姬的那个哥哥，快快还我女儿装来。"

项公子见虞姬这般坚持，便道："大营炊火、将士衣食，哪样少得了女子，每到一地必有所征召。若要那女儿装，须臾便来。"于是他大声将门外的卫士喊了进来，然后吩咐了下去。

那大帐旁的卫士个个都是精挑细选出来的，无不心中精细，识得眼色，进帐领命时只瞟了虞姬一眼，少顷便捧来了几套华美的女人服饰，还有一面铜镜、几盒白粉黑黛，一盒佩玉珠宝叮当作响。这让虞姬大喜，马上就要换装。她朝项公子使了个眼色。

那项公子当然明白虞姬的意思，他朝虞姬做了个鬼脸，便大笑着走到大帐外，放下大帐的门帘，站在大帐的门口，望着那些才躲到大帐外的卫士，仍大笑不止。

虞姬暗下奇怪，这哪里像个大将军，分明还是那个爱恶作剧的大男孩儿。她换回她女儿装本是天经地义之事，如何便这般好笑吗？真是，到底笑个甚。

虞姬在那铜镜前细细梳妆打扮一番，果然又是天仙似的一个美人。你看她：头上凌云髻，髻上斜插红珠绿宝，还有一枝红花，身穿浅黄蓁罗衫，披浅黄银泥云披，五色花罗裙，脚上泥金鞋。更兼天生丽质，眉如卧蚕，眼似丹凤，齿如含贝，鼻似悬胆，肌如白雪，腰似束素。纤纤细步轻启，则佩玉鸣；融融笑意前倾，则异香来。真可谓：巧笑倩兮，美目盼兮。

虞姬一声婉转，将那多情的项公子唤进大帐。那项公子眼睛瞪圆，重瞳射光，竟失了魂魄一般，站在帐前不能言语。

虞姬笑道："公子如何便呆了？"

那项公子被虞姬唤醒过来，也不搭话，突然便转身奔出大帐。

虞姬听得他在大帐外高声喊道："传我的令，迎我爱姬，今夜大犒三军！今夜大犒三军！"

大帐外一片欢呼。

二

虞姬想不到一个大将军，竟为她的到来要大犒三军，她既感动，又觉得项公子此举未免有些太过荒唐。她知道此时楚军正与秦军对垒，十里之外扎有秦军大营。此时，更须谨慎万分，哪敢稍有差池。待项公子再回大帐坐定，虞姬便道："公子的情意虞姬自会领受，值此两军对垒之时，不宜大犒三军，须防那秦军趁我懈怠前来击我。"

项公子哪里肯听，道："大营之事，我自有安排。两军对垒，项羽岂可不知凶险。爱姬休要多言，我必大犒三军！"

虞姬道："不妥不妥，只是不妥。"

项公子道："三军之帅喜得爱姬，岂能不三军同贺！一切皆在我掌控之中，爱姬休要担忧便是。"

虞姬待要再劝，便有一白须长者踱进大帐，那长者器宇轩昂，身材伟岸，比项公子短不过半尺，看样子七十来岁，进得门来满脸不悦，两个眼睛直盯着虞姬看了好一番。

项公子赶紧站起，将那长者让在座上，又对虞姬介绍道："此乃亚父范增，常在季父身边走动，今受季父派遣，前来营中督战。"

虞姬这才晓得这长者是项公子季父项梁派来督战的，赶紧上前施礼问好。

项公子又向那范增介绍了虞姬。

范增听完项公子介绍，这才露出笑容，不紧不慢道："哈哈哈，既与公子有契，又是子期之妹，今不远千里前来探营，亦是好事，亦是好事……可喜可贺，可喜可贺。不过，不过，恕老夫直言，此时非庆贺之时，亦非大犒之时。"

项公子未接范增言语，只是大笑。

那范增又道："老夫闻将军今夜欲大犒三军？"

项公子点头道："贺我爱姬归来，我正有此意，且已传令三军。"

虞姬看见范增眉头一皱，道："待破眼前秦军，解燃眉之急，老夫亲自来为将军操办庆贺之事如何？"

项公子道："区区小事，不敢劳亚父出面，今夜我便亲自大犒三军，亚父坐而享其成不亦乐乎？"

那范增大摇其头道："此事不妥，此事不妥……"

项公子道："将令已发，三军尽知，岂可儿戏？我闻将三军者有令必行，岂可中途废止？"

范增依然不依不饶，道："武信君唯恐将军有失，故遣老夫前来助将军。将军如此大事，如何不先知会于老夫？"

项公子哈哈大笑，"眼前雍丘秦军皆牛羊之辈，不足我烹。待我大犒罢三军再屠雍丘之秦军。亚父休要担忧，待我噉以肉食玉醴，酒足饭饱，再叫亚父看我大破对面秦军。"

范增哪里肯依，早已面露不悦，还要再说。项羽便掀开大帐的帘子，示意请范增出去。那范增哪里受得了项公子这般相待，道："若这般待老夫，我这便回武信君那里去，也罢也罢，老夫走人，老夫走人。"

项公子大笑道："今日却不可以放亚父走。一则今夜大犒三军，我正要与亚父把盏敬酒；二则今夜犒劳三军之事万不可泄露，休要秦军趁虚攻打楚营。"言罢，喊来卫士，吩咐道，"将亚父看好了，只好生照看，休要有一丝怠慢，休要走了人，坏了我今夜犒劳三军好事！"

那些卫士便上前拿了范增。再看那范增面色已赤若彤云，口中喊道："竖子！竖子！不足以谋！必坏我楚军大事！"

项公子只大笑，道："亚父，便恕晚辈不恭了。"

那夜楚军大营火把通明，宰牛屠羊声此起彼伏，喝酒猜拳声划破夜空。酒至酣处，有军士高唱楚歌，那是他们的乡曲，是他们的血脉，更有应和声响起，一时整个楚军大营皆高唱楚歌。

歌飞十里，星月动情。

那项公子只在大帐里陪着虞姬，一会儿高歌踏舞，一会儿饮酒作乐，亦忘乎所以，并不出门巡视。

虞姬心中担忧秦军来袭，几次警示项公子道："毕竟强秦在前，将军不可贪杯。"

那项公子哪里听得进去，只道："今夜只贺爱姬归来，休言他事！休言他事！"喝得摇摇晃晃倒在榻上，还一个劲儿讨酒喝。

虞姬数次责怪，那项公子竟一句不听，只是嬉笑着讨酒喝。虞姬只好管着酒瓮，不让项公子无休止地饮。她暗自思忖，原来此生性子未改，还未长大一般，真不知他是如何带兵打仗的。主帅这般，那仗如何打得赢。她想那子期倒是个蛮心细的人，她问过季布，季布说子期在项公子大营做了督尉。到这里后她又问了项公子，项公子却道子期被他季父武信君要走了。季布又不在眼前，虞姬真不知道如何是好。就在虞姬忧心忡忡之时，忽听一声炮响，顿时鼓角齐鸣。大营里有人大呼："秦军劫营了！秦军劫营了！"

虞姬惊出一身冷汗，急忙去操她随身携带的短剑。

那项公子忽地站了起来，大笑道："好好好！爱姬休要惊慌，待我破了眼前秦军，再与你痛饮！"言罢，拿起那虎头盘龙戟便冲了出去。

虞姬跟到大帐外，外面已火把通明，站了不少士兵，她眼看着有人牵来乌骓马，那项公子翻身上马。火光中，只见他身着乌金甲，手持虎头盘龙戟，胯下乌骓马，头上一点红绸，甲下露出几点虎皮红战袍，像一阵携着火焰的黑旋风一般就飞出了大营，那些兵士也仿佛早有准备一般，随着他冲了出去……

方才那项公子还摇摇晃晃地要酒呢，此刻如何能出战？虞姬担心喝了酒的项公子有闪失，她在后面连喊几声，竟无人理睬。虞姬心中一紧，该不会出事吧？她不能失去他，不能没有他，她千里迢迢来寻的便是他，岂能眼看着他闪失？虞姬也顾不得许多，向人讨了匹马，翻身上马便跟了出去。

三

待虞姬跟出大营，早已不见了项公子的人影，火光中，只见遍地皆楚军，都朝大营的北边围过去。那边一片砍杀声，于是她操起手中的短剑也跟着楚军将士一起冲过去。很快虞姬便冲到了阵前，出乎她的意料，她看见那些来劫营的秦军被楚军团团围住，看来楚军早有准备。

虞姬正在惊讶不已，楚军不正在宰牛屠羊吗？如何一点儿也不慌乱？火光中，那些拼杀的士兵无不奋勇向前，他们呐喊着，脸被火光映得通红。乱军丛中几个秦兵朝她冲来，那些兵士手里都持着长长的戈，在地上奔跑着。虞姬有些慌乱了，她知道手中的短剑是抵挡不住那长戈的，但她没想到后退，更没想到逃跑，她从来不想那不堪之事。爹常说高贵的人是不惧死的，不惧死的人神便会护佑，她相信神定会护佑她的，一定会的。于是她挥动手中的短剑便迎了上去，眼看虞姬接近秦兵，一声大吼仿佛从天而降。随着那吼声，一匹战马突到虞姬的前面，马上一威风凛凛的将领，手持长矛，喝道："休伤我妹！"

那将领身上红色皮甲，青铜护胸，只见他手起矛出，三五下便将那几个秦兵挑翻在地，再勒马转身走到虞姬跟前，呵斥道："一弱女子，如何便冲到阵前？亏得叫我赶来！若不见我，必死于刀剑之下。"

虞姬细看那呵斥她的将领，一眼认出是子期，虽身着铠甲，那眉眼

74

一点儿没变。她哪里顾得子期的呵斥，策马上前道："原来是子期兄长，项公子不是说你在武信君处吗？"

子期一笑，道："兵者，诡道也。军中之事，哪里便当了真。"

虞姬跳下马，拦住子期的马，撒娇道："既然兄长也在此处，如何不来看顾妹妹？"

子期道："早闻你来，本欲前去大帐看望。那项公子偏借你使计，赚得秦军夜晚劫营，遣我为右军，设伏在此。军机大事在身，如何去看得你？"

虞姬闻听子期的话，心中暗自思忖，那项公子果然已不是当初了，想昨天夜里还责怪他，想不到自己也被他计策赚了，那酩酊必是做出来给人看的。虞姬心中好笑，想再见了他，须是要三五粉拳伺候的。虞姬不好在子期面前多说，只对子期道："既然遇着哥哥了，我便与你一起前去杀敌，休要叫那项公子小瞧了我们虞家。须知我们虞家不论男女，个个都是英雄。"

虞姬看见那子期的脸上现出一种哭笑不得的神情，须臾才道："这里是军营，不是在爹娘跟前，妹子就休要使性子了。两军阵前，哪里有女人上前砍杀的道理，岂不叫秦军笑话？"

虞姬哪里肯听哥哥的，她像小时缠着哥哥要跟他去东麦场一样，上前拉着哥哥的缰绳，执意要与哥哥一起上前。

子期好生道："你先松手，松手……"

"不，偏不……你杀得，如何我便杀不得？"

"你松手我便带你去冲杀，如何？"

虞姬刚将手中的缰绳松开，那子期便轻展双臂，将那虞姬从马上拿下，扔到地下，对手下喝道："将这泼女子缚了！没我的话，休要松了绳。"言罢，便拍马冲入敌阵。

虞姬没想到自己又被子期赚了，这情景竟与当年那般相似，当年她扯着子期的衣襟，要随他一起时，子期也总是哄得她松手，便一溜烟就不见了人影。这帮臭小子，都做了惊天大事，咋与当年还是一般秉性，真是江山易改本性难移。她气急败坏地挣扎着，喊着："子期！子期！都做了督尉，竟不知军中无戏言！"子期早已没了踪影，哪里听得见。那些军士任虞姬叫骂，嘻嘻哈哈地将虞姬缚了，道："小姐休要怨我等，督尉的话谁敢不听。"

虞姬无奈，只眼睁睁地看着楚军将士将被围秦军歼灭殆尽，又听见几声炮响，眼看着楚军分几路杀向秦军大营，对面那数万秦军竟顷刻间灰飞烟灭。虞姬心中暗忖这几个小子虽秉性未改，然亦非当年了。

楚军凯旋，那项公子竟单骑奔到虞姬跟前，见虞姬被缚了，大怒地指着那几个军士道："尔等真不晓死活！如何敢缚我的女人？快快给我拿下！"那几个军士吓得赶紧跪下，连声道："不关我等之事，是那督尉吩咐的……"

项公子听也不听，跳下马，急匆匆奔到虞姬跟前，亲手给她解绳，口中连连道："痛杀我也！痛杀我也！他们如何便缚了我的爱姬！这等军士，该杀！该杀！"

虞姬见项公子这般模样，心中也甚是感动，再去看那几个军士，早被人缚了。虞姬道："也不怨他等，休要再惩罚他们。"

那项公子见虞姬说情，便也吩咐道："今爱姬求情，饶尔等不死。拉下去！各鞭五十！"

虞姬再要求情，那项公子道："爱姬休要再说情，任他万千理由，以下犯上，便是罪。若不惩罚，将何以服众领兵。"

待子期赶到，那项公子亦是不满地责备道："汝妹今为我爱姬，怎的说缚便缚了？不顾我颜面乎？只休要再行二番！"

子期也不解释，看着虞姬，眼睛瞪得大大的。

大军回到大营，复又宰牛屠羊，大犒三军。

项公子将诸位将领都请到大帐，项公子坐主座，虞姬陪之，其他人依次排好座次，项公子亲手与大家斟酒。

此时季布、项庄也从齐军归来，满脸喜气，两个人一个劲儿吵要酒喝。那范增亦被放了出来，一进大帐，老人便面红耳赤，奔到项公子面前，愤愤道："既是用计，如何不告知于我？恐老夫告知于秦乎？如此不肯信老夫，老夫便回武信君处……"

项公子一个劲儿向亚父作揖告情，道："小生着实无礼，亚父休要见怪，多多体谅才是！此次用计，只我与子期二人知道。其余将领皆不知晓，若不用他为右军，亦是不告于他。"

"安有此理！"

"亚父常言，计者，全在于一个'诡'字。诡者，多为秘而不宣，隐秘难测也。我若告于亚父，不告之其他将领，岂不招怨，若皆告知，便无秘可言。今亚父亦不知，其他更何言？今番多有得罪，我与亚父斟酒赔罪便是。"

那范增闻项公子这番话，面色稍有好转。

项公子大笑，趁势将范增扯到主座上，他与虞姬相陪左右。大帐一片欢笑声。虞姬心中甚喜，她知道自己没看错人，项公子成熟了，不仅英雄孔武，而且智慧逸群。他的这些莽撞兄弟经历了这许多日月的历练，如今也个个英雄豪迈，堪当重任。这样一些少年英雄，必将在此乱世叱咤风云，重建楚国社稷，留下千古美名。虞姬对项公子爱慕之心愈甚，眼湿了，心醉了。

第七章　为君狂野，偏随竖子傲长空

一

　　项公子打了胜仗，解除了眼前的威胁，又得了虞姬，自然喜不自胜，一连几日都大举庆贺。三军同喜，日日小犒，十日一大犒。大帐里更是钟鸣鼎食，火把彻夜通明。

　　虞姬自然也沉溺其中，在项公子的大帐里日日饮酒，时时歌舞。她本窈窕，身段世所罕有，又极富音律禀赋。打小儿便受爹爹教习，"歌诗三百，舞诗三百"，无所不通，又练就了她能歌善舞的功底。稍大，爹又教她习得黄帝时的《云门》、尧时的《咸池》、舜时的《九韶》、禹时的《大夏》、商时的《大濩》、周时的《大武》，这六代乐舞，她无所不能，那以《九歌》为代表的楚国的歌舞更是爹爹传授的重点。只是在项公子的大帐里，虞姬却偏爱舞剑，多以舞剑来助酒兴。她舞剑不同于旁人，她将那歌舞与剑术融为一体，人剑合一，形神贯通，刚柔并济，载歌载舞，亦雅亦狂，将那剑术演绎到了极致，真可谓寒光闪处红袖飞，剑锋所向钟磬鸣。观者无不动容，或痴或狂，皆被她舞姿陶醉，惊为天人仙子。

　　那项公子更为倾倒，哪里舍得眨半下眼，只将那重瞳瞪得滚圆，光芒四射。虞姬舞时，亦是眼望项公子，远离时秋水含波，近旁前眉目传情。只逗得那项公子兴起，虎步跳将到虞姬旁边，与其共舞，惹得满座文武皆高声吟唱，忘乎所以。

每每舞毕，那项公子还要拉着虞姬共饮。虞姬亦是毫不推辞，开怀畅饮。几分醉意之后，顿觉浑身燥热，稍息片刻，虞姬再舞，她当众甩去长裙，那贴身的黑色丝绸坎肩十分窄小，紧贴她的身子，不仅让她整个身子凹凸有致，还露着她粉色的小蛮腰和修长的玉臂，与她手中熠熠生辉的青铜剑，在那灯盏的白光中交相辉映，光芒四射。此刻仿佛整个世界都黯然了，唯有美艳无比的虞姬光彩照人。项公子那重瞳像被磁铁吸住一般，死死定在虞姬身上。舞至酣处，那虞姬再叫一声"热"，再将那脚上的绣花鞋踢飞，一双雪般的玉足便光光地在那地毯上飞舞。若是舞到项公子跟前，那虞姬更是妖艳万分，她娇眉上扬，杏眼斜挑，双眸闪光。那项公子三魂早已走了两魄，身子不停颤抖。虞姬更是疯狂，甚至以短剑上挑项公子额前之短发，下挑起项公子胯下之战袍，如此极尽挑逗之能事。那项公子哪里经得起这般挑逗，再次兴起，跳到虞姬身边，以舞伴之，以歌颂之。此刻不只是项公子陶醉，所有人皆醉，皆欢呼尖叫。

二人常常这般酩酊大醉，以致不省人事。众将皆酩酊，只气得那范增几度大声喝阻，又哪里管用。

一日，虞姬正在大帐舞剑，便有一军士慌慌张张进得大帐喊报。那项公子大怒，令左右推下斩首。

那边范增拦下，道："且听所言。"

谁承想那军士带来一惊天霹雳，这霹雳令一座皆失色，那项公子更是扔掉手中的青铜爵，半晌不得言语，仿佛木了一般。原来那军士是来报丧的，他告诉大家项公子的叔父、楚军的首领武信君在定陶战败，武信君也战死沙场。

虞姬知道那项公子自幼是武信君带大的，二人情同父子，也知道楚军皆唯武信君马首是瞻，他是整个楚军的主心骨。国失栋梁，家失苍天，那项公子如何承受得了这般打击。虞姬一时亦不知如何是好，只见那项公子呆过一会儿，便掀翻眼前的几案，继而号啕，那声音粗狂而凄厉，分明痛彻心扉！满帐文武亦是跟着号啕，哭声一片。

这哭声居然持续了半个时辰，还是那范增先止住哭声，再三劝阻项公子道："将军休要悲伤过度……休要悲伤过度……"

那项公子哪里肯听，甩开范增的手，道："你须不是大人养大的，岂能晓得我心中疼痛。须晓得如丧考妣吧，今我便是如丧考妣。"反而哭得愈加伤心。

范增再劝。

那项公子却道："你倒是不心痛，还要我等亦是不心疼乎。"

范增不好再言语。又过许久，项公子及其大帐人皆无力再号啕，范增才朝虞姬使个眼色。虞姬知道这样哭下去终不是个事儿，她低声对项公子道："季父殂落乃天下大事，楚国大难，岂可一人悲，数人悲，公子可号令三军同悲，亦可同仇秦人！"

季布亦道："此等大事，不可失了分寸，须好生计议。"

那项公子这才道："汝等所道极是，汝等即刻便传令三军，今日始，素装三年，钟磬皆息，全军大哭三日。"

范增急忙道："不妥不妥。"

项公子怒道："有何不可？尧崩殂时，那《尚书·舜典》便有记载，'帝乃殂落，百姓如丧考妣'。那舜亦是率百姓服丧三年。我无力号召天下，便传令三军又何妨？休再多言！"

那范增亦是不肯相让，道："休要道老夫无情，老夫尝素居家，本当躬耕至老，武信君不以臣卑鄙，举老夫于田亩之间，恩同再造，老夫自是感激涕零。今武信君殂，老夫岂有不心痛彻骨之理，便是随他驾鹤西去，亦难报大恩于万一。只如今天下未安，大业未就，秦军虎狼之师尚在前，我若是去了，便是不忠不义之人。"

项公子大怒，道："休要聒噪，若不视汝为亚父，今日便烹尔老贼！武信君与我情同父子，若不举丧，天下耻笑！欲让我为天下人耻笑乎？"

季布子期一大帐人皆纷纷表示赞同项公子意见，道是不举丧有失大礼，众人上前拉开范增，不让他再言语。

　　那范增居然毫无畏惧之意，他面色涨红，分开人，朝项公子大声喊道："尧时天下归心，歌舞升平，今烽火连天，豪杰四起，如何与彼等同？尧为五帝之一，武信君为天下英雄，亦是不同。今定陶秦军方胜，必士气大振，正虎视眈眈于我，稍有不慎，将临灭顶之灾。此危急之际，三军何以服丧？武信君创业艰辛，九死而一生，大业未就，山河尚未光复，社稷尚未安稳，万民尚在倒悬，大业岂可毁于一旦？尔等竖子，只晓儿女情长，岂知晓大忠大义。似这般喜者极尽狂妄之事，悲者极尽哀号之能，皆竖子所为，是为儿戏！岂是成大事者？须知大悲大喜，皆不在今日，谗言可恶。不可！不可！万万不可！"

　　"欲投沸水乎？拿下！"

　　"将军便是烹了老夫，老夫亦是要言语的，虽九死其犹未悔。"

　　眼看双方争执不下，眼看那范增要被众人拿下。虞姬拉住了项公子，范增一席话说得她心头怦然而动，如黄钟大吕响在耳边。她虽不晓谋兵布局，虽不知谋略攻伐，但她明白范增说得有理，大敌当前，大喜大悲皆不该在今日。虞姬对项公子低声道："且听亚父所言，不无道理。"

　　项公子指了指自己的胸口，向虞姬示意他心疼。

　　虞姬轻抚着项公子的胸口，又低声道："公子之心便是妾的心，季父殂，妾心与公子心一般疼痛。妾喜者高歌，妾悲者长哭，今当长哭者，妾也。公子领雄师万千，为将军，如何便同妾一般？窃以为将军者，带兵之人，当谋划生死存亡，故死生在将军眼中须视作寻常事。如何也同妾一般？"

　　那项公子闻虞姬这般说，倒也冷静了下来，眼睛望着范增。

　　虞姬道："军中大事，公子与亚父及诸将领商议吧。妾先告退，季父之事妾自会操办。"言罢虞姬便匆匆离开大帐。

　　虞姬离开后，项公子便问范增道："以亚父之意，今当如何？"

那范增便将自己的想法一一道出，无非是稳军心，收拢武信君残部，扩充兵员，外敌强秦，内报楚怀王，等等。

范增一番话讲完，大家斟酌，定下大计。

此时，军营帐篷已皆举白色招魂幡，大营前的大树上也悬了白色招魂幡。那招魂幡在微风中飘动着，三军一派肃穆，连空气都酝酿着悲伤。那虞姬业已换就一身缟素，领数十白衣将士在大帐前为武信君招魂。

项公子一干人等步出大帐，看到虞姬带领的招魂将士正于大帐前行招魂之事，军营里的巫师用粗线绳和绵络编织出了假人，那假人衣着、形象皆似武信君，作为亡者的替身，被放在竹笼上。众人捧着竹笼，跟随着虞姬倒退而行，虞姬在前呼唤武信君的英名，叫他的亡魂快快回家。

于是项公子一干人等便也跟在那队伍后面，跟着虞姬一遍遍地喊着。喊了数声之后，那虞姬便长歌以当哭，她凄厉的声音在半空中飘荡着。她歌一声，身后的人便和一声。他们在唱《招魂歌》，歌词皆虞姬即兴所为。《招魂歌》这般唱道：

> 万里赴生死兮，可怜四面鼙角沉。
> 乡关何处是兮，斜阳一缕一销魂。
> 大名垂宇宙兮，古来征战犹几人？
> 寂寞萧鼓落兮，荒烟依旧楚地升。
> 招魂楚歌嗟兮，山鬼暗啼风雨声。

整个大营都在为武信君招魂呢。招魂，是楚人的一种习俗。对逝者而言，是让他魂归故里，不至于飘落在外，成为孤魂野鬼。对生者而言，那一刻，逝者的灵魂归来了，逝者的精神归来了，是对逝者精神的寄托，亦是一种升华，升华为对这种精神的坚持。那一刻，逝者与生者沟通了，交流了，融合了。那日的招魂进行了几个时辰，楚军大营里似乎没了悲哀，只有悲壮，只有同仇敌忾。

二

为武信君招完魂，大营的军心也基本稳定。项公子便来与虞姬道别，说楚国顿失栋梁，国遇大难，大局危急，他与亚父要去彭城觐见楚怀王，共同谋划复兴大业。项公子对虞姬道："此一去少则三五日便还，多则八日十日便还，美人自己保重，休要惦记。"

虞姬道："公子只管去便是。"

"这大营多尚武之人，非同家中，常有动刀兵寻衅之事。美人定是要谨慎行事，休要远离大帐，遇事找子期便是。"

"公子之话妾一心记下，休要惦记。我闻大丈夫一世社稷为大，其他事小。公子只管去，贱妾来楚军大营，本只愿为公子擂鼓摇旗，为公子排忧解难，绝不为公子负担。去便去，休要以妾为念，叫天下人笑话公子情长气短了。"

虞姬一席话让项公子轻松了许多，当下收拾停当，与范增一起出行。虞姬相送，一直来到大营门前。二人执手相望，依依惜别。虞姬再次细细打量项公子，那项公子英武伟岸，一身乌金甲，身后乌骓马，把头上那一束红绸衬得格外鲜艳醒目。他微笑着翻身骑上乌骓马，朝虞姬做了个告别的手势，便策马向前，只少顷，像一缕黑烟似的消失在田野上。

望着远去的项公子，望着那一缕黑烟，虞姬心中产生了一种别样的感觉，仿佛醉酒一般。她暗自思忖：真个盖世英雄、俊俏男儿。他日定是要与他一同骑在那高大的乌骓马上冲锋陷阵，那该是何等的开心，何等的美妙，何等叫人热血沸腾！若得此男儿同生共死，此生更复何求？与他一同挥戈，与他一同凯旋。三军阵前，比翼齐飞，大帐之中，同饮共醉，那该是何等的风光！对，虞姬想起爹爹曾经告诉过她，楚人祖先很早便有以歌舞欢庆胜利的习俗，还在部落时代吧，部落里男人打了胜仗，部落的女人们必载歌载舞以迎接。那是对自己男人最高的赞誉，也是男人与女人相互爱慕的表现，更是楚人在求神的庇护。那悲壮、那虔诚、那豪放皆是楚人精神的流露。爹爹还告诉她《国殇》便是礼赞阵亡烈士的歌。爹爹教她这段歌舞时常是泪流满面。虞姬忽发奇想，决意要将大营里的年轻女子召集起来，她来教习她们歌舞，以后每到项公子他们从战场凯旋，她们便以歌舞来迎接这些英雄，来祭奠战死沙场的将士，来为所有的英雄招魂，让所有的英雄得以魂归故里。

翌日，虞姬便将自己的想法告诉了子期，子期当然赞同，道："妙哉，妙哉！妹妹所言极是，我也尝听爹爹讲过，那是咱楚人祖先所为。将士凯旋，岂可少了歌舞？我这便叫人将大营的女子全召集起来，妹子只管挑。来日全靠妹妹振我楚军雄风，岂不胜似那三军阵前鼓声。"

于是虞姬从大营里挑选了二十来个年轻漂亮的女子，每日到附近空旷地上排练起歌舞，她想在项公子回来时给他一个惊喜。

虞姬没有想到项公子回大营竟然是悄然无息的。那日虞姬带领那些年轻女子排练到日头西沉，这才回到大营。她看见范增、子期、季布皆立在大帐门口，似乎神情都有几分沮丧。虞姬赶紧问范增道："亚父归来，我那项公子呢？"

范增朝大帐里指了指，示意在大帐里。

虞姬便匆匆欲进大帐，子期拦住道："主帅正恼怒，将自己困于大帐之内饮酒，吩咐任何人不得入帐，违者立斩无赦，我等亦是无奈。"

虞姬问："如何便如此气恼？"

子期道："一言难尽，待得闲再与你慢慢道来，只此刻不得入大帐。"

虞姬还是要进去，去推子期的手。

范增突然大笑，拍掌道："方才如何未曾想到呢，虞姬来得好，来得好，来得正是时候，此刻正该她进去……大家休要阻拦。"

他又低声对虞姬道："此番觐见楚怀王，诸事不得如愿。那楚怀王

84

听信宋义谗言，因任命他为上将军；主公为鲁公，任次将；范增为末将。各路将领都隶属于他宋义，号称卿子冠军。"

虞姬道："那便又如何？不知他为何气恼？"

范增道："汝有所不知，如今这楚怀王是当年那楚怀王的嫡孙熊心，武信君起事前，他流落民间，为人牧羊。是武信君于山野之中寻到他，立其为楚怀王，若无我等，犹在牧羊呢。今大业未成，国失栋梁，他不安抚旧部，体恤下情，重用能人，竟弃功臣于不用，视社稷如儿戏，重用那寸功未建，只行摇唇鼓舌之能事的宋义。真真是凉了我等的心，主帅如何不气恼？只是大敌当前，楚怀王命我等与宋义会兵一处，去援救赵国，共同抗秦。主帅不可这般使性子，不从王命。汝来得正好，进去劝说主帅如何？"

虞姬叹了口气，道："倒也实实不平！叫人如何不气恼？便是我，也要骂将起来。唉，既是亚父吩咐，我便去劝劝他。"

虞姬推开大帐的门，大帐里漆黑一片，借着门缝射进来的阳光，虞姬看见了项公子。那么大一条汉子，竟横陈在长长的榻上，长发乱乱的，披了一肩，手中还拎着一罐酒。听见推门声，待要发怒，双眼迸裂，重瞳冒光，看见是虞姬，那目光温和了些许，但很快便不再去看虞姬，只顾大口饮酒，似未看见一般。

虞姬关了门，先将大帐里的火把一一点燃，待大帐里灯火通明，她才走到项公子跟前，也不与他搭话，将他手中酒罐拿下，亲手与他斟了满满一爵，也与自己斟了满满一爵。在一片火红的光芒中，二人同饮。饮毕又将项公子手中的爵和自己的爵斟满，复又饮。二人这般复又饮，复又饮。不知饮了多少爵，亦不知饮了多少时辰，直至二人酩酊，直至二人不省人事，一醉千秋。

翌日，二人醒来，对视，执手，相拥，继而抱头痛哭。

哭罢，那虞姬吩咐再上酒肉，又坐在那大帐里与项公子对饮。

数爵后，项公子道："美人如何也这般饮酒？"

虞姬道："妾是公子的人，生死必与公子同往。公子喜则妾喜，公子忧则妾忧，公子酩酊，则我必酩酊！"

"若他日我血溅沙场呢？"

"我必为公子血染红的一草。"

"我为鬼雄。"

"我必化作为公子招魂的歌声。"

那项公子闻虞姬此言，情动，他将虞姬那细嫩的小手紧紧握在手里，高声道："我必称王天下，号令四方！让美人享尽天下富贵，若非如此，我项某人便无以报美人！无以谢天下！"

"此话可当真？"

"当真！"

虞姬将手中的爵高高举起，道："公子一言即如箭出弓，我为此再饮一爵！"言罢将爵中酒一饮而尽，再将那爵斟满。

项公子道："今日美人必醉乎？"

"公子亦与妾同醉，人道爵中乾坤大，爵中岁月长，与公子同举爵，妾但愿长醉不愿醒。"

那项公子倒沉吟起来，低声道："我亦愿与美人同醉，只这社稷江山爵中不可求，我若这般醉下去，休说那江山社稷，便是这项上头颅早晚间要被人取走，岂不辜负了美人？"

虞姬笑道："既如此，楚王正盼尔捷报，百官正帐前待命，将士正刀剑霍霍，公子如何还自困于大帐之内，沉溺于琼浆之中？"

那项公子如梦初醒，高声道："梦醒矣！梦醒矣！"

当日，项公子即举兵北上，与那宋义会合援赵。

三

虞姬随大营人马一起启程，大军行至安阳，便不再前行，留四十多日而不进。时天气寒冷，秋雨连绵，且雨下如倾盆。军中缺粮，将士又冷又饿，项公子的大帐亦是不见一丝荤腥。

虞姬与项公子道："如此进又不进，退又不退，陷于荒野与寒雨相伴，公子意欲何为？"

项公子愤愤道："这皆是那宋义之号令，真真是视三军将士如草芥，如此将兵者，必遭其辱。"

虞姬道："公子何不前去陈以利害，岂可坐视三军忍饥挨饿，至于战时，谁还肯卖力向前？"

项公子沉吟良久，只是不语。

虞姬道："公子如何不语？"

"若依我脾性，早便去找那宋义理论了，岂肯忍至今日？只为亚父极力相阻，道要的便是他如此荒唐，好待机取而代之。"

"亚父心思太重，大敌当前万万不可先内乱之。公子还是去劝劝宋将军吧……"

那项公子被虞姬劝不过，便怏怏而去。

须臾，便愤愤地回来，身边还跟着范增、季布、子期等将领。进得大帐，那项公子便顿足大喝道："真真是气杀我也！"

众人问其究竟，项公子道："我去时那竖子正啖肉饮酒，千军皆饥之时，他独饕餮。我与那竖子道：'吾闻秦军围赵王巨鹿，疾引兵渡河，楚击其外，赵应其内，破秦军必矣。'"

众人问："那卿子冠军倒是如何应答？"

"那竖子道：'不然。夫搏牛之虻不可以破虮虱。今秦攻赵，战胜则兵罢，我承其敝；不胜，则我引兵鼓行而西，必举秦矣。故不如先斗秦赵。夫披坚执锐，义不如公；坐而运策，公不如义。'"

众人皆怨，道："如此轻蔑我等，是何道理？"

"我本欲重申，竖子因下令军中曰：'猛如虎，狠如羊，贪如狼，强不可使者，皆斩之！'分明以死相挟，不允我等再有言语！何敢再言？"

范增一旁道："如今人为上将军，号称卿子冠军，统领三军。主公不过鲁公，受人节制。虽首立楚者，我等也，今大楚已立，我等便皆为草芥，生之由他一言，死亦在他一语，何以抗命？休要多言，休要多言，再进言若赴死矣！"

众人皆唏嘘不已，或道："生之何恩？死之何辜？既是坐以待毙，何不取而代之。"

范增又道："诸位，忍之忍之，且观其所行，听其所言，若上将军必要我等性命时再做打算亦不为迟，剑戈自在我手，谅他奈何不了我等。"

众人方不再言语，愤愤然，或有将长剑出鞘斫地者。虞姬从他们眼里看到了杀气，心中怦怦然，她预感到一场内讧将至，她又无力阻止，她不明白范增为何要激怒大家，她更不明白这些男人如何便容不下别人做了上将军。

翌日，那宋义遣其子宋襄相齐，身送之至无盐，饮酒高会。天寒大雨，士卒冻饥，怨声载道，更有军士逃亡。众将领皆聚于项公子大帐，莫不磨刀霍霍，欲与那宋义理论。

范增道："事已至此，只请鲁公再冒死一谏。"

众人亦纷纷撺掇项公子去找那宋义陈情。

项公子大怒，与众将士道："将勠力而攻秦，久留不行。今岁饥民贫，士卒食芋菽，军无见粮，乃饮酒高会，不引兵渡河因赵食，与赵并力攻秦，乃曰：'承其敝'。夫以秦之强，攻新造之赵，其势必举赵。赵举而秦强，何敝之承！且国兵新破，王坐不安席，埽境内而专属于将军，国家安危，在此一举。今不恤士卒而徇其私，非社稷之臣！为楚国大业，余再谏便是，看那竖子再做何言？"

众将皆愤然，道："三谏不从，可取而代之！"

项公子晨欲朝上将军宋义，虞姬劝道："谏便谏了，言与不言在公子，从与不从在上将军。休要恼怒做出事端来，坏了大事。"

项公子冷笑道："我的美人，你自做你的美人。哪晓得这些刀剑上的勾当，男人们争江山，打天下，攻守杀伐之事岂是你能知晓的。我与那上将军不同，他只欲坐而运策，我与那秦王朝世仇犹在，祖死于秦，季父亦死于秦，岂可作壁上观？一日不灭秦，我一日无眠，不灭秦三族，誓不为人！事当如何，我自有分辨，卿休要担忧便是。"

虞姬当然晓得公子的家仇国恨，便不再言语。

项公子出了自己的大帐，便直奔上将军大帐而去。众将领紧随其后，于上将军大帐前立下，等候消息。虞姬放心不下，她怕宋义恼怒起来拿了项公子，亦忧那项公子一时兴起，闹将出大事，真的取而代之了。故亦跟到了上将军的大帐前，与那些将领站在一起等候消息。

虞姬眼看着项公子腰配三尺长剑，脸上亦无一点儿惧色，并不叫人通报，便气昂昂来到大帐门前，撞开门前兵士。大帐门前兵士只唯唯诺诺，哪里敢拦。只见那大帐门开门闭。

众人于帐外屏息，倾听，以为将有喧嚣、争吵……却并无一丝声音从大帐里传出。须臾，大帐的门复开，项公子复出，他双目寒光闪闪，右手持剑，左手中拎着一个血淋淋的头颅，帐前一片惊呼。虞姬亦是一惊，猜到那是宋义的首级，心中暗忖，祸事来矣！她恐惧地望着周围的那些将领，莫有不惊慌者。

那项公子望着众人道："宋义与齐谋反楚，楚王阴令羽诛之，故帐中斩得宋义头。有与宋义同谋者否？"

当是时，诸将皆慑服，莫敢支吾，何人敢说自己与那宋义同谋？皆曰："首立楚者，将军家也。今将军诛乱，乃我等心愿。"

范增一旁道："今乱已除，当立首功者为上将军！以稳定三军，与赵并力攻秦，光复楚国，昭告天下！"

于是众人乃相与共立羽为假上将军。

范增即推项公子升帐，号令天下。一面使人追宋义子，一面使桓楚报命于怀王。很快怀王便传召使项羽为上将军，当阳君、蒲将军皆属项羽。

虞姬想不到堂堂的楚怀王居然也任由项公子所为，一场上将军位的争夺便这样尘埃落定了，整个楚军居然迅速被项公子控制。虞姬暗忖：

这一帮男人手起刀落，快意恩仇，举手投足间便江山落定，山河变色，光复楚国大业或许只是他们的一个幌子。这是一帮什么样的人啊，男人啊，男人便是要如此吗？他们拿自己的血，拿自己的生命，拿自己的血肉之躯去争夺这些，值吗？她真的有些迷茫了，她不知对与错，亦不知成与败，她甚至无法预知项公子与自己的未来。但当她看到项公子那伟岸英俊的身影，看他骑着乌骓马如黑旋风般奔驰时，便陶醉了，便什么也不去想了。她只知道她爱他，他开心便是一个好字。

第八章 一路凯旋，青萍三尺为君舞

一

项公子做了上将军，三军各有喜色，虞姬便暗中使人购置牛羊、酒浆，并将她教习舞蹈的那些女子召集齐，数番演练，准备大庆一番。她知道项公子性格豪放，此事必会大庆。项公子却不像以往那样喜洋洋，倒是天天与范增子期等人在大帐中筹划什么，只字不提庆贺之事。虞姬有些奇怪，寻机问项公子道："妾已诸事安排停当，公子如何倒不作声了？"

项公子奇怪道："何事累爱卿安排？"

"今公子荣膺上将军，如此大事，不见你有喜色？"

"便是喜又当如何？"

"以往公子每成一事，必大宴宾客，酩酊以醉，曰庆。今为何不见公子有一丝动作。"

项公子听罢方大笑，拍着虞姬的小脸道："美人啊美人，汝真若那亚父一般，视我为竖子乎？"

"何出此言？"

"那醉是做与旁人看的，谓小惠使然，谓小儿本色。待天下人皆谓

91

羽小儿黄口时，便是羽成大事之日。凡为大事者，真性情皆匿之于内，岂可让他人窥得。喜之，地动山摇，悲之，江河失色，岂是那凡人窥得？爱卿，此番看我如何叫他地动山摇！"

虞姬被项公子说得愈加茫然。

那项公子又在虞姬的小脸上轻轻拍了下，便大笑而去。

翌日二更天，三军便拔帐启程。虞姬被那马嘶声惊醒，看项公子不在身边，赶紧起床。来到大帐外，张眼望去，大帐外已火把通明，三军将士皆整装待发。项公子身边乌骓马，身上乌金甲，腰挎三尺长剑，手持虎头盘龙戟，头上那一点红绸格外耀眼。他威风凛凛站在大帐前，指挥三军出营。

虞姬快步跑到项公子跟前，一把扯住项公子腰间的带钩，道："公子夜半出征，为何不告知妾？"

那项公子将虞姬抱到大帐里，道："爱卿且松手，今日非同寻常，对岸秦军势众，夜过漳河，势必生死相拼，血染黄土。爱卿如何去得？"

"我欲与公子同生共死，此正值生死之际，如何去不得？当去！"

"爱卿，我已号令三军去女眷，破釜甑，烧庐舍，持三日粮，以示士卒必死，无一还心。如何便累及你个女子？"

"将军差矣，将军尝言两人本为一体，哪有彼此之分？更何言累及？将军过河妾便过河，将军留下妾便留下。"

那项公子想想，又道："如此也有先后，我为将军，当先行，将士随我冲杀，当紧随我后，待三军渡罢，汝便过河。如此可否？"

"作数？"

"定不负此言！"

"何以为证？"

"人皆道：得黄金百，不如得季布诺。季布一言为证如何？"

虞姬闻季布言为证，当然应允，她想以季布必不诳语，便点头。项公子喊来季布，让季布保证待三军过漳河后，再船载虞姬以过。季布见项公子有令，当下便朝虞姬拍了胸，道："今夜必载夫人过河，此事包在季布身上便是，在下的话夫人可听得？"

虞姬这才趋步紧随项公子，送三军到漳河边。正值三更天，月朗星稀，漳河水被月光照得波光粼粼，那波光粼粼的水面上有几只小舟在争渡，又将那粼粼波光荡漾开，化作更细碎的碎片。再往后，一望无际的小舟都启动了，水面上人欢马叫，火把通明，火光交相辉映，一条河皆被照亮，金光闪烁，亮如白昼，那一条河流仿佛是金子铄就的一般，长长的一条金带直通往天边，蔚为壮观。几个时辰后，那些小舟皆过了漳河，时近黎明，天色也将曙，东方的天空呈现出淡淡白色。虞姬才发现身边所剩皆为女眷，并不见一叶小舟来渡她。而且那过了河的士卒们，已经开始在沉船，他们似乎不打算再回来了，也不想让岸这边的人再过河。这边的女眷似乎都已经明白，和对岸的良人从此生离死别，有啜泣声在暗中蔓延。虞姬怀疑自己受了骗，便朝对面的河面喊："何不来船渡我！"

对面并不见一点儿回应。

再喊时，对岸有人道："汝等可各自散去！"

什么话？这岂不是要抛闪了她们吗？虞姬气恼，又连喊数声，亦无回音。虞姬急了，大声喊道："项公子！项公子！上将军快快叫船渡我！"

须臾，对岸方响起了项公子的声音："爱卿可岸边等我，待我破秦军，杀苏角，虏王离，凯旋之时，便来渡你！"

虞姬听他这般说，知是受了骗，顿足道："说好你我生死与共的，如何便这般相欺？"

那边又有喊声响起："爱卿，实不敢相欺！欺天不过天不收，欺地不过地不留，尚有爱卿的心留我，吾皆无惧矣！欺爱卿则真真无有去处了，卿心即我平生归处！何敢欺焉？今不得已打诳语，盖怜卿甚矣，不忍让爱卿与我同死！"

这声音粗狂而嘹亮，在水面上荡漾开来，在空中飞扬，传得很远很远，让所有人怦然心动。虞姬明白项公子的心意，愈发动情。她更担忧项公子的生死安危，她不知道若那项公子沙场不测，她没有了项公子，她活着还有何意义？那日出日落，与她虞姬该有何关系？她生是项公子的人，死亦是项公子的鬼，岂能阴阳相隔，天上地下不得相见，若如此，真不如一块儿去了的爽快。不，她不能让一条漳河便阻隔了他与她。虞姬大声喊道："那一诺千金的季布何在？汝空有一诺千金之名，相欺一女子！我与项公子有生死之约，看我如何践诺的！"言罢虞姬竟步入那水中，欲涉河而过，她将水面的粼粼波光再次划成无数碎片，摇摇晃晃向对岸走去。已是深秋，漳河的水冰冷，刺进了虞姬的骨子里，虞姬被那刺骨的冷水浸得有些发软，但她没有后退，她不想后退，若不能与她的项公子一起，她宁愿就这样走下去……或者项公子来救她，或者就这样一直走下去，走进这冰冷的水里，走到她被这冰冷的水淹没……

两岸人皆惊讶，无不变色动容。

这千钧一发之际，只见对面一叶小舟箭一般驶来，舟上有一人，那人大喊道："夫人且慢！夫人且慢！季布来矣，布不敢违诺！"那小舟在水面上冲起一片浪花，直奔虞姬。

对岸上项公子亦高声喊道："爱卿且慢！爱卿且慢！休要造次，休要造次！"

虞姬这才放慢脚步，等着那小舟来渡她。

二

眼看那小舟便到了眼前，虞姬心中暗喜，她正待挥手的时候，哪承想上游一股浪涛飞下来，正打在那小舟上，溅起无数粼光，只眨眼间，那小舟便同那水中浮萍一般，旋转了几下，被水淹没，不见了一点儿踪影。待那股浪涛流走，水面上什么也不见了，只有晃动的波光……

虞姬大惧，她不是害怕自己被这大浪冲走，她早已把生死置之度外，她是怕季布惨遭不测，那是一诺千金的季布啊，那是因对她的一诺才复又冲到这水中的季布啊，那是她视若兄长的季布啊，那是他项公子的左膀右臂啊。虞姬望着涛涛的漳河水，发出了尖尖的叫声。

此时黎明已至，东方的天空已现出一丝血红的色泽，清晨的空气清新又冷峻，与漳河的水腥气混合包裹着虞姬。这一刻她想到了后退，她甚至回首向后张望了一眼。这一刻她才发现她身后也有一股激流涌过，整个水面仿佛在涨高一般，本来只到她大腿根的水，已经升到了她的腰间。她暗忖：糟了！糟了！这进也进不得，退也退不得，如何是好？难道今日真的便葬在这漳河里了吗？她闭上眼，仰天长叹，罢罢罢，死在他项公子眼前，也算是此生无憾了。

此刻又听得一声喊叫，在河面荡漾开来："妹子休要惊慌，我来矣！"复又见一小舟箭一般飞将过来，那小舟上也立着一高大男人，手持篙竿，点水而进。虞姬看得明白，那是她的哥哥——子期！

她真担心子期也会被这激流冲走，那是她亲兄长啊，她便急忙摆手道："休要过来！休要过来！"

那小舟哪里停得下，眼看到了河中心。又见一股激流涌来，那小舟与前番那小舟一样，像浮萍般在水中打了几个旋，眼看小舟要倾覆。好个子期，只见他手中篙竿，直直插在河底，那小舟终是稳了下来，他身子晃了几晃，亦是稳稳站立船头。

虞姬长长出了口气，等着子期过来。子期拔起篙竿，哪承想后面又是一股激流涌来，那小舟被浪花掀将到半空中，子期手中的篙竿也落入水中，只有双手在半空中空划，那小舟也只须臾，便与前番那小舟一般倾覆在水中了，不过溅起的浪花更高。

虞姬又是一声尖叫，一种追悔莫及的痛感便深深地刺进了她的心头！那是她的哥哥啊，是打小儿就宠她、爱她、护她的哥哥。如今因了她的莽撞，竟也葬身在这漳河的水中，若是有个好歹，叫她良心何安？叫她将来如何去面对爹娘！虞姬几近崩溃。她甚至不想再往前走一步，她呆呆地立在水中，等着那河水在一点点升高，在一点点蔓延。

虞姬正绝望之时，又听得对岸有炸雷般声音响起，那声音铿锵有力，重重地砸在水面上，将漳河水硬生生砸起了浪花。那声音道："嘿！可恶！甚是可恶！小小水神，安敢收我爱卿！羽今来矣！"虞姬抬眼望去，只见那项公子船也未登，他目光如炬，扔了手中的虎头盘龙戟，驾着乌骓马，像一道黑色的闪电，冲入水中。那乌骓马四蹄奋起，蹄溅起白浪滔天。

虞姬心中一颤，她相信他，相信那神奇的乌骓马，只要他来，他的乌骓马来，她啥也不惧，即便是同葬于此漳河，她亦是无所畏惧。虞姬心中一喜，朝项公子伸出双手，甚至往前走了几步。

漳河水仿佛也被那项公子喝退，不再汹涌，水面被那道黑色的闪电劈开，那黑色的乌骓马，那黑色的项公子，劈波斩浪，风驰电掣，顷刻间便奔到了虞姬面前。一切都如此意外，一切都如此的惊魂，那虞姬哪里有多想，哪里敢多想，只觉得眼前一片空白。

项公子猿臂轻舒，水中捞月，只一下便将虞姬揽入怀中，掉转马头，又是大喝一声，那乌骓马便奋蹄奔向对岸。来到岸边，那乌骓马只一跃，便腾空而起，飞将到河岸上。

岸上的人先是一片惊叹，而后便是一片欢呼。

项公子将虞姬紧紧抱在怀里，好久不肯松手，他双目望着虞姬问道："痛杀我也，爱卿惊否？爱卿惊否？"

虞姬惊魂稍定，抬眼望着项公子问道："公子，此番可是梦中？"

项公子哈哈大笑，"非梦，在我怀中。"

虞姬狠狠地在自己身上掐了一把，疼，疼，她知道自己上岸了，自己与心爱的项公子又在一起了，刚才那一场惊魂，终于过去了，她庆幸。但她很快便想起了子期与季布，那两个大哥哥，那两个她喜爱又敬重的人。她挣扎着直起身子道："公子，速速救季布！速速救子期！我们上岸了，他们尚在水中呢。"

项公子复又大笑，道："他二人河边上生河边上长，打小儿便是弄潮的好手，尝欺我于水中，笑我为旱鸭，哪里便会被这小小漳河收了魂魄，只是一时不慎丢入水中，必不会有恙。爱卿只稍候片刻……"

果然不一会儿，子期、季布二人皆于那漳河的水面露头，不一会儿便爬上了岸，他们迅疾拧干身上的水，只远远朝虞姬与项公子挥了挥手，也不搭话，各自归自己的队去了。

虞姬奇怪，问项公子道："一场惊魂，何不来此问讯？亏那子期是妾的亲兄长呢。"

项公子嘴角露出一丝得意，道："二人乘舟前往河中，皆沉船落水而归。我只一人一马，便大功告成。必是忆及前番呼我为旱鸭，自觉羞愧，若来时恐我羞辱他了！哈哈哈……"

三

楚军上岸便迅速包围了王离的秦军，与楚军对阵的秦军本是横扫六国的虎狼之师，且兵多将广，骁勇善战，哪里肯示弱。于是两军便在漳河西岸大战起来，虞姬目睹了那沙场的凶险。每次项公子皆冲在队伍的前面，他骑着他的乌骓马，挥着那虎头盘龙戟，冲入敌阵，为三军开道，没有一战不血染战袍。在项公子的激励下，没了退路的楚军亦是无不用命，两军阵前竟无一人贪生退却。

楚军过河方五日，便血战九场。那漳河西岸，本是千里沃野、良田美池，竟一时被两军搅得天昏地暗，山河变色。两军对垒，喊声震天，骨肉相搏，白刃相交，血流成河，尸横遍野。每每让虞姬心惊肉跳，她望着那杂陈在荒野的尸首，心中不免阵阵生疼，那疼痛刺进她的心口窝，她的心仿佛也在流血。

那些昨日还在她眼前嬉笑蹦跳的儿郎，顷刻间便成了惨死他乡的孤魂野鬼，甚至连尸体都不完整。最让虞姬难忘的是那始终跟着季布的姚起，死得凄惨无比，一支箭从他的颅前射入，穿颅而过，从他的颅后穿出。那头颅亦从颈上折下，歪在一边，两眼珠皆爆出，其状让人目不忍

97

睹。连那铁样男儿季布也跪在姚起的尸首前，号啕不已，竟晕厥了过去。这皆是项公子从楚国带出来的好儿郎啊，这尸首中甚至还有虞姬村中的后生，皆是些打小儿跟她一块儿玩耍的伙伴，皆是苍天所生之人。他们也有爹娘，爹娘从小将他们拉扯带领，抱着背着，唯恐他们夭折，唯恐他们受到一丁点儿伤害。他们也有亲如手足的兄弟，也有相濡以沫的妻子，也有嗷嗷待哺的娇儿。活着没受过谁的恩泽，田地里劳作养活自己，如今令其死又有何过？其存其没，家莫闻知，他们的身子和灵魂一起，就这样永远流离失所，永世在异国他乡流浪。虞姬想到这些，不禁潸然泪下。她想楚国对不起这些儿郎，项公子对不起这些儿郎，她对不起这些儿郎。她暗忖，决不能丢下这些儿郎，决不能丢下这些楚国的乡亲，她要举行仪式，为每一个亡灵招魂，她要把他们的灵魂全都带回楚国去。

她将自己的想法告诉了子期。

子期沉吟片刻，道："好倒是好，只你教习的那些女子皆未过河，如今更不知流落何处，这如何是好？且将士们皆已疲惫至极，如何去舞蹈祭祀？"

虞姬道："不必劳烦别人，我一人足矣。"

虞姬早便想好了，她知道将士们辛苦，战场上往往要以一当十，休息的时间很难得，她是无法麻烦他们的，也不忍麻烦他们。她这两日便扎了数万小草人，那小草人极简单，一根毛毛草做身体，那毛毛草的头算是人头了，另一根毛毛草掐了头横扎上，算是双手，倒也活灵活现。虞姬想，待楚军取胜之时，她便把这些草人皆摆在大营之前的草坪上，她一人一剑边歌边咏，去迎那项公子，去迎那凯旋的将士，去祭奠亡灵，为那死去的楚国儿郎招魂，带他们回家。

几日后，楚军终于大败秦军，杀了苏角，俘虏了王离。

虞姬闻此大捷，便将那几万草人皆置于大营前大道上，将那十几个把守大营的老弱士兵唤来，于大营前的大树上悬挂上白色招魂幡，并分发了祭祀用的锣鼓响器。楚人无不打小儿经历，深谙此道，不必过多吩咐，皆自司其职。这一干人等远远望见项公子人马归来便开始行动了，那响器齐鸣，招魂幡迎风飘动。

虞姬便在那无数小草人间舞了起来，她纤足轻点，衣袂飘飘，广袖曼舞，如无数云霞飞涌，轻轻翻飞于天地之间，手中剑器更是寒光闪烁，刚柔并举，剑锋所指四方皆动。她身边的那些小草人随舞姿飘飞，沁人肺腑的草香一时弥漫于天地之间。漫天草雨中，美若天仙的虞姬，如空谷幽兰般出现，随她轻盈优美、飘忽若仙的舞姿，广袖开合掩映，衬托出她仪态万方的绝美姿容。舞着舞着，虞姬便歌了起来，她吟唱的是屈原《礼魂》，那歌道：

成礼兮会鼓，
传芭兮代舞，
姱女倡兮容与。
春兰兮秋菊，
长无绝兮终古。

项公子所率三军皆驻足于前。虞姬的歌声悠扬而嘹亮，悲壮而凄凉，让观者动容，让山色沮丧，天地为之久低昂。那祭祀用的响器愈发响亮，撕碎了天空，震动着大地。这古老祭祀响声，来自楚人的祖先，来自遥远的岁月，是楚人心灵的节律，它撞击着每个人的心，撞击着每个人的灵魂。它是对先人的缅怀，对英魂的礼赞，对死亡的歌颂，是对鬼神的敬仰与崇拜。楚人的精神便是来自这原始的冲动和神奇世界。

这一刻，三军皆泣，有人喃喃祈祷，有人跟着虞姬吟唱。那项公子竟也是双目泪水盈盈，连他坐下的乌骓马亦泪眼迷离。季布更跪于地，双手高举，号啕祝词。他或许是想念姚起，或许是被虞姬的舞姿歌声震撼了灵魂。

虞姬觉得身有神助，她有了无穷的力量，她的舞无法停住，她的歌无法歇下，她像被一只无形的手在左右，舞呀，歌呀，她的生命已经化作了舞姿，化作了歌声，化作了那漫天飞舞的广袖，化作了寒光闪闪的剑锋。也不知舞了多少时辰，直至将那遍地的小草人皆舞到半空里，像无数的鬼神在漫天飘飞。三军将士与神共舞，与鬼同歌，一起哭泣，一起祈祷，一起高歌。

狂妄和勇武、臆想与现实、肉身与魂魄、生与死、古与今，此刻皆融为了一体。直至那响器戛然而止，虞姬方停下。

这边项公子早飞身下马，几步抢到虞姬跟前，双膝着地，将虞姬高高举起道："爱姬！爱姬！吾魂魄也！"

第九章　鸿门释手，生为人杰死亦雄

一

　　虞姬一直跟着大军，项公子转战何处，她便跟随到何处。虽不能跟着项公子亲自上阵杀敌，但能日日等着项公子凯旋，能看到项公子那伟岸的身姿和身下那乌骓马，对她亦是一种甜蜜。没多久项公子自立为西楚霸王，虞姬最开心的便是楚霸王凯旋之时，那是要犒劳三军的，小犒宰羊，大犒屠牛。大犒之日，霸王与她必是要双双酩酊的。

　　虞姬最喜饮醴。醴者，甜酒也，色金黄，香四溢。虞姬喜它的色泽，那金黄闪出一片高贵，仿佛高贵的太阳一般，仿佛自己高贵起来一般；虞姬喜它的芳香，注入爵中，香飘四座，以唇触之，则香了红腮，醉了秀发；虞姬更喜它甘甜，每每入口，润喉润舌，润心润肺。每每霸王凯旋，虞姬必在一旁道："君王，何不饮醴？"

　　那霸王便哈哈大笑，拍手道："以御三军且以酩醴，幸甚！幸甚！"于是召百官至大帐，令大帐配乐而饮。此时，虞姬必以舞助兴。她手持短剑，纤足轻点，衣袂飘飘，在大帐中起舞。众将领边饮酒边击节叫好，不到一个时辰，醴至酣处，那将领们便也坐不住了，皆拔剑跳将过来，跟着虞姬舞了起来。再逾一时辰，虞姬便退到项公子身边，与霸王

101

对饮，看众将领舞剑。那霸王更是兴致勃勃，时而跃入人丛舞剑，时而退而与虞姬对饮，每每大醉，与虞姬相拥而卧。虞姬亦是不省人事，躺在霸王怀里，将霸王的长须紧紧拽在手中。醒时戏称此为得牵引，魂过三界。

这日军至新丰，驻于鸿门，秦都咸阳已近在咫尺，翘首可望，三军尽知灭暴秦指日可待，满营尽唱楚歌，以为不日将返乡。大帐正欢宴间，虞姬便看见霸王季父项伯进得大帐，他四处望望，并不与项羽招呼，只是朝虞姬招手。那项伯平日便是沉默寡言之人，亦是极少与虞姬搭讪。初始虞姬以为招呼别人，回头看了看身边，并无他人，分明是在找她。虞姬不知何故，赶紧快步走到项伯跟前，低声道："季父有何吩咐？"

项伯道："此处甚是喧嚣，且随我来。"

虞姬便随项伯出了大帐，站在门口，虞姬又道："季父有何见教？"

大帐门前立着两个佩剑的卫士，再往前则五步一兵，十步一岗，戒备极其森严，亦不是说话的地方。那项伯望了望四周，低声道："此处亦不是说话的地方，且随我来。"

于是虞姬便又随着项伯往远处走，她不知这位季父到底要与她说甚的机密。霸王的这位季父与那位唤作项梁的季父，甚的不似，那位性格急躁，常常义形于色，喜怒哀乐常溢于言表。虞姬对项梁一直有些忌惮，常常避走。这位季父却性格和善，不多言语。他与霸王更是相貌迥异，性格迥异。他身材不高，圆脸，圆头，连身子都圆滚滚、胖乎乎的，见人皆一脸和气，一副忠厚和善的长者模样。遇事亦从不曾与人计较，更不与人争强斗狠。虞姬对他印象极佳，颇为敬重。虞姬跟着季父来到大帐后面数十步的一僻静处，她这才又问道："季父唤虞姬来此处，所为何事？"

那项伯搓了搓手，有些拘谨，一时竟未能言语。

虞姬又温和道："都是一家人，休要些顾虑，无论何事，尽管道来，季父但说无妨。"

那项伯这才结结巴巴道："夫、夫人可知沛公乎？"

这沛公为何人，虞姬还真不知道，不过倒是偶有耳闻，仿佛听霸王与人议事时提到过此人。她摇头道："仿佛听霸王提过，却不知何人。"

项伯道："此乃霸王之兄弟，霸王初起，与沛公俱北面受命怀王，彼时约为兄弟。"

虞姬道："似有所闻，但不知季父今日为何提及此人？"

"那沛公与我家君王勠力而攻秦，君王战河北，沛公战河南，然彼先入关破秦。秋毫不敢有所近，籍吏民，封府库，而待将军。"

"实是有功者。"

"且怀王曾与诸将约曰：'先破秦入咸阳者王之。'今沛公先破秦入咸阳，不敢以王相加，只望我家君王早至，此有功者本当大加赏赐，今者有小人之言，令君王与沛公有隙。君王欲加之罪。"

"君王英明，岂可信他人之言？"

"盖其太过谨慎，函谷关有兵守关，使我一时不得入关。"

虞姬闻此言，亦觉沛公不妥，道："既是兄弟，如何把守那函谷关，使我不得入，必是存有异心。"

"夫人有所不知，沛公，谨慎之人，其所以遣将守关者，备他盗之出入与非常也。实实日夜望我家君王至，岂敢有反乎！"

虞姬道："既如此，君王自会体察，我等何又间焉。"

"实恐小人进言，以伤我家君王之明。若君王一时被小人蒙蔽，迁怒于沛公，或使兵击之，让天下英雄心冷胆寒，岂不毁了君王大业。夫人请思之再三，那沛公若不先破关中，君王岂可入乎？今人有大功而击之，此为不义也，不如因善遇之，美君王大名。"

虞姬听项伯这般说道，心中亦暗自思忖良久，她知项伯厚道之人，恐他为人所惑，便问道："何人为季父所言？"

"并不曾有人与我讨情，实实是不愿看兄弟相残。"

"季父所言极是，既是兄弟，岂可刀枪相见，以死相加，盼君王能明足以察秋毫之末，以重大义。"

项伯道："我等亦是可建言献策的，以供我家君王兼听明辨。"

"女人家往日并不曾问君王大事，何以进言？"

"既为我家君王爱妾，岂容伤我家君王英名？"

虞姬觉得项伯所言极是，便点头道："今夜便与君王言说此事，以君王之英明，必会明察秋毫；以君王之大义，必不肯对兄弟以死相加。"

项伯道："如此最好，明日沛公便来鸿门觐见我家君王，日出之时汝可将王意告知于我，也好早做准备，以防不测。"

虞姬点了点头，她知道霸王心性，平生最看重义字，是个重大义轻生死的伟丈夫，必不会加害于兄弟，必不会让天下人耻笑唾骂。她想她能劝得霸王，一定劝得住。

二

大帐内宴毕，虞姬便拉着霸王的手道："君王，可否与妾出大营外一游？"

霸王望着虞姬微微一笑，便抱起虞姬奔出大帐，大帐门口霸王一声尖厉的呼哨唤来乌骓马，又将虞姬抱将上马，自己便也翻身上马，将那虞姬稳稳地抱在怀里，喊一声："爱姬！且跟我一游。"一掌掴在那马屁股上。只听那乌骓马一声长鸣，便一阵黑风似的飞出了大营。

虞姬在那乌骓马上，只感觉耳边冷风飕飕，鬓发在飘飞，衣袂亦在飘飞，似乎整个人都与那乌骓马一同飞了起来。

大营外初冬的高原别是一番景致。漫空里皆是黄色的尘埃，纷纷扬扬，飘飘洒洒。凹陷的大地上隆起一丘丘黄土，那厚实的黄土堆得很高很高，积成峁，堆成梁，又堆积成一大片一大片的塬。极目处，四野八荒，长天上下，唯有黄色，尽是黄色。虞姬想这便是高原，便是传说中的黄土高原吧，她长长地舒了口气，想这些日子只追随霸王征战，无心留意身边的景致，这与她满目绿色的楚国竟是这般迥异。

霸王似乎没有停下的意思，他纵马朝一个巨大的塬奔去，好一匹乌骓马，竟无须择路，只奔高处而去。只见它纵身一跃，再跃，再跃……那马蹄落处尘土飞扬，黄土上留下一排排深深的脚印。任他如何陡峭的土壁，任他杂草灌木，只须臾间便被那乌骓马踏在了脚下。霸王纵马将虞姬带到塬顶，又在塬上驰骋了好一会儿，才勒住乌骓马极目远眺，塬下山河尽收眼底。这一刻那重瞳愈是炯炯生辉。他一副踌躇满志的样子，残阳将他周身涂成金黄。他伸出手，仿佛在出神欣赏自己那粗大的五指，欣赏着自己青筋凸起的手背。他低声感叹道："不料如此黄土，竟养育了大秦，养育了这般辉煌的武士，当年横扫六国的大军竟是从这里出征……"

高原的夕阳，西北的夕阳，仿佛被黄土染了，淡淡的，闪着金黄色的余晖。虞姬看见金黄的余晖从那黄色的手背滑落下去，落在黄色的缰绳上，落在马下的尘土里。一样的颜色，一样的黄。虞姬想，他的肤色竟同这高原一般模样。豪迈的西风从长空飒然而至，他的鬓发与战袍迎风飘起，发出猎猎声响，仿佛在低吟着喑哑而粗犷的楚歌。虞姬感慨道："君王，歌否？"

霸王大笑，便放声高歌，那歌道：

身披甲兮多征战，历险阻兮破万难。
咸阳眇兮路漫漫，眷东顾兮不复返。
身执戟兮入雄关，寻世仇兮不共天。
常流涕兮眦不干，青云志兮万重山。

那声音从霸王嘴里唱出，格外的喑哑而粗犷，也格外的让虞姬心动。她知道霸王的家仇国恨，知道他的忍辱负重，知道他于殚精竭虑，知道他的一切一切，甚至能听懂这个男人身上血流的声音。她想起自己追随霸王征战的日日夜夜，不禁潸然泪下，心中柔软万分。

仅只片刻，霸王目光中便充满了杀气，他切齿道："雪耻便在今朝!"

虞姬心中不禁微微一颤。只这一颤,那难以言喻的快感消退了。渐渐塞满胸壑的,是无边的冷寞,莫名的苍凉。竟然没有一只飞鸟,竟然没有一丛绿草。只有她与他。虞姬想不明白他与这高原怎的便有了如此的渊源,这黄土,这峁,这梁,这塬,怎的便成了他生命不可割舍的一部分,成了他日日夜夜的梦,成了他披坚执锐的目标。虞姬想,这冷寞、这苍凉不仅仅属于秦国,不仅仅属于她和他,它更该属于先祖的某个安排,属于神灵的某种暗示,属于他们今生来世的必然。

刹那间,她获得了人与天地、与遥远先祖那种无缝无隙的神合。是一种充实又虚无、疏朗又密集、渺小又雄大的感觉。

她不禁想起了她的南方。南方,绿油油、软绵绵、滑腻腻的南方。没有这般如血的残阳,没有弥漫天际的黄沙烟尘,没有冰,没有雪,没有能冻裂青铜剑的酷寒。那里有丽山秀水,有小河石桥,有稻谷飘香,有深沉悠远的楚歌,有爹爹的村庄,有母亲的小桥,有与鬼神对话的楚辞……更有那叫人柔肠寸断的梅子雨,那雨能把楚人孔武剽悍的魂魄和膂力一并融化!今日的残阳,将两个楚人深深地埋进了黄土,将他们的灵魂也一并埋在这里。但虞姬明白,她亦能深切地感受到,她更爱的是她的南方、她的楚国。她想,当他们将咸阳踏在脚下,当暴秦已除,当霸王的世仇已雪,当天下已定之时,或许她还是要劝他回去,回去重温他与她的温情脉脉,重温爹爹的村庄。

虞姬道:"马踏咸阳便在眼前,君王欲王关中乎?"

霸王许久未言语。

虞姬又道:"君王尚忆楚国大地否?"

霸王此时方道:"楚地山河犹在梦中矣。"

"天下定时,君王欲定都何处?"

霸王又良久未语,那目光在黄色的天地间浏览着,最后才迟迟疑疑道:"人皆道关中阻山河四塞,地肥饶,可都以霸。不若留于此而王天下。"

虞姬道："君王今君临天下，四海归心，九州一统，概先人天佑，祖地荫福。今王业已成，故里乡人莫不念其归。岂可不归故乡？我闻人言：祖地不可忘，故土不可离，树高千丈，离根者亡矣。"

霸王高声道："汝言大善！"

虞姬看见霸王重瞳放光，知他心情不错，听进了她的话。她想霸王还是那个霸王，还是那个将她视若明珠珍宝的项公子。于是她又道："闻君王欲除沛公？"

霸王道："人言沛公欲王关中，使子婴为相，珍宝尽有之。将来与我争天下者，必此沛公也。其羽翼未丰，何不除之？"

于是虞姬将项伯与她所言，说与霸王，她道："我闻沛公与我家君王勠力而攻秦，君王战河北，沛公战河南，然彼先入关破秦。秋毫不敢有所近，籍吏民，封府库，而待将军。何罪之有？君王如此待兄弟耶？"

"沛公反心昭然，此沛公左司马曹无伤所言。不然，我何生此意？以伤兄弟情分。"

"贱妾恐小人进言，以伤君王之明。若君王一时被小人蒙蔽，迁怒于沛公，或使兵击之，让天下英雄心冷胆寒，岂不毁了君王大业。君王请思之再三，那沛公若不先破关中，君王岂可入乎？今人有大功而击之，此为不义也，不若因善遇之，成我美名。"

霸王沉吟。

虞姬又道："贱妾闻明日沛公欲觐见君王，特来请罪，若有反心，沛公岂敢在楚营剑戟中行走，或为鱼肉，安敢行于刀俎？君王何不听其言，观其行，再做决断。"

霸王点头应允道："爱卿所言甚善。明日我必明察，再做了断。"

虞姬见霸王听进了自己的意见，便笑了，她靠进霸王怀里，去扯霸王须。霸王痒不过，亦是大笑起来。那胯下乌骓马似识得人事一般，在塬上不急不缓，款款而行。高原那淡黄的夕阳很快便沉入西天。明月上塬，高原初冬的晚风冷冽而刺骨，在塬顶上拂过，吹在他们身上，吹在他们脸上……

或许是鞍马劳顿中，少有这般温情脉脉的时光；或许是情人心中的温暖真的可驱走冬日的寒风，霸王无一丝归意，虞姬亦无归意。二人依偎在那乌骓马上，窃窃私语，耳鬓厮磨着，仿佛忘却了时光，仿佛忘却了寒冷。

洁白的月光洒在塬上，洒在他们身上，将二人雕塑成一对玉人。卫兵皆远远地望着他们，无人敢打扰。

三

翌日，虞姬早早便起了床。尚未梳洗她便掀开门帘朝外看，她看见项伯一个人背着手，缩着脖子，在大帐前徘徊，满面愁容，满腹心思的样子。寒风吹动他的战袍，如猎猎的旗幡一般招展。

她知道他在想什么，知道他的焦急，赶紧放下门帘，对着铜镜匆匆地梳洗一番，这才来到大帐前。

项伯看见虞姬，便匆匆迎了上来，低声道："一夜寒风呼啸，甚是恼人，不知夫人可曾安眠？"

虞姬笑道："少年人哪似季父，何处不可安生？任他帐外风啊雪的，并不曾扰乱梦儿，一夜安稳呢。"

项伯搓着手踱到虞姬面前，低声问虞姬："沛公之事，可曾言与我家君王？"

虞姬道："季父之言一句不少地言与霸王了。"

"我家君王意欲何为？尚欲加害于沛公耶？"

"霸王原是义薄高天，名昭天下，岂肯行那负义之事，既是兄弟，当然不肯随意加害。霸王道要听其言，观其行，待细细查明再做决断。"

项伯拍手道："好好好，我家君王英明！"

"若那沛公着实有反意，恐也难逃霸王剑戟，叫他顷刻扑地。"

"天地昭昭，那沛公岂敢有反心，如咸阳秋毫不敢有所近，籍吏民，封府库，而待我家君王。兄弟之约，他实不敢有违。"

虞姬道："如此甚好，霸王重瞳圣人，观人入骨。季父切记，叫他与霸王细细道明，休要有一丝隐私便好。"

"哪里便会有隐私，老夫与沛公帐下子房素有深交。那沛公心思，子房无有不知的，早便言与老夫。"

"季父安与子房有故？"

"秦时老夫与子房游，老夫尝杀人，子房活之。此谓生死之交，岂肯相违。"

"季父如此说，想那沛公亦不是有反心之人。季父只要他好好说与霸王，小心便是。霸王忠义之人，心底坦荡，为人不忍，料不会为难他。季父且放心去便是。"

项伯闻虞姬此言，满脸的愁容散去，笑嘻嘻道："吾闻晋文公夫人齐姜，公正果断，言行不怠，洁而不渎，能育君子于善。晋文公遂霸天下，为诸侯盟主。夫人之德更胜那齐姜。"

虞姬倒是听爹爹讲过这个女人，但她无意效仿，她与霸王有的只是爱怜，他是她的整个世界，他爱她，她也爱他，这便是个好，何须那多的算计。男人的事她不想知道，男人的江山她也无从辅佐。她想他报了国恨家仇，他亡了暴秦，恩怨已了，又何必再牵挂江山社稷，再征战沙场。他做关中王也罢，他做楚王也罢，他什么都不做，回他们楚地家乡，与她一起男耕女织也罢，她都不在意，此生只要与他一处，生在一处，死在一处便是个好。虞姬淡淡一笑，并未答言，摆摆手，望着项伯匆匆离去。

虞姬回到自己的帐里欲睡个回笼觉，哪料想刚刚躺下，大帐那边便人声鼎沸，似乎要大宴宾客。虞姬猜想一定是沛公来了。虞姬心中还是担忧有人进言霸王。她深知霸王性子暴烈，若一时冲动起来，害了沛公性命也未可知。若是那样，她如何对得起项伯之托，日后又如何再见项伯。想来想去虞姬愈发难以安睡，辗转反侧多时，终于耐不住心中的忐忑，又起身来到帐外。她朝大帐那边瞭望了许久，只见门前站着的卫兵，长戟林立，戒备森严，也不知大帐里是啥阵势。她想进去看看，可平日里皆是霸王唤她才去，怎好这般场合，不唤自到的。

虞姬这边正心神不定，那边传来脚步声。虞姬看见项伯匆匆走过来，表情紧张，见到虞姬便道："夫人，事急，事急！"

虞姬道："何事让季父这般急促？"

项伯道："我家君王果是明察，不再与那沛公计较，二人相欢正好。无奈那范增一再撺掇，使项庄舞剑，意在取沛公首级。幸得老夫舞剑于沛公之前，几番挡住项庄之剑，方保了沛公性命。"

"哦，你此刻离开大帐，那沛公岂不休矣？"

"夫人不知，沛公如厕，我使他取小路先走。"

虞姬道："如此正好。季父如何还这般急促？"

项伯道："只恐那范增稍有觉察，必使人追赶，快马疾驶，一路追杀，那沛公休矣。"

虞姬闻此言心中焦急，连声道："那便如何是好！如何是好！"

"夫人欲活之否？"

"为霸王英名，当活沛公。"

"既如此，夫人听老夫一言。沛公所取之道，狭隘关口也，狭隘处，峭壁相夹，只通一人一骑，夫人可单骑前往，守于此处。那范增纵追兵百万，何敢过夫人关？"

虞姬觉得项伯言之有理，便掉头道："季父所言极是，请为我引道，小女子去守便是。"

言罢，那虞姬骑了霸王的乌骓马，在项伯一路引领下去了那小道的狭隘处。二人方到不多时，就看见楚营里飞出一队人马，直取小道而来。

人马行到虞姬眼前，虞姬看明白为首那员少年大将正是项庄。

项庄见到虞姬赶紧下马行礼，问道："夫人在此何干？"

虞姬道："专来阻挡尔等！"

项庄赶紧道："夫人不知，我家君王赐宴沛公，不料沛公中途不辞而别。大事未议，酒宴未罢，亚父命我等将沛公追回，并无他意。"

"休言那亚父，识得我身下坐骑否？霸王坐骑在此，何人敢过？"

那项庄连声诺诺。

"你回去禀告亚父，乌骓马在此！"

那项庄哪里敢争辩，转身上马，便引着一队人马离去。

第十章 纵马咸阳，六宫粉黛无颜色

一

不日霸王率楚军西进，直取咸阳。

虞姬虽身在后军，有项庄一路左右护送，也一样不胜急切。她骑的是一匹白马，那马高大健硕，相貌颇有些类似霸王的乌骓马，亦是别人献给霸王的，霸王将此马唤作飞雪，又转送给她。虞姬几次三番拍马狂奔，项庄在一边直喊夫人当心，且慢。虞姬早便闻咸阳繁华。爹爹曾告诉她，那咸阳在九嵕山之南，渭水之北，山水俱阳，故名咸阳。那里物阜人殷，土地肥沃，雄视九州，阻山河四塞，是成就帝王霸业之地。秦孝公都于此地，至今近二百年建造积累，其城门雄伟，皇宫华丽浩大，雕梁画栋，青砖红瓦，集列国之大成，世间绝无二致。虞姬自然想早点看到这世上绝无仅有的大都市。

愈接近那咸阳，虞姬愈觉得自己的眼睛不够用，此地虽处黄土高原，可这景致却与她一路见到不甚一样，这里的塬巨大且平坦，站在塬上放眼望去，仿佛是望不到边际的平原，与她的故土有些相仿，与附近那些黄土堆积成的峁啊梁啊塬啊区别很大。虞姬看到了远远近近的村舍、良田，看到了路旁密密的光秃秃的树木，看见了那一望无际的枯

112

草。她想，若得春晖再现，这一望无际的便不再是黄色了，必是满眼绿色，芳草萋萋，树木茂盛，草长莺飞。此处虽无楚地那样多的河湖港汊，却也不时见河水东流，夹河两岸亦是垂柳成行。

再往前行，虞姬眼前便出现了一条静静的河流，河这边已有不少的房舍了。看样子，似一些牲口交易的集市，那围牲口的围栏尚在，那牲口粪便的气味尚淡淡地在空气中飘着。此地虽是十室九空，少见人烟，一派战后的衰败，但昔日的繁华仍依稀可辨。河对岸隐约一座高大的城门，朱红的大门亦是隐约可见。虞姬听得身边项庄低声道："渭河，夫人，渭河至矣，过此渭河前面便是咸阳城了。"虞姬心里一颤，这便是渭河吗？这些日子她经常听人提到它，提到那河北岸的咸阳城。

虞姬轻轻拉着缰绳，让胯下的马缓缓行着。这是怎样的一条河流啊，竟如一大家闺秀般羞羞答答，腼腆地行走着，不动声色，不事张扬，那么娴静，那么典雅，又有些许的慌张，仿佛生怕被哪个粗野的男人看见，会直盯着她，会在身后追着她。所以她一刻不停，所以她屏息无语。那淡黄色的河水，竟黏稠得像米浆一般，偶尔可以看见几块晶莹的冰块散落其中，时而浮起，时而沉下，顺着河水缓缓东去。虞姬哪里见过这般典雅的河流啊，她折服了，她勒住了缰绳，她要站在这里，细细地打量它。

那项庄也勒住了马。

天空偶尔飞过几只孤雁，发出呀呀的鸣叫声。夹河两岸是一片接一片，一方连一方，一去数百里，连绵不断、铺天盖地的芦苇。那一朵朵饱满的苇穗或淡紫或粉白，仿佛昨夜飘过了大雪一般。许多芦苇秆折断了，那些尚未折断的芦苇秆依然顽强地将手臂伸向苍茫的天空，仿佛在祈祷着什么。为天下苍生？为饱经战火的关中大地？

芦苇丛中不时传来水禽的叫声。虞姬对一旁的项庄道："且停。"言罢，也不待项庄答话便跳将下马，轻步走到河边。那水腥气合着寒风迎面扑来，让虞姬打了个寒战。

项庄一旁喊："夫人，当心……"

虞姬做了个手势叫项庄住口。

她发现不远处一只丹顶鹤在天空盘旋，一边盘旋还一边发出阵阵悲鸣。

虞姬低声问项庄道："知它为何鸣乎？"

项庄瞪了好一会儿眼，一脸迷茫，最后才低声答道："实实不晓，不为鹤类，安知鹤鸣？"

虞姬知道项庄是个不解风情的人，他如何领会那鹤的忠贞。她更知道此时的丹顶鹤早该南飞了，那些留下来的皆是有所羁绊，生命的羁绊。这丹顶鹤乃是世间最钟情之物，必是它的配偶出了意外，若是一只飞不走，另一只便会毅然决然地留下相伴，生则同生，死则一同赴死。此时已是严冬，渭河千里冰封便在眼前，若这般留下来，此二鹤皆必死无疑。虞姬道："你且细细看来……少顷必得分晓……"

不一会儿，那丹顶鹤便落在一片芦苇丛中。再细看时，那芦苇丛里果然还有一只丹顶鹤，显然它受伤了，一边翅膀明显向下垂着，无法扇动。方才还在盘旋的那只丹顶鹤便落在它身旁，一步一步走向它，与它依偎在一起。它们紧紧贴着，耳鬓厮磨着，长颈相交，黑喙相吻，两情相依，深情款款。那两只丹顶鹤就那样时而相依，时而共舞，轻盈而高雅，飘忽而笃定。它们忽略这边观看的人，它们忽略了冬的寒冷，它们甚至忽略了死亡即将降临，仿佛整个世界只有它们两个，只有两情的长久。它们头顶上那红冠，在白茫茫的芦花中，在寒冬的灰白世界里，仿佛是两束燃烧的火焰，燃烧着爱情，燃烧着生命。

虞姬被深深地打动，自己与霸王经历的那些生离死别、不离不弃，一幕一幕，一点一点皆浮现于眼前。这项家小子意在江山社稷，喜爱策马争锋，常在如雨的箭矢丛中呼啸奔驰，真不知哪天便伤及了他的性命。她爱他，虽魂魄相随，亦是时时提心吊胆。她想若真是不幸来临，她便是那盘旋不走的丹顶鹤，必要与那项家小子生死与共。忆及此，虞姬不由得长叹一声，脸颊上便默默落下两行泪来。

一旁的项庄哪里懂得虞姬此刻的心情，满脸惊讶地问道："夫人如何落泪？须是小的照顾不周？"

虞姬道："非关汝事。"

项庄再问时，虞姬便以项庄方才的语气回道："汝实实不晓，不为情种，安知情深。"

须臾项庄道："夫人，该过桥了。"

虞姬这才转身上马，与大队人马同行。他们来到一座宽大的桥边，那是一木桥，桥头有高大的亭榭，那亭榭皆斗拱飞檐，楼宇般宏伟，桥面是半尺厚的木板，木板与桥面的木桩相嵌合，还有数根手臂粗的麻绳在木板下面。红色桥栏亦是木制的，桥栏上满是雕着各种兽形图案，桥面宽大异常，可供数驾马车并排齐驱。那半在水中的桥桩亦是木头制，圆圆的，每根都得成人才抱得过来。那无数根桥桩像无数巨人的手臂，将此木桥高高托举出水面。淡黄的河水在木桩前溅起白色的水花，再回旋着奔向前去。虞姬家乡有小桥无数，大都是石桥，她第一次见到这般雄伟的木桥，不免惊叹，心想到底是大秦国的国都啊，连桥都这般气势磅礴，他如何不横扫六国，一统华夏。

她问身边的项庄道："此为何桥？"

项庄道："此便是传说中的横桥。"

虞姬以前从未听说过横桥，她喃喃道："哦，一向未闻。"

"此桥横跨渭水，贯通咸阳。"

"如此恢宏之桥，天下绝无第二了！"

"夫人所言极是。"

虞姬叹道："我大楚那么多河湖港汊，有长江那般天下第一大河，竟无一座这般气势恢宏的桥。唉……"

项庄也跟着感叹道："到底是大秦帝国，雄踞这富庶的关中，才有人力财力建这般恢宏的大桥。正是有了此桥，咸阳城才得以绵延至此处，那秦国的百万大军才得以随意出入，南征北讨，灭了咱楚国在内的六国。"

虞姬点了点头，暗自思忖，若得重返楚地，她必与霸王一起建一座可与横桥相媲美的大桥，便把那桥命名为霸王桥，美名要独霸这四方天下，霸他个千年万年。

二

虞姬策马与众人一起过了横桥，来到了咸阳巍峨的城门前，那大门与横桥直对。她昂首仰望那气势恢宏的大门。她从未见过如此雄伟的城门，左右各有一扇红色大门，皆已洞开。大门旁的城垣是黄土与青砖夯砌而成，四丈高许。门楼亦四丈有余，门楼的木柱木栏皆为红漆，青瓦为顶，飞檐高耸。

虞姬策马一口气冲过城门，城门内却是另一番景致。那本是繁华的街道、鳞次栉比的房舍，现已是面目全非了，许多房屋已坍塌，大门皆洞开。那屋舍无不青烟缭绕，许多房舍还闪着明灭的火光。整座城池的空气皆弥漫着浓浓的硝烟味，大街小巷行走的皆手持剑戟的楚国军士，途中时见横陈的尸首。虞姬心中不忍，对身边的项庄道："何以惨不忍睹？"

项庄支支吾吾，并未答言。

虞姬又厉声问："竟何以至此？"

项庄这才答言，低声道："这楚兵无人不知大秦与霸王世仇，霸王祖死于大秦，季父亦死于大秦。今入秦都，无不尽逞屠城之能事……"

听项庄这般说，虞姬亦不再言语。她知道霸王与大秦血海般的深仇，国亡于秦，祖死于秦，季父死于秦，她知道他的爱恨是那样强烈，只是她心中还是不免有一种莫言的苍凉与悲伤。她想，大秦暴政无道，与那大秦百姓何干？难道霸王他们驰骋沙场，浴血奋战不是为了剪除暴秦，不是为了天下苍生，仅仅是为了一己私仇？一入城便屠了这许多的百姓，焚了整个城池，实实不该。

再往前走，前面就是一个巨大的塬，一条蜿蜒盘旋的大路直通往那塬上。远远看去塬上屋舍俨然，比塬下的更加密集，更加富丽堂皇，只可惜亦是青烟缭绕。虞姬问项庄道："那塬上何等人家，竟愈发华贵？"

项庄笑着道："夫人知兴乐宫否？"

虞姬笑了，往上一指道："必是兴乐宫所在！"

项庄道："夫人委实智者，所言正是。"

虞姬早便听说大秦的兴乐宫与阿房宫，知道那是秦皇的皇宫，极大、极富丽堂皇，知道那些便是天下第一繁华的去处。她也曾想过假若霸王拿下咸阳，她必要看看那大秦的皇宫，必要在那皇宫里纵马驰骋。今兴乐宫便在眼前了，她哪里还按捺得住自己。虞姬照那飞雪屁股上重重地拍了一掌，那马奋起四蹄，荡起一阵黄土，便沿大路狂奔起来。

大路上正在行走着一些楚兵，他们三三两两的，一副征服者趾高气扬的样子，长戟尖上尚挑着抢夺来的财物。虞姬一眼便知道这些人进咸阳都做了些什么，她故意让那飞雪冲向他们，一心想把他们撞倒，给他们点儿颜色看看。那些楚兵听见马蹄声，看见了虞姬纵马狂奔，纷纷避开。

虞姬憎恶这些屠城的军士，尽管他们是她楚国的子弟，是她的乡亲，是霸王的江东父老。虞姬亦是想惩罚下他们，看见这些人逃命似的避让，见他们或扑地或相互推搡，乱作一团，她心中竟有一丝快感，一种惩罚恶人的快感。

虞姬奔到塬上，便看见光秃秃的树丛中坐落着一座宫殿；虽然烟火依然在缭绕，但虞姬还是见到了她从未见过的富丽堂皇的建筑。那是望不见边的一个大宫殿。皇宫大门是朱漆的，顶端悬着一块巨大的黑色金丝楠木匾额，上面工工整整地题着三个大大的篆字——"兴乐宫"。大门亦是洞开着，透过大门可以看见里面不仅宽阔，亦十分华丽，烟火过处，依然显露着雕梁画栋，金碧辉煌。那林林总总的房宅中，唯大殿高耸，亦未有焚烧的痕迹。虞姬看见那大殿的顶，四角高高翘起，像四只展翅欲飞的雄鹰。

虞姬没有下马，纵马冲进大门，一直冲到那大殿门前，才跳下马来，将缰绳交到项庄手中，自己便只身跨进了大殿。大殿里没有人，亦无甚的摆设，已是空空荡荡了。虞姬又穿过集道门，来到后面的寝宫，寝宫的门口倒是有军士把守。虞姬推开军士，闯了进去，她直接进到后面的内屋里，只见屋内云顶檀木做梁，白玉为灯，珍珠为帘。六尺宽的沉香木卧榻，边上悬着白色的鲛绡罗帐，风起绡动，如坠云山幻海一般。榻上叠着玉带叠着罗衾。四面墙壁皆为黄色，凿壁为龙，鲜活而威严，那龙须、鳞爪皆依稀可辨。地铺白玉，内嵌金珠，踏上也只觉温润。虞姬细细观之，竟是以蓝田暖玉凿成。如此穷工极丽，虞姬何曾见过，她尖叫一声，竟躺在那卧榻上嘻嘻哈哈地打起了滚。她想她与霸王都不曾有过如此的奢华，到底是大秦的皇帝。他与她只有鞍马劳顿，只有生离死别，只有沙场征战。即便这样，她亦不后悔，只要能与自己心爱的人在一起，什么苦她都乐意吃。

虞姬正思想着，忽听得耳边仿佛有抽泣声。她立刻从卧榻上跳将起来，顺着声音寻到后门，打开后门便惊呆了。虞姬看见寝宫后面偌大个庭院，竟挤满了人，黑压压的一大片，而且皆为妇人，虽说是香粉四溢，绫罗绸缎满目，一派富贵之气，但细看那些妇人，皆面色苍白，战战兢兢。

哭声正是她们发出的，一些手执长戟的楚军官兵正瞪着眼睛在看管着她们。

楚军士兵大多认得虞姬，见虞姬开了门，无一人敢作声，皆垂头肃立。

虞姬杏眼圆睁，扫了好一会儿，才将满院落看过来，她问道："汝等何故押众多妇人于此？"

为首的是一校官，赶紧上前答话。他指着那些女人道："回夫人，我等奉命在此看押这些个人。"

虞姬仿佛认得这个校官，脸圆得同满月一般，隐约记得其为居巢人，随范增一同投的楚军，那时还是个半大孩子，如今居然做了校官。虞姬问道："汝何处何时投楚军？"

那校官道："下官乃居巢人丰祁，随范先生于薛地投楚军。"

虞姬问："好，我问你，此处如何关这许多妇人？何处掠得？"

"回夫人问话，我等并不敢掠妇人。此皆皇宫的后眷与宫女，霸王下令，宫中女娥，皆先行关押，日后再做计较。"

虞姬心中一动，她早听说秦宫美人无数，粉黛世上没有，天上难得。她好奇地走近那些妇人，细细打量着那些女子。果然不凡，虽皆战战兢兢，面如土色，哭哭啼啼，却难掩她们本来颜色。这些女子年轻貌美，个个眉清目秀，稍有举动亦是婀娜多姿，再细观之，其中绝不乏倾城倾国之色者。寻常虞姬出入之处，虽也常遇见妇人，哪有能与之比较者，若得与她们比肩，无不黯然失色。置身于此境，虞姬都不由得想多看几眼这些个妇人，虞姬感叹之际，心中亦是萌生几分妒意。

她心中明白霸王为何要留下这些人了。世人皆道英雄难过美人关，那霸王必是贪图其中美色了，男人啊。她又岂能容忍霸王怀里再拥着别的女人。

她细细打量之后，寻一出众者拉到身边，只见那女子：云髻峨峨，修眉联娟，丹唇外朗，皓齿内鲜，肩若削成，腰如约素。此刻陷于羁押，更兼几分凄凄楚楚，叫人不胜怜爱，连虞姬也动了几分怜爱之心，语气柔柔的。她拉着她的手低声问道："汝芳龄几许？"

那女子低声答道："年方二八。"

"几时入宫？"

"去岁方得入宫……"

虞姬将那女子拉到身边比肩而立，她望着那些楚国士兵高声问："吾孰与其美？"

楚军将士皆高声答曰："夫人美甚，天下女子莫能及夫人也！"

虞姬又从人丛中拉出一出众的美妇人，问大家："吾孰与其美？"

众将士依旧齐声做出一样的回答。

虞姬闻罢大笑。她自信自己的美丽，她早在无数男人的目光里读懂了自己的美丽，她早已在无数女人的沮丧中读懂了自己的美丽。但她不相信此刻将士们的回答，那皆是楚国的将士啊，与她同出自一片热土的子弟。她也知道这惶惶不可终日的六宫粉黛颜色早已失去十之七八了。

虞姬问那校官道："我家霸王可真真切切下了羁押宫娥之令？"

那校官一时无语："……"

虞姬又道："我一人便胜却此万千美色，霸王又何尝留恋她等？"

那校官再无语，只结结巴巴道："这，这，这……"

那虞姬厉声道："竖子安敢胡言！我家霸王戎马生涯，志在除暴秦，平天下，安黎民，岂是那贪色之人！汝欲毁日月之明乎？"

校官丰祁见虞姬发怒，哪敢多言，支支吾吾道："我等如何晓得这许多，皆上官委派，哪敢有违？"

虞姬道："咄，霸王命敢违？"

那校官丰祁赶紧道："不敢不敢不敢！"

虞姬指着满院子的妇人道："霸王有命，满院妇孺，尽皆遣散！"

丰祁一时无所适从，支支吾吾道："夫人，此事重大，下官不敢决断，可容下官禀报再做？"

虞姬哪容他再行禀报，道："霸王有命，何须再行禀报！抗命者斩！"

虞姬的话把那校官丰祁吓得脸都变了色，不敢再言语，亦不敢放人。恰好此时项庄赶到，他看了看虞姬的脸，低声道："夫人少安，待在下禀报我家君王，将夫人之意呈上，我家君王哪有不依夫人的道理。"

那虞姬哪里肯听，她一把将腰中的剑拔了出来，道："汝且去禀报，我便在此砍斫起来！一个活物不留。"

项庄听虞姬这般道，哪里还敢离开，只对那校官丰祁摆手道："罢罢罢，罢罢罢，唯夫人马首是瞻。"

虞姬又对那些看护的军士道："楚王有命，此处妇人尽行遣散，尔等一路护送出城，遇阻者当诛。"

满院军士哪敢有违，皆称诺。

好大一会儿，这满庭院的妇人才走光。

望着空空的院落，虞姬这才想起，进城以来一直未见霸王，寻常每到一处，那霸王占了房宅，便要是等她的，将她安顿罢，才去行令做事，今日却如何不见了霸王？虞姬问身边的项庄道："霸王何在？"

项庄不敢看虞姬，眼睛望向别处，低声道："在下一直跟着夫人的，如何知道我家君王在何处？须是初入咸阳，事务繁多。"

虞姬咬紧牙关哼了一声。

三

虞姬离开寝宫，便骑着飞雪在兴乐宫四处寻找霸王。她把那华丽的去处找了个遍，也未见霸王人影，急得只骂人。一边的项庄只低着头跟在后面，哪里敢答言。虞姬正失望，欲离开兴乐宫，突耳闻乌骓马的嘶鸣声，长长的，划破兴乐宫的长天，回首望去，那乌骓马正站在一处矮房前，眼望着她。虞姬知道霸王必在此处，这乌骓马是在唤她呢。她打马快步走过去，却不见霸王的身影，那乌骓马旁立着几个军士，他们看见虞姬都有些慌张。

虞姬问道："霸王何在？"

那几个皆不言语。

虞姬在此处看了看，附近没有豪华的去处，这是一片矮房子，仿佛皆宫殿的仆人居住处。

虞姬又高声问："霸王何在？"

这些军士仍不言语，只面面相觑。

虞姬又四下里看了看，看见那矮房细长一溜儿，有几扇门，除一处紧闭外，皆为洞开。虞姬心里已是明白了七八分，她不再询问这些军士，只照那乌骓马的屁股上狠狠踹了一脚。乌骓马发出愤怒的嘶鸣，那紧闭的小门依旧紧闭着，没有一点儿反应。于是虞姬又拿起马鞭，照那乌骓马的屁股狠狠抽了一鞭子。那乌骓马发出更加愤怒的嘶鸣，且四个蹄子猛烈地刨着地面，溅起一阵黄土。那扇门终于咣当一声，洞开了。只见那霸王手持虎头盘龙戟，衣冠不整，面红耳赤地从那扇门里撞了出来，他四处寻着，二目圆睁，重瞳寒光闪烁，大喝道："何人欺我乌骓！何人欺我乌骓！竖子，拿命来便万事皆休！"

门前军士皆战战兢兢，双膝着地。

霸王那寒光闪烁的重瞳扫了一圈，才看见虞姬。那一刻他愣住了，手亦是不由得一松，虎头盘龙戟咣当砸在地面上，那黄土的地面被砸出一个深深的印痕。他的愤怒瞬间凝固在了脸上，继而化作僵硬，他哭也不是，笑也不是，怒也不是，喜也不是。

虞姬倒是丝毫不惊慌，她眼角扫了一眼霸王，便缓步踱到那小门前，歪着头望里面瞅了瞅。她看见里面正有一年轻秀美小妇人。那小妇人长发散乱地披在肩上，瓜子脸，深目高鼻，衣着亦不类常人，被旃裘，蹬胡靴，金铛饰首，前插貂尾。她面色洁白似玉，唯两腮尚浅红，似云雨初度，亦是衣冠不整，云鬟凌乱。看见虞姬，她亦无丝毫回避，先是一愣，后便是一笑，头一甩，将长发甩到身后，那样子颇有些挑衅的意味。虞姬心里什么都明白了，她猜出霸王在此处与这小妇人做了甚的勾当，不由得怒从心中起，恶向胆边生了，她卧蚕眉倒竖，丹凤眼圆睁，咬牙切齿地长长啊了一声，便颤抖地一把握住手中的短剑。

项庄一旁赶紧拦住，道："夫人，此为非礼也！"

虞姬哪里听得进去，嗖的一声，将那短剑拔出，似要冲进那门一般。

项庄死死拦住，道："夫人息怒！切切不可！切切不可造次！"

虞姬当然知道，她这样阻止男人是有违礼的，她不想失了颜面，她知道楚营皆道霸王待她最善，楚营皆知她与霸王生死相依。她知道自己不可造次，不可在军士面前伤了霸王的颜面，伤他便是伤自己。今日若是一怒，杀了那小妇人，二人必会闹将起来，明日便楚营尽人皆知了。楚王还有何颜面做帅？她还有何颜面做夫人？虞姬强忍着怒火，尽量让自己平静，暗自思忖：且候来日，必斩杀那贱妇。

虞姬咬了好一会儿牙关，才将心头怒火压下，她知道她没有理由发怒。他是王，他有资格占有更多的女人，这是君臣人伦大礼定的，是天经地义的，几乎是必须的，这一天早晚会来，她所能做的便是服从。以前她不是没有想过这些，她只是不愿意去想，寻常的日子里她强迫自己不去想太远的将来，不去想这个男人霸业成后的后宫里该有多少女人。她只想守着他，爱着他，看着他，她便满足了。如今咸阳城破了，大秦亡了，这个时刻该到来了。只是她依然放不下，依然无法平静地面对这样的场面，依然无法让自己平静地面对这个占据了她全部生命、全部情感的男人。

虞姬的眼已被泪水模糊，她不敢再去看那小妇人，更不敢去看那男人，她亦无法去正视那男人。虞姬转身唤来飞雪，将身上马。

霸王此时仿佛才从那混沌中醒来一般，张开他长长的双臂，拦在虞姬面前。

虞姬依然不看他，掉转马首。那霸王又蛮横地挡在虞姬面前，如是三番五次，二人皆不言语。霸王张开双臂，死死地盯住虞姬，虞姬绝不看霸王一眼。

项庄只在一旁啊啊，不知所云。

虞姬胯下的飞雪亦是烈性子，寻常若有人拦虞姬时，只要虞姬脚跟叩动它的肚子，那飞雪要么扬起四蹄，撞开拦在它面前的人，奔驰而去；要么迅疾绕开，绝尘而去。今日这飞雪似乎也被霸王目光慑服了，任虞姬如何去叩它的肚子，它竟也纹丝不动，四蹄稳稳地踏在地上。

虞姬眼泪汪汪，抢白道："君王如何负我？"

霸王道："并不曾有负爱姬，后宫安能只尔一人，寡人纳嫔纳妃，上合天意，下顺人情，如何便道一个负字？"

虞姬无奈，许久未言语，将脸望向一边道："……君王，可容贱妾先行。"

那霸王道："爱姬意欲何往？且与我同行。"

虞姬哪里听得进去，她从马上跳将下来，一把扯过旁边的乌骓马，翻身上马。这边霸王尚未明白就里，那乌骓马竟四蹄腾空，一声长嘶，闪电般地奔跑起来，瞬间便离开了霸王。

虞姬听得霸王身后再三呼啸，甚至高声呼唤乌骓马的名字，那乌骓马竟丝毫不予理睬，只顾听着虞姬的号令，驮着虞姬奔跑。说来自是奇怪，打虞姬进了楚营，那乌骓马仿佛欲与霸王竟折腰一般。寻常霸王一声口哨，使其停则停，使其奔则奔。那乌骓马只是见不得虞姬，若见了虞姬，那霸王便不在话下了，便是虞姬使其停则停，虞姬使其奔则奔。任他霸王暴跳如雷，也休拗得过虞姬。虞姬心中感激乌骓马，暗自思忖，乌骓啊乌骓，唯尔情重，唯尔义高，人尚不如马乎？

四

虞姬心中有气，在兴乐宫胡乱找了一处未被火焚的小院，红门黑顶，一样的飞檐，看看还干净，便使军士收拾了一番，先行歇下。

一旁项庄欲阻止，低声道："夫人不宜居此处。"

虞姬问道："何出此语？"

项庄道："兴乐宫里自有我家君王住的寝宫，夫人又如何别居？"

虞姬冷笑道："旧人怎抵那新人好，霸王如今功成名就了，哪里还想见贱妾？"

"我家君王原说过，此生不负夫人。"

虞姬又冷笑道："君不闻有歌曰《氓》，其道：'信誓旦旦，不思其反。反是不思，亦已焉哉。'今居别宫亦罢，便是顺了那霸王的心，休要再去烦恼霸王了。"

项庄道："不妥不妥，我家君王并未有甚的新人，如何容得夫人别居。"

虞姬哪里肯听项庄的话，道："汝可先行回避，我欲更衣。"

项庄只好退出。

虞姬将项庄一干人等赶出小院，吩咐不得打扰，便将小院的木门紧紧插上，进到屋内便倒头大睡。

其实虞姬是在赌气，她哪里睡得着，仰头望着天花板，脑子一片空白，眼前总是浮现出那衣冠不整的小妇人。她凌乱的云鬓，她羞红的两腮，她那云雨初度后的娇羞，像一把把短剑深深地刺在虞姬的心头，让虞姬心头一阵阵生疼。她捂着疼痛的心口，眼泪在眼眶里打转，浑身无力，有一种天塌地陷的感觉。

虞姬躺下没多久，便听见有人敲院子门，声音急促而响亮。虞姬只好从榻上爬起，来到院子门前，她站在门前问："何人？如此敲门。"

门外是霸王的声音，道："速速开门。"

虞姬听出是霸王的声音，道："君王且去开心，多日奔波，妾鞍马劳顿，不胜艰辛，亦是要歇息了。"

霸王道："本王知爱姬艰辛，今特来看望。"

"贱妾本山野卑贱之人，日后便不劳君王操心了。"

"休要多言，汝开门便是。"

"今君王霸业已成，此寒宅别院实实有辱身份，有违大礼。君王起驾回正殿便是。"

霸王道："汝知何为违王命乎？知违王命为何罪乎？"

"知又如何？不知又如何？"

霸王似大怒，厉声道："汝知这虎头盘龙戟取过多少首级乎？"

那声音方落，虞姬便听见虎头盘龙戟砸在地面上的声音。她暗自思忖：纵是天下人皆惧你那虎头盘龙戟，我须不惧。其实虞姬心中真的也并无一丝惧怕，此刻她哪里还畏惧死亡，她想与其眼看霸王与别的女人相欢，倒还不如一死来得爽快。她亦是高声道："休道甚的王命难违，休道那虎头盘龙戟取何人首级，妾今违便违了，请赐一死！"

虞姬说完便扭身回到房间里，索性将房门也闩了起来。

虞姬但等那霸王破门而入，等了许久也未闻外面还有甚的声响，她便迷迷糊糊睡去，此一觉竟睡到天亮，方觉得已是饥肠辘辘。她赶紧从榻上起来，对着铜镜细细梳理一番，发髻高束，稍施粉黛，还特意换了一身民间女子的装束，白色窄袖袍服，腰间以黑丝带系扎，俨然昔日在闾里一般。

梳理完毕，出得门来，打开院子大门，吩咐守门军士去弄了点儿吃的，虞姬便站在小院前活动起来。虽然空气中还夹杂着淡淡焦木味，但拂晓清新的空气还是笼罩了虞姬。她深深地吸了口气，抬眼看，天蓝蓝的，院门前有一棵老槐树，隆冬季节，老槐树的枝杈上自然没有绿叶，一根根光秃秃地直指天空，指向那蓝天白云。枝杈间仍有麻雀在叽叽喳喳地叫，在枝杈间蹦跳，这情景和她楚地老家竟恁地相似。几年来，随着霸王南征北战，戎马生涯，四海为家，大都宿于军帐中。心中放着楚军的胜负，放着霸王的生死，哪有心思感受这悠闲的时光。此番眼前的情景不由得让虞姬想起在家做姑娘情景，想起爹爹清晨教她舞剑的一幕幕。她想爹娘了，想爹娘的音容笑貌，想老家的小院，想她闺房里的梳妆台，甚至想那小小的织布机。一种从未有过的乡愁在她心中氤氲开来。虞姬从小屋里拿出了短剑，照着爹爹教的套路，一丝不苟地舞了起来，她感觉这便是回忆，这便是与爹娘相逢。

虞姬将那剑舞得呼呼生风时，便听得旁边有人高声叫好。虞姬抬眼望去，竟是霸王笑嘻嘻地站在一旁，那重瞳目光炯炯地望着她，再看周遭，早已站满了围观的军士、将官们，听得霸王叫好，皆跟着喝彩。霸王今日亦是换了装束，居然也是从前乡村那副装扮，他身着交领长衫，窄袖长手，上衣下裳皆为白色，头上的巾子亦为白色。虞姬想起了那个乡村少年，想起他在石桥上与她的初次邂逅，想起他挑逗她的一幕幕，想起他的坏，想起他的好，想起他的蛮横。虞姬心中一颤，难道他的心与她的心竟是相通的？此为天意？此为人情？莫非前生她便与他有缘？她便欠他的？莫非这便是冥冥之中的注定。

虽说心中那一颤让虞姬柔软了许多，但昨日那小妇人的模样在她脑海里怎么也挥之不去，她还是咽不下这口气，还是心如刀绞一般。望着霸王那笑嘻嘻的样子，她就愤愤不平。他开心了，他快乐了，他忘却了，可她忘不掉，无论如何也忘不掉，她觉得自己的爱被他践踏了，自己的情被他践踏了。她无法原谅他，她绝不原谅他。虞姬乜斜了霸王一眼，愤愤地哼了一声，便收起了手中的剑，欲扬长而去。

那霸王哪里容虞姬走，张开双臂拦住了她，依然是笑嘻嘻的。

虞姬想她早不是那羞涩、无所适从的少女了，她知道该咋办，她眼睛望向一边，道一声："啊！"那霸王果然被虞姬赚了注意力，也跟着虞姬望向一边，虞姬趁机一躬身从霸王臂下走了去。

待霸王回过神，虞姬已经进了她的小院。

虞姬将门半掩着，她看见霸王眼睛直直地望着她，便朝霸王招了招手，霸王大喜，拔腿奔将过来，虞姬冷笑着看着霸王，眼看霸王一只脚踏上台阶，这才咣当一声将红门关上，再将门闩死死地横上。她可以想见霸王的沮丧，可以想见霸王的尴尬，可以想见霸王的愤怒。她偏要他的好看，偏要！偏要！

听见霸王门外愤怒的吼声，虞姬心情好多了。她笑着回到房间，躺到床上。她就想这样躺着，什么也不做，什么也不想，睡去或者醒来，都要横在这张榻上，躺他个天长地久，躺他个昏天黑地。

第十一章　火焚阿房，不叫琼楼胜楚宫

一

太阳偏西时，虞姬又听见了敲门声，那声音不急不缓，似夹杂着人的呼唤。虞姬侧耳细听，像是子期在喊她。在楚营这些年，子期身为楚军大将，军务繁忙，虽常常来见霸王，皆匆匆见面又匆匆道别，难得静下心与虞姬话家常，更难得单独来找虞姬。虞姬赶紧下了榻，去开门。

虞姬打开门，果然是子期站在门口。子期比以前壮多了，黑多了，还是一身戎装，腰上挂着长剑，也像一座黑塔似的站在门口。虞姬将子期拉到屋中道："原来心里还有个妹妹啊，还知道来看顾我。"

子期呵呵笑道："看妹子说的，天底下便此一妹子，如何会忘。"

"兄长似换了个人一般，平日里来去匆匆，话也不多说几句，今日说话便这般甜蜜？"

"呵呵……今日特来寻妹子说话的。"

虞姬将子期腰上的长剑取下，挂到一旁，道："咸阳已下，暴秦已亡，如何还这般马不下鞍，剑不离身。今日便住下，要说便说个够。"

子期道："暴秦虽亡，各路诸侯尚未安抚，各有异心，哪敢稍有疏忽，天黑必是要回营。"

虞姬撇嘴道："呸，只怕兄长今又是奉命行事。"

子期面色微微泛红，有些结巴，道："妹妹何出言……"

虞姬一笑，道："那霸王真真的用人不善，以兄长为说客，你便是有那苏秦之才也罢，便是有那张仪之舌也罢，两下皆无，必有辱使命。"

子期听虞姬这般说道，面色愈红了。

虞姬知道她道破了子期的心思，便道："兄长，今日我二人无可不言，便是不言霸王之事。"

"昨日之事我已耳闻，便是妹子的不是了。你休要烦恼，且听哥哥慢慢道来。霸王今已称王，王者自然与众不同。"

"我只道他负了妹妹的一片情，休言王者，王者便可负情乎？"

"妹子休要意气用事，今天下便是霸王的天下，令皆出自霸王，早晚便登天子大位。天下事皆是有礼数的，天子有天子的礼，无礼天下必大乱。那《礼记·昏义》皆有记载的，'古者天子后立六宫，三夫人、九嫔、二十七世妇、八十一御妻'。此为大礼，妹妹岂可有违大礼。况家父亦是事事礼仪当先。"

"……"

"妹子将母仪天下，岂可有违大礼，让天下人耻笑。"

虞姬当然知道这些，但她感情承受不了。她不愿意便这般接受现实。她道："定此礼仪者，无母乎？便是从那石头缝里蹦出的？"

子期赶紧捂着虞姬的嘴道："不可造次，不可造次，老祖宗定的，何敢如此言祖宗！"

虞姬真恨这大礼，真恨这些多事的古人，这些不懂女人情的古人，如何便制定出这般无情的大礼。她爱霸王，她只爱霸王，她不容霸王怀里再拥着别的女人。她想起那日在渭河边看见的丹顶鹤，那生死相依的丹顶鹤，那让她怦然心动的丹顶鹤，禽类尚知两情依依，尚知生死与共，难道人竟不如那禽乎？偏要弄些个所谓的大礼，来伤害女人，来伤她虞姬的心，来使得霸王将薄情寡义当作天经地义。虞姬长叹一声，愤愤地道："这天下唯女子命苦也！"

"咱本是诗书礼仪之家，妹妹切不可坏了礼数，有伤门风，让爹爹有失颜面，家门蒙羞，便是爹爹在此亦是容不得妹妹这般行事的。"

虞姬咬了咬牙，道："妹妹只恨那霸王大业初定，便行此事，恁地心急。难道他不知我心乎，不晓得此举伤我情乎？"

子期道："正是大业初定，才当急行此大礼，以正天下视听。大礼行，天下正，百姓安。便是为天下大计，为天下黎民，妹子亦不该这般短见。"

子期正劝慰虞姬时，门口又传来响声。虞姬这才想起方才未关院子大门，如今为时已晚，那霸王急匆匆闯过来，一把将门推开，站在门口望着虞姬与子期。

子期赶紧施礼，道："禀告霸王，我这里正在劝慰夫人。"

那霸王便笑嘻嘻道："寡人已进来，便无须再劝慰了。"言罢径直走向虞姬。

那虞姬哪里肯从，她卧蚕眉一下子竖了起来，随手将子期方才挂在墙上的剑拔出鞘，横在脖子上，厉声道："君王欲生我乎，欲死我乎？"

霸王望虞姬的样子，不敢再向前，那重瞳只冒青光。

子期赶紧上前道："妹子，竟如此刚烈，罔顾天下大礼！"他欲伸手去抢夺虞姬手中的剑。

霸王一把拉住子期，半晌才对虞姬道："爱姬欲如何？且慢慢道来，寡人不上前便是。"

子期有些气急，道："难不成，让霸王去违天下大礼？让世人皆耻笑我等？"

虞姬低声对子期道："兄长小觑妹子了，妹子岂是那小气女子，爹爹亦是常有教诲，大礼不可违。"

霸王亦是一旁道："爱姬最为贤德……"

虞姬眼泪汪汪地望着霸王道："君王尝为布衣，妾即追随了霸王，不避箭矢，不辞艰辛，何曾有过一丝怨言？只今日情深难容，怜切为怨，君王请容妾慢慢平复。"

子期一旁焦急道："妹子！大业初定，行大礼之事非小，事关国体，事关天下平安，岂可由小女子性子再三延宕。"

虞姬心里明白子期说得有道理，她不想让子期为难，亦不想叫人耻笑，迟疑须臾才又道："若于速速行大礼也罢，妾识大体。只是有几句话要说，不知君王肯纳贱妾之言否？"

霸王道："寡人与爱姬之怜爱，情贯天地，何事不见容？何言不可纳？爱姬直言便是。"

虞姬思忖一会儿，道："贱妾话也不多，这后宫是何等去处，是君王寝食之处。进出之人岂可不察，贱妾为君王计，凡入宫之女，一为品行俱优者；二为容貌、身体皆佳者；三不可使秦女入宫者。"

霸王道："这头两条便是为寡人好，只是不知那第三条为何？"

虞姬道："昔日君王于新安城坑秦卒二十万，今又焚了咸阳。你道那秦人谁不咬牙切齿，若以秦女为侧，灾祸必在旦夕之间。"

霸王点头道："所言极是，所言极是，倒是爱姬一语道醒梦中人。善，大善！"

子期还想插言，霸王拦住了，道："子期勿要多言。行大礼之事宜缓，勿须用急。今我已血洗了关中，关中虽虎踞龙盘之地，却非我项氏福地，此处行不得大礼，一切待我回楚之时再行议定。"

虞姬听霸王这般言语，那竖起的卧蚕眉方缓缓平下来，她放下手中的剑。霸王上前去拉虞姬的手，虞姬将手挣脱，她想起那日挑衅她的小妇人，心中愤懑难消，又道："那日贱妇甚是无礼，该当何罪？"

霸王道："甚的贱妇？"

"那日与君王行鱼水之欢的贱妇，君王怎的便忘了？"

霸王哈哈大笑，道："寡人早将她逐出兴乐宫！休要再提起便是。"

虞姬不依，道："只休要叫贱妾撞到，来日若是撞见，我必取她首级，秦女不可留在宫内。"

霸王又笑道："哪里还会撞到，哪里还会撞到……若是撞到，爱姬随意处置便是。"

虞姬这才与那霸王执手，二人一起离了小院。

二

咸阳城里的烟雾总也消散不去，那焦煳味将天空都熏黄了。霸王似乎并没有离开的意思，整日在大宴各路诸侯，商定分封之事。

没了征战，虞姬往常总是提着的心也轻松了许多，她想四处看看，想看看这关中大地。这日午后，虞姬与项庄道："偌大个咸阳皆付之一炬了，也无个有趣的去处。"

项庄道："好去处倒是有一个，吾尝闻秦嬴政于渭河南岸之上林苑中，作阿房宫。此宫盛大，超兴乐宫数倍矣，覆压三百余里，遮天蔽日。自骊山北构而西折，直走咸阳。"

虞姬道："如此宫殿，霸王何不居之？偏居这焚烧殆尽的兴乐宫。"

"彼未成矣。"

"既是未成，何言是个好去处？"

"虽未成，其势亦可比肩山河。人言其东西五百步，南北五十丈，上可以坐万人，下可以建五丈旗。周驰为阁道，自殿下直抵南山。表南山之巅以为阙，为复道，自阿房渡渭，属之咸阳，以象天极阁道绝汉抵营室也。如此盛极，天下莫见，何言不是好去处。"

虞姬叹了口气，道："便是大若那骊山又当如何？亦不过一未成宫殿。此嬴政亦是奢靡，有此豪华的兴乐宫，又何造彼阿房宫，如此兴土木造宫殿，民何聊生？如此江山焉能不易手。"

"夫人不知，那嬴政造彼宫，亦是有其缘由的。相传彼少时，尝于邯郸城遇一女子，曰阿房女，十分喜爱，怜其娇媚。后嬴政一统天下后，欲迎此女，立其为后，众大臣皆拒之，曰此乃赵女，不可。那阿房女亦为晓大义之人，不欲嬴政为难，择日竟自挂北树。那嬴政每每念及此，便怆然而泪下，无以为念者，故而造此阿房宫。"

虞姬眼睛一亮，道："如此我倒要念及他的好了，天下皆道嬴政暴虐，窃以为心如铁石，性若箭矢。哪承想对阿房一女子用情如此真，有如此怜爱之心者，亦是一血肉之躯。那阿房遇嬴政，亦不枉为女人一世。"

项庄道："不过一女子耳，为之造宫，失了江山，实为不智。"

虞姬撇嘴一笑，道："汝自是不知，逐功利者哪晓得人间最大莫过于性情，至情至性至痴，却也爽快一回，不枉为人一生。汝这一说，我倒要去那阿房宫看看，去拜祭那嬴政与阿房。"

项庄闻此言，当下便为虞姬备了车马，一行人直奔阿房宫而去。

虞姬真的未想到世上有这般豪华的建筑，真的未想到大秦有这样了不起的思考者，设计出宛如天宫的琼楼玉宇，真的未想到大秦的工匠们有这般巧夺天工的手艺，能建造出如此巧夺天工的房宅。当虞姬站在那阿房宫前宽大广场上时，不由得深深地吸了口气。

广场迎面是三座已经建好的门楼，红柱、黑瓦、青砖，垒砌得气势磅礴。青石板的阶梯，白玉的扶手。虞姬沿着阶梯步入门楼，一条河流横在眼前，那河流蜿蜒曲折，九曲十八弯地贯穿着整个建筑群，一眼望不到头。一条红色的木制长廊穿过河流，沿着长廊再往前走，有小丘，有平地，有假山，仿若置身于仙境。虽未完全完工，但那建筑的奇巧已显露出举世无双的风采了。虞姬抬眼望去：五步一座楼，十步一个阁，走廊如绸带般萦回，牙齿般排列的飞檐像鸟嘴向高处啄着。楼阁各依地势的高低倾斜而建筑，低处的屋角相钩，高处的屋心并排相向，屋角彼此相斗，盘结交错，曲折回旋。

虞姬只嫌自己的眼不够用，她手舞足蹈地快步登上一座高高的楼台，站在那楼台上四处俯瞰，那大大小小的房舍、殿堂群如密集的蜂房，如旋转的水涡，高高地耸立着，不知道它有几千万座。在那蜿蜒的河流上，一座座长桥像龙一般卧在水波上，甚至还有虹一般的天桥在空中横着。那天桥将楼阁与楼阁连在了一起。虞姬兴奋至极，她欢快地拍着手，对项庄欢呼道："此为天上，还是人间？"

项庄笑道："夫人，自然是人间。"

"如何仿若梦中？"

"此非梦境，却胜却梦境。"

"啊——奴家来也！"虞姬兴奋地喊了一嗓子。

项庄大笑，"哈哈哈，霸王若见此宫殿，必与夫人一般欣喜，必定都于此了。"

项庄的话让虞姬心中一颤，定都于此？定宫殿于此？这一闪念竟如箭一般刺在虞姬的心口上。虞姬想起了那个小妇人，想起了霸王，想起了她的楚国故地。她暗自思忖：若这般个好去处，那霸王岂能不动心。他若留下时，哪里还会再回楚国，必设此处为宫殿，接着便要行那后宫大礼了。虽然虞姬知道这一天迟早要来的，不管是在此处还是回楚国。她绝不想那个时刻来得这样快，来得这样迅速，能推一天她便要推一天，能推一时她便要推一时。她警惕地问项庄："霸王来过否？"

"未曾，亚父倒是已看过此处了。"

"那亚父倒做何道理？"

"亚父言道此处甚好，可为霸王宫殿。"

"哦……若再建时，几时可成？"

"若举天下徭役，聚九州土木，不过一年两载便可告成。"

"举天下徭役，聚九州土木？天下财物已取之殆尽，何处再取？尚为天下苍生计否？"

"如今天下令皆出自霸王，便是号令天下又何妨，便何人敢违。"

虞姬眉头一皱，方才的喜悦已不在脸上了，她沉思着放慢脚步，下得楼台，继续往宫殿深处行。虞姬自己也不知道在那阿房宫游了多长时间，天色渐晚，眼看最后一抹晚霞暗淡了，整个世界即将沉入夜幕。

项庄一旁道："夫人，天色已晚……"

虞姬抬头看了看天，咬着牙关道："正待此刻。"

项庄不解道："正待此刻？夫人欲何为？"

"焚了这阿房宫！"

项庄吃了一惊道："夫人！使不得……使不得！"

虞姬道："如何便使不得？"

"亚父欲将此处为王宫呢。"

虞姬道："汝为亚父命耶，为霸王命耶？"

"我，我，我家君王并未使我等焚之。"

"嗯……霸王使我不成乎？"

"这……"

"休要多言。"

项庄知道虞姬的丹凤眼圆睁，卧蚕眉倒竖，知她主意已定。他当然晓得虞姬脾性，霸王尚有所忌惮，项庄岂敢有违，只得吩咐手下军士举火焚烧。

楚军军士才焚了咸阳，皆通晓焚火之道，不一刻整个阿房宫便火光冲天，只见那火光起处，先是一赤色火球晃动，须臾间，那火球便腾空而起，若赤龙一般蜿蜒向上，而后半个天空便被映红了，近处的人，远处的塬，也皆被映红了。

虞姬的脸亦被映红了，虞姬的心颤动了，她能感到热热的面颊上似有泪在滚落，一点一滴，一滴一点。望着那熊熊燃烧的楼台亭榭，望着刚才还让她心潮澎湃、欣喜不已的天桥、长廊，此刻正化为灰烬，虞姬心中五味杂陈，百感交集。她心在阵痛，宛如刀割，她喜欢它们，她爱它们，那是她梦中的琼楼玉宇，她却要亲手毁掉它们，焚掉它们。她不知自己是对还是错，她不知自己会落下千秋骂名还是万古美名，此刻她心中只有一个信念：绝不会让霸王看到它，绝不，为一己之情计，为天下苍生计。

三

阿房宫的大火正熊熊燃烧，一阵马嘶人喊，从咸阳城里就过来一标

135

人马。那人马赶到，将虞姬项庄等团团围住。范增一马当先，突到近前，高声喝道："大胆！大火何人所为？"

项庄这厢慌张，赶紧上前，先行大礼欲做解释。

虞姬哪里会让他为难，一人做事一人当，她策马跑到项庄前面，对那范增道："亚父休要恼怒，全是我一人要焚这阿房宫的。"

范增指着虞姬半晌说不出话："汝……汝……"

虞姬故作轻巧，道："这一处好宅院与亚父何干？"

范增这才说出话来："这哪里是一般人家的宅院，此谓阿房宫，是嬴政之皇宫。"

"既是暴秦的皇宫，奴家便烧了它何妨？"

"真好不晓事，如今此宫已易手！"

"易手？何人欲行居此宫殿？与天下人为敌！"

"……"

"暴秦举九州财物，使天下人徭役，大兴土木，使得天下抱怨，才致今日。亚父岂不知焉？今我替天行道，焚此阿房宫，昭告天下，暴秦已除，天下太平，有何不妥？"

亚父道："暴秦已除，咸阳已焚，兴乐宫已焚，此已昭告天下，各路诸侯皆赶来听封，无不归附。家仇国恨皆已矣，如何再焚此阿房宫？"

"不义所得，不祥之居，必焚之。"

"若此，霸王何居？"

"今天下已定，百姓安居，百废待举，诸侯宜各居其地，诸官宜各司其职。依前约，霸王当还楚；以天下苍生为念，霸王亦当还楚。此宫留它何用？"

"关中阻山河四塞，地肥饶，可都可霸，何言离去？"

"如此失信于天下，居奢靡之宫，继暴秦残业，再大兴土木，此亡秦之续耳，窃以为霸王不取也。"

范增大怒，喝道："乃妇人之见！安能得天下社稷？"言罢，命所部人马将虞姬项庄所率军士困于其中，不得出围。余下人等皆尽行灭火。

虞姬如何容得这些人去灭火，眼看自己欲行的事被人阻止，她哪里会忍下，心一横，便从腰间抽出短剑照围着她的军士砍将起来，左一下右一下。那些军士哪敢抵挡，知道死也是白死，便一窝蜂地散去，任范增如何呵斥也不肯上前。

虞姬趁机冲到门楼前，一人一马挡在那里，她厉声道："欲扑火者，踏我尸首而过！"

一时无人敢上前，眼看阿房宫的大火愈燃愈旺，火光将整个天空皆映红了。范增急不可待，也便恼羞成怒，亦是使出宝剑，喝住几个亲兵欲拍马向前，亲自拿下虞姬。

那项庄唯恐有失，拉住范增的马缰，急切阻止道："亚父，且慢，且慢，一切待我禀报霸王，再做裁夺。"

范增道："若这般，只恐这阿房宫早已化为灰烬。你且闪开，待我拿下这泼妇人，灭了这场火，再去禀报霸王亦不迟。"

"亚父，使不得，使不得！休要伤了我家夫人。"

"闪开！我自有分寸。"那范增喊着使唤几个亲兵上前。那些亲兵到底是久经沙场的军士，冲将过去，三下五下便拿得虞姬，并不曾伤得分毫。

虞姬被几个军士夺了短剑，手臂亦被死死摁住。那些军士虽不敢造次，她亦动弹不得。虞姬哪里会容得这被缚一般，兀自挣扎着，叫骂着。

那项庄一边使人去禀报霸王，一边安慰且护着虞姬，生怕伤了虞姬。正一片慌乱之际，又是一阵马嘶人喊，又是一标人马冲将过来。虞姬看见为首的正是她的夫君霸王，她高声喊道："君王救我！"

霸王策马冲到虞姬跟前，范增的亲兵见到霸王赶紧松了手，屁滚尿流地躲到人群中了。

范增跳下马上前禀报霸王："夫人欲焚阿房宫，幸臣得知，特赶来相阻，不曾有伤夫人。"

霸王看也不看范增，问虞姬道："伤汝乎？"

虞姬摇摇头。

项庄赶紧道："臣未离左右，夫人并不曾受一丝伤害。"

霸王乜斜了项庄一眼，又问虞姬："辱汝否？"

虞姬道："并不曾有辱。"

范增道："臣为阿房宫计，为霸王计，只阻夫人焚火，未曾丝毫有伤夫人之玉体。"

霸王这才看了范增一眼，冷冷道："社稷未定，大局未稳，各路诸侯正讨封地于庙堂，争功于吾前。亚父不为国事谋划，平天下之不公，安诸侯之妄想，到此何干？此阿房宫乃暴秦之宫殿，焚了便焚了，何事惊慌，欲强阻之。亚父欲取之耶？"

范增一时间语塞，结结巴巴道："此、此宫浩大繁华，气派非凡，地势极佳，常有紫气升腾，正所谓皇家居处。此佳处乃九州无双者，霸王若都关中，此宫不可不留也。"

霸王道："天下之大，何处不可都之？言之必关中耶？关中乃我血洗之地，并非绝佳。更休言此阿房宫，焚之大善！……幸而未伤及寡人爱姬，若伤及寡人爱姬，便为伤及寡人。汝等今皆命休矣……"

言罢再不听范增言语，将虞姬揽上乌骓马，拍马而去。

虞姬听得范增后面顿足，她看见眼前的塬皆被火光映红，北风正呼啸，风助火势，火借风威，天地之间一时皆是一片红色。她知道这场火是扑不灭了，扑不灭了，这火必同那咸阳城内的火一般，数十日乃至数月不灭。他范增纵有三头六臂、百万大军亦是无奈此燎原之火。虞姬心中有一种别样的快活，生疼生疼的快活，疯狂疯狂的快活。

她觉着自己的快乐是红色的，好像带着血。

第十二章　列土封侯，女儿千里思归乡

一

没几日那咸阳城外便扎满了帐篷，一座一座，一片一片，好不壮观。虽是寒冬腊月，关中寒风凛冽，此处白日里也人声鼎沸，马嘶绵绵；夜晚更是灯火通明，歌舞丝竹不断。虞姬听霸王言各路诸侯俱赶到咸阳，等着楚霸王给他们分王分地。是啊，暴秦除了，压在头顶上的大山没了，有功的没功的，只要当初揭竿而起了，只要当初自立为王了，如今皆要分一杯羹。霸王还忧心忡忡对虞姬言，若分封不当，恐怕天下又要大乱，苍生又遭涂炭，他们重回楚国故地更是遥遥无期了。

霸王亦是格外繁忙，要么宴请初来乍到的人，要么去那城外的大帐探望，要么召集众人议事，往往通宵达旦，不醉不归。便是虞姬常常也难得见他一面，见了也是摇摇晃晃的霸王。

这日太阳刚刚落下，霸王却早早赶回来了，身上亦无一丝琼浆味儿。他满脸笑容地坐到虞姬身边，将手抚虞姬肩，只笑不言语。虞姬看出他这是有话要与她说，便故意将脸侧过去，道："尚早，何不再去醉一场？"

霸王笑着道："今日却得工夫陪吾爱姬。"

139

虞姬偏不与他多言，故意将肩从霸王手中挣脱，道："既是如此，且去洗漱，妾欲眠矣。"

霸王赶紧道："且慢且慢，本王有话说与你。"

虞姬乜斜了霸王一眼，笑道："何不早说，偏只是傻笑。"

霸王道："你且听本王慢慢道来，休要有一丝焦急。"

虞姬这才将身子倒在霸王的怀里，道："君王但说便是，贱妾哪敢不从。"

那霸王顺手将虞姬揽在怀里，低声告诉了虞姬他做出的一个重大决定。这便是霸王决定不回楚国了，留在关中，留在咸阳。他道："关中阻山河四塞，地肥饶，粮草充足，兵丁强悍，据此关中，便可号令天下，可都以霸。嬴政之所以扫六国，霸天下，全在于拥据此地。今若将此地让与他人，将来必为祸患。"

虞姬道："君王向所言归楚，实为搪塞贱妾？"

霸王一时无语。

虞姬又道："昔怀王与诸将约曰：'先破秦入咸阳者王之。'此约天下皆晓，今君王欲失信天下人耶？"

霸王亦是无语。

"君王容妾直言乎？"

霸王才出语道："且道来。"

虞姬道："以妾看来，君王如此失信于天下方为最大之祸患。诸侯将不服，天下抱怨不公，岂可安定？苍生岂可安居？以君王之威武，以楚军之众，一方莫敢起事。若天下咸生抱怨，诸侯合兵一处，心归一体。君王四面风起，八方云动，将奈何？"

霸王呻吟道："……爱姬有所不知，那沛公乃天下豪杰，若将关中予此人，待他羽丰翼满之时，必生祸乱……"

虞姬道："……若如此可割而分之……"

"割而分之？"

"若不予他，则失信于天下；若皆予之，则患来日羽丰。不若分割，关中辽阔，分封数人，则互为牵制，互为掣肘。"

霸王闻虞姬此言，便不再言留在关中。虞姬看出霸王动摇了，她知道霸王心性，偏爱与人相对，知道多言无益，便不再多言。心中暗自思忖，来日相机再行劝诫，必能改变他的主意。当下虞姬亲自伺候着霸王洗漱，更衣。二人亲亲热热上了卧榻，哪管城外人喧马嘶，哪管城内丝竹管弦，一夜云雨，鸳鸯情长，鱼水情深，好不畅快。

虞姬知道楚人好歌舞，悲欢兴衰常寓之其中。酒至深处，便歌之；歌至情浓，便载以舞之；舞至癫狂，便与鬼神言语，与天地相拜。那一刻楚人是通灵的，那一刻楚人是悲天悯人的，那一刻楚人是无所顾忌的。虞姬亦晓得霸王更好歌舞，每每酒宴，酒酣之时，往往为楚歌，为楚舞。

虞姬为劝霸王，还悄悄填了一曲楚歌，唱思乡，唱别离，唱人生之悲歌。她想在某个合适的时刻唱给霸王听，以楚歌来改变霸王留在关中的想法。一日，适逢长史司马欣向霸王讨封王，于军中大帐宴请霸王。那司马欣素与霸王善，与季布、子期、项伯、项庄等皆有往来，此宴那霸王的下属亦一同邀请了。霸王便也携了虞姬一同赴宴，虞姬自是欣然前往。

那是庆功宴，是讨赏宴。酒宴中一番推杯换盏，自然是互颂赞词，双方酒兴大涨，兴致空前。虞姬趁机与霸王道："妾为君王楚歌，以助酒兴。"

霸王拍案道："妙！妙！"

那虞姬直起身子，先唱了首《鸡鸣歌》，此乃楚人尽晓的歌。虞姬打小儿便熟悉，熟悉它的旋律，熟悉它的韵味，熟悉它的每一个字。加之虞姬声音清婉嘹亮，乡音浓厚，一下子便把那宴会喜庆变成了浓浓的思乡，她唱道：

> 东方欲明星烂烂，汝南晨鸡登坛唤。
> 曲终漏尽严具陈，月没星稀天下旦。

千门万户递鱼钥，宫中城上飞乌鹊。

虞姬看见那霸王的重瞳放光，击掌跟着吟唱了起来；虞姬看见季布、子期、项伯、项庄等皆随之击掌，眼中泪光闪烁。虞姬暗自思忖，此刻若不将自己填写的楚歌唱出来，更待何时？于是她又对霸王道："妾为君王楚舞。"

霸王欣然颔首。虞姬离座，径直步到大帐中央，载歌载舞，她跳的是楚人的舞，吟的是楚人调，道的是自己的情。她这般唱道：

忍别家兮天一方，托情寄兮与君王。
死不顾兮渡漳河，为君妾兮奋世仇。
路穷绝兮楚歌响，暴秦灭兮名远扬。
老母思兮泪空流，虽欲报兮将安归！

虞姬亦未料到，她歌声落时，四座皆涕然泪下，休说那季布、子期、项伯、项庄之辈，便是那司马欣等亦是泪流满面。

霸王哪里还坐得住，亦是奋然起身，拔剑步入大帐中央，与虞姬一同舞了起来。那日霸王身着黑袍，脚下亦是乌皮靴，头发乌黑，于头顶扎一圆髻，红绸束之。他舞起时，像一阵黑色旋风，头顶那朵红绸，似一缕红色火焰在燃烧，在半空中飘舞，手中的长剑亦是舞出了万道寒光。他高歌道：

项有世子兮名远扬，命搏强秦兮大楚张。
穹庐为室兮旃为墙，以肉为食兮酪为浆。
十室九空兮沃野荒，沙场奋戟兮心内伤。
国仇家恨兮今得偿，愿为黄鹄兮归故乡。

歌声慷慨，剑光闪烁，满座无不动容。季布跟着也跳入大帐中间，接下来四座皆相继入此列。整个大帐一时皆为楚舞楚歌，皆为泪水与癫狂。思乡，思乡，三年来，这些楚国男人征战沙场；三年来，这些楚国男人风餐露宿；三年来，这些楚国男人远离家乡。乡关在梦中，爹娘在梦中，妻儿在梦中……人非草木，何人不感慨，何人不悲从心起？

那是怎样的一场酒宴，那是怎样的一个夜晚，那是怎样的一群男人！多少日子后，当虞姬面对四面楚歌时，当她将寒光闪闪的短剑放在脖前时，她脑海中浮现的便是此刻的酒宴、此刻的大帐、此刻这些泪流满面的男人。

二

谁也未曾料到那季布醉得厉害，第二日酒还未醒。一早他便摇摇晃晃来大殿寻霸王，季布打小儿便跟随霸王，此时已是霸王麾下的五大将之一，颇得霸王偏爱，自然也有几分放肆。大殿门前侍卫皆认得他，无人敢拦住，那季布便径直进到大殿内。虞姬正与霸王用餐，见季布进来，赶紧让他坐下，邀他一同用餐。

那季布摇摇晃晃坐下了，却摆手道："不食秦食！"

霸王笑道："欲为饿殍？"

季布道："宁为楚鬼。"

霸王继续笑道："今特来求为鬼乎？"

季布道："暴秦已除，天下已平，臣思母心切，请回。"

霸王一时无语。

虞姬明白她昨晚的楚歌打动了将士们的心，她相信霸王亦是不会无动于衷，乘机道："君王，楚军多楚人，寒暑转战，三年不见楚地，无不思归。"

霸王低低地应了一声，现出一脸愁云。

虞姬又道："昨日君王高歌，云'国仇家恨兮今得偿，愿为黄鹄兮归故乡'，可为真意？"

"此事关系到国家社稷，苍生黎民，岂可歌舞游戏？是走是留，容我再三思之……"

虞姬见霸王沉吟，便朝季布使眼色，让季布再说话。

季布将欲开口，大帐门帘又被掀开了，范增快步走了进来。季布和虞姬皆知道范增是主张留的，便不再言语。

霸王起身道："亚父一早便来，有何见教？"

那范增怒气冲冲，也不待霸王发话，便自行坐在几旁。

霸王又让食，范增摆手道："不食。"

霸王苦笑道："汝亦不食秦食？"

范增道："天下食，无非五谷，无非六畜，岂有秦楚之分？心若有楚，这天下便无处不是楚地，心有多大楚便有多大。"

霸王笑道："亚父所言极是。"

虞姬暗自思忖，这范增所言是有所指的，她与季布的话方才定是被范增听去了。她开口道："小女子倒不以为然，亚父，楚地无处不闻楚歌，此地可有？楚地皆良田美池，此处可有？楚地有爹娘至亲，此处可有？"

虞姬的话让季布击掌叫好。

范增冷冷一笑，望着霸王道："此作小女子戏言，倒也不差。偏霸王乃一代豪杰，当世英雄，志在四方，心怀天下，气当若长虹，以贯天地。"

虞姬看出范增这番颂词一般的话颇能打动霸王。

霸王笑着颔首。

范增又恨恨道："昨日一夜，楚营中楚歌连绵，楚军将士即歌即泣，皆传霸王欲归。臣恳请霸王千万明察，此情断不可蔓延，若容此情蔓延，军心动矣，江山社稷必毁于一旦。"

霸王道："亚父言重了，我楚军去国离乡三载，将士思乡乃常情，便是你我焉能无有几分思乡之情？唱便由他们唱去，楚人焉能无歌，未

144

必便动了军心。"

范增正颜厉色道："霸王，此情切不可长，华夏辽阔，拥九州，衔四海为疆，今日言回楚，明日言回楚，皆南望楚地，何人再奋勇向前？霸王明断，楚国虽好，霸王岂可偏安一隅。"

季布插嘴道："先生此言差矣，楚国八百年基业，北到黄河，东达东海，西至巴蜀，南抵岭南，拥华夏半壁江山而自重，何为一隅之地？"

范增道："将军休要以情用事，只知楚国，而不知天下。此关中居高临下，乃雄视天下之地，阻山河四塞，土地肥饶，粮草充足，兵丁强悍，据此关中，便可号令天下，此地岂可拱手让人？"

季布道："本不是楚国所属，何以言让。依约，先入关中者王之。先入关者，沛公也，此地宜封于沛公。"

"万万不可，沛公乃天下豪杰，得关中必如虎添翼，将来与霸王争锋者必此人！"

"鸿门宴，霸王义释前嫌，今又封其关中大地，其焉能不感激涕零，守土固疆，千秋万代，唯楚国马首是瞻。"

范增听罢季布的话，哈哈哈大笑，道："天下人皆一诺千金乎？"

季布道："信乃立身之本，古之成大事者皆以信也，无信焉能成伟业？那沛公若无此信，何以与霸王争天下雄？"

范增摇头道："甚矣，将军之不惠。今天下大乱，礼已崩，乐已坏，信何存？狂狡有作，以利制则，而事不稽古，竟何人言信？若依将军所言，霸王必危矣，楚军必危矣。"

季布亦是大笑，道："依先生言，霸王可无信，可失信于天下。若霸王负天下苍生，便是日月伤辉，虹不贯天地，天不割分黑白。霸王美名不再，岂不让天下人侧目，将何以号令天下？依先生言，霸王方危矣，楚军方危矣！天下苍生苦矣。"

虞姬心中最看不得使心机之人，一心只钦佩那些驰骋沙场、义无反顾的豪杰，她以为轻生死重大义，方为真男人，她爱霸王亦是爱的这一点。对范增等谋士谋于密室，行于诡异，多有不屑。对季布的一诺千金当然看重。她道："当以信为根本，无信何以治天下？"

范增面露不快，道："此言差矣，当今乱世，枭雄并起，豪杰倾轧，诡诈之人一时盛矣。无以谋略应对，便苟且偷生尚不得，何言治天下？"

虞姬道："霸王起兵，无非除暴秦，复楚业，救苍生。此乃顺天下大势，应者风从，故长驱直入，直捣咸阳。未见有诡诈者。今当以信义昭示天下，归我楚国故地。"

"夫人，悲悯天下，谋大事者，岂可只言楚国故地，华夏子民皆我血脉，普天之下，莫非王土。"

"今大局已定，令皆出霸王，诸侯讨封，罢兵之日可期，如何又失信于人？岂不伤天下豪杰之心？若这般言而无信，只怕烽火又起，受苦的还是天下苍生，何谈悲悯天下。"

范增面红且耳赤，拍几而起，愤怒地高声道："虽暴秦已除，天下未定，诸侯虎视眈眈，各怀心思，觊觎咸阳者有之，欲王天下者有之，何人敢言罢兵？夫人试看咸阳城外，马嘶人喧，营盘联结，盔明戟亮，苍生何以安身，来日必有用兵之祸患。且兵者诡道也，此时言信，无异于袒腹示虎！今何人再言罢兵，乱我军心者，请霸王惩之。"

那霸王重瞳圆瞪，见几人争执不下，面带怒色，却也并不言语，大吼一声，竟拂袖而去。大殿里的几位皆不欢而散。

三

霸王优柔寡断，是去是留举棋不定，每每虞姬问起，便将话引开，虞姬自然也郁郁寡欢。翌日，虞姬骑着马，带着几个随从从兴乐宫出来，下了塬，一路向东南，那是咸阳的民居所在，虽已被焚，那些尚冒烟的残垣断壁依然在昭示着当年的辉煌。虞姬途经一处醒目的大庭院时停了下来，远远地一眼望去，便看出那庭院非寻常百姓家，虽不比宫殿，也必是都城里侯王将相之家。仅一院之内，便房舍无数，皆鳞次栉

146

比，几进几出。主体房屋更是气派非凡，比附近的房舍皆高出一大截，高耸的飞檐，斜斜的，直插云天，黄土垒砌、黑瓦点缀的花墙，高高地阻隔着里面与外面的世界。那虞姬虽也出生在楚国的贵族家庭，但大秦亡楚时，爷爷投了江，房屋亦被那秦人付之一炬了，还剩些许薄田而已。父亲一介书生，哪里懂得做田营生，家中所剩不过一堆竹简与几样剑器，还有几间普通房舍。父亲尝与她讲，当年他们家也是深宅大院，几进几出的。虞姬见到如此这般的宅院，自然感兴趣，她想知道那种华丽是什么样子。于是她策马走近，透过那残缺的断墙，看见里面一棵高大的老槐树，树下站着众多的年轻女人，在叽叽喳喳地说着话。院子门口有许多兵士，也在说说笑笑，并不像围观。

虞姬好奇地走到院子大门前，红色的门柱尚在，门板早已不知去向，虞姬问身边人道："这些个军士围民妇于其中，又不似看押，何故也？莫不是那些个军士欲行骄纵？"

虞姬的随从赶紧上前打听，须臾便回来禀报道："回夫人，此处正征民妇，以为宫女。"

虞姬有些不相信自己的耳朵，霸王并未下决心留在关中啊，何故招宫女？她又问了一句："何故？征民妇为宫女？真有此令？"

"回夫人话，真有。"

虞姬一时怒从心中起，谁这么大胆啊，背着霸王背着她招宫女，她高声道："把为首的喊过来！"

片刻便从院子里跑出来一校官，虞姬一看不是别人，正是那丰祁。

丰祁见虞姬赶紧施礼请安。

虞姬问道："如何又是你？"

丰祁一时语塞："……"

"前番在兴乐宫是你，今番如何又是你。长戟林立，未见你，箭矢如雨，未见你，掳掠妇女，行乐后宫，倒是处处有你！"

那丰祁更是语塞，诺诺许久，才低声回话，道："下官不敢擅自行动，皆奉命为之。"

"今征这许多良家妇女，意欲何为？"

"回夫人，下官并不知其所以，范先生命我前来……"

"私自掳掠妇女，该当何罪？皆放了！"

"夫人，实在不为掳掠，她等皆为情愿……"

"情愿？情愿何为？老老实实道来！"

"夫人……此事……"

虞姬抽出腰中短剑，直指丰祁面门，道："你倒说也不说！"

那丰祁一下跪倒在虞姬马前，低声道："此事实在不关下官，是范大人下令……令我等征宫女三千……这些妇人皆衣食无靠者……无非寻条生路……"

"又是那范增，又是那范增，实实可恶！休要听他言语，速速将彼秦女皆散之，各自去寻生路！宫不在关中，求秦女何干？"

那丰祁闻虞姬言，更是不起，道："夫人，下官实实不敢，前番兴乐宫走了众宫女，范先生已是大怒，差点儿便要了下官的命。今番若再将彼秦女散之，下官当命休矣。"

虞姬丹凤眼圆睁，卧蚕眉倒竖，以剑指着丰祁厉声道："若不散，我顷刻便取尔性命！"

"夫人，何苦相逼？"

虞姬哪里听他言，一挥手命随从前去院中驱人。

那丰祁也是被逼急了眼，从地上跃起，唤手下军士将虞姬的随从拦了，各自刀枪相向，互不退让。那丰祁对虞姬道："今散之亦死，不散亦死。夫人若苦苦相逼，校官便死于将令，以忠职守，绝无散人道理！"

"散不？"

"不散！"

虞姬策马向前，只见寒光一闪，顷刻间便手起剑落，一片尖叫，可怜那丰祁项上的头颅，便瓜也似的落在地上。鲜血从他脖颈儿内溅出，直直地溅到了半空中，染红了好大一片天空，染红了天空下面的地，染到地面上的人。毕竟慑于霸王的威名，那丰祁手下的军士，见丰祁已是尸首分离，哪里还肯效命，一声喊，皆作鸟兽散。

院中老槐树下的妇人们早已战战兢兢，望着虞姬大气不敢出，只挤作一团。

虞姬对着她们高声喊道："休要迟疑，速速散去！若见返，眼前便是下场！"

那些妇人亦是作鸟兽散，有一二迟疑者，哪里抵得住虞姬怒目一视，便也匆匆复匆匆。

虽说随霸王过了几载军旅生涯，见惯了刀光剑影，血肉横飞，毕竟虞姬还是第一次亲手杀人，她厌恶落在身上的血迹，忍受不了空气中的血腥味，感到身子软软的，差点儿从马上跌落下来。待那些妇人不见一点儿踪影，虞姬手中的剑也掉落在了地上。有随从拾起那剑，想递还给她，她却一脚将那染血的剑踢出几尺开外，一低头哇的一声呕了一地。她知道女人本不该杀人，杀人是男人的勾当。但眼前这个人，她该杀，她必杀！她不想霸王身边有别的女人，往霸王身边寻女人者便是她的仇敌，手刃仇敌该快活才是。她打小儿便知道楚人是不畏惧仇敌的，哪怕到阴曹地府，也必和仇敌不共戴天，拼个你死我活。在这些楚军将士前，虞姬不想输了楚人的气概，她不要让他们看出她的犹豫与年轻，虞姬故意做出快活老到的样子，仰头对着蓝天发出一阵笑声："哈哈哈……快哉！快哉！"

人都杀了，还有甚不敢做的？索性一不做二不休，虞姬俯下身子将那丰祁的头颅从地上拾起，悬于马首，此刻她心里只有一个想法：寻霸王去！

虞姬策马回到兴乐宫，直奔大殿，跳下马，一把将大门推开，也不言语，当着众将领的面，将那头颅掷于霸王眼前。

众人皆大惊，霸王重瞳圆睁，问虞姬所为何事，地上为何人头颅。

虞姬亦不细说，只指着霸王旁边的范增道："妾已无忌，取了这厮的性命，君王欲问何故，只问亚父便是……"言罢便扬长而去。

四

春天来了，塬上的春天来得晚，先是在枯黄的草丛里星星点点出现些粉红的山桃花，随后便是迎春花，将那金黄撒得漫山遍野。那些桃树啊，杏树啊，也开出各自的花朵，白杨树也发出嫩绿的芽。田野里不知苦难的孩童也吹起了那杨树皮做的响响。虞姬心情一下子好了许多，她本想寻个日子与霸王去踏青，见识见识这塬上的春天。哪承想未及三五日，一场春风，便尘土飞扬起来，昏天暗地的，那些将开出的花花草草便被风沙扼杀与掩埋了。偶尔能看见的，只是几朵疲惫而憔悴的花。这让她的心绪又坏了许多，楚地的春天何曾有这般的风，楚地的春天何曾有这般的沙，楚地的春天有的只是明媚的阳光，只有满世界的鹅黄柳绿，只有明镜似的春水。虞姬不禁更加思念起家乡来，满腹心事，日日眉头紧锁。

一日季布来大殿觐见霸王，霸王不在，季布正欲离去，正好叫虞姬撞见。那虞姬正满腹心事，只想与人倾诉，此时遇见故人，哪里肯放过，直奔季布而去，还招手道："将军且慢。"

如今的季布再不是从前那个毛手毛脚、红脸粗脖的后生了，已是堂堂的楚军大将了。他面色黝黑，肩宽腰粗，身穿双重长襦、外披彩色铠甲，下着长裤，足蹬方口齐头翘尖履，头戴顶部列双鹖的深紫色鹖冠，橘色冠带系于颔下，打八字结，胁下佩剑，行走大方稳健，眉宇间透着刚烈成熟。见虞姬招手，那季布便踱到虞姬跟前。

虞姬道："将军可殿中稍候，我家君王或将归矣。"

季布稍显犹豫。

虞姬便做出往屋里请的手势。

季布这才反身回去。

进得殿中，二人分主客坐定。虞姬这才道："皆道关中宝地，土地肥饶，可雄视天下。我倒看不出一点儿好来，春光乍现，方三五日便一场大风，黄沙弥漫，再无一个好字，哪里似我楚地。"

季布亦是长叹，道："夫人说得甚是，如今暴秦已除，大业已就，楚军将士无不思归。"

"我家君王必所忧，忧沛公豪杰，据关中便如虎添翼，日后必生乱。"

"何忧之有？自扰耳。今义帝已宣旨：依约。各路诸侯无有不从者，谅那沛公亦不敢冒天下之大不韪。"

"霸王心思不定，此事宜静候。"

"有何不定者？依约当东归，重回楚地，霸王奈何不东归？莫窃欲食言哉？"

"我家君王岂是那无信之人？别人不知，将军岂有不晓。"

"必是那范先生日日聒噪，小人心计，阻塞霸王视听。霸王此番若是废约，必为天下耻笑。"

虞姬一向不喜范增那些所谓的谋士，听季布这话，便也连连点头，表示赞同。

季布深深地咽了口唾液，道："在下不瞒夫人，今番前来觐见霸王，便是请辞。"

"将军欲东归？"

"布今夜便拔营起寨，先行率部东归。"

"若我家君王不允，将如何？"

"我心已定，岂可更之。若霸王强阻，或刀兵相见时，布宁为霸王刀下之鬼，亦不违诺。天下人尽知布一诺千金，今誓不有违。想霸王义贯长虹，必会成全布者。"

虞姬明白霸王看似铁石心肠，其实最重义气，不会强行阻拦，因此坏了与季布的兄弟情分，怕只怕那范增暗中使坏。她道："既是将军心意已定，不若不见我家君王，免得兄弟相别徒增伤感。你自抓紧拔营起寨，我代将军禀告我家君王便是，免得范先生晓得，生出许多事端，让

151

我家君王为难。"

"不辞而别，恐霸王见怪。"

"将军自走，我会与霸王理会，想他迟早亦要东归。"

季布沉思片刻，道："如此最好。"

二人又低声叙了几番旧情往事，相互做些许托付，那季布便起身告辞。虞姬送出大殿，送出兴乐宫。

当日下午，季布所部便拔营起寨。数万楚军将士东归，惊天动地，一时楚歌声起云飞扬，西风漫卷旌旗飘。漫天的黄沙卷着楚歌，卷着春天的残花，卷着枯草，在天地之间飞扬。

霸王与范增刚回到兴乐宫大殿，忽然有人报季布拔寨东归，霸王大惊。

虞姬赶紧上前将早上季布觐见之事一一为之禀报，道："将军恐与霸王分别，徒添伤感，便先行离去，让我代为禀报。"

范增一旁大怒，高声道："季布背着霸王擅自退兵，有违军法，动摇军心！此事重大，请霸王军法从事！切不可放纵！"

虞姬道："范先生此言差矣，季将军一早便来觐见霸王，只是霸王御驾外出，方未能谋面，何为背着霸王？"

那范增不理会虞姬，这边对霸王道："既是未见霸王，便未得军令，不可擅自拔营起寨。数万楚军东归，此事非同小可，霸王切不可任其带走兵马。"

霸王迟疑沉吟许久，方道："事已至此，奈何？"

"霸王可领兵速速将其追回，再行苦劝。"

"……此季布东归之心不止一日，若苦劝不回又当奈何？"

"霸王兵广，季布兵寡，用兵夺之。"

"那又奈何？"

"褫夺季布军权，治其重罪，以稳定军心！"

"此为兄弟阋于墙，不可。"

"兄弟重乎，社稷重乎？孰重孰轻？"

"江山社稷，羽自可用命，兄弟如手足，手足不在，命安存乎？羽安敢言轻手足乎？即为兄弟羽实不忍弃也。况那数万人马皆季布子弟与乡里，当初随我起兵反秦，无不拼死向前，死伤已过半，今暴秦已除，大楚已立，更令其不东归故里，于心何忍？谁无父母，谁无兄弟妻子，令其骨肉分离，羽将何以面对江东？"

　　"霸王，吾闻行大事者不可用慈……"

　　"休要多言，季布东归，我当送行！"那霸王言罢，即翻身跨上乌骓马，拍马冲出兴乐宫，身后只跟几个随从。

　　虞姬当下亦是跨上自己的飞雪，紧随其后。此刻她心中充满了对霸王的仰慕，她爱他，爱的便是他这般的性情，爱的便是他这般的忠义，爱的便是他这般的仁慈。她觉得自己没看错人。

　　虞姬与霸王出兴乐宫，奔上一条大道，那是通向塬下的一条大道，沿大道奔出没多远，便看见大道上一马相向而来，那马上驮着一人，酱红色战袍，再走近才看见那人便是季布。季布自缚在马上，看见霸王与虞姬，赶紧跳将下马，远远地便单腿跪下。

　　霸王大喝一声，亦跳将下马，跑过去搀扶季布，道："季将军何故这般？"

　　季布不起，道："特来求霸王赐一死。"

　　霸王道："何罪之有？"

　　"罪臣擅自将所部东遣，按律当斩，请霸王凭公论处。"

　　"爱姬已代为禀报。我已准你部东归，来日候命听封，此行不为擅自，绝无处置之理。"

　　"昔布尝言，随霸王出征，万死不辞，不成大业誓不还家。今布因悯部下骨肉分离之苦，竟违诺半途而归，愿听霸王处置。"

　　"今暴秦已除，大业已成，将军东归，不为违诺，实为存我江东骨血，续我江东血脉，以图大楚永固，善莫大焉，当行奖励。将军快快请起。"霸王亲自扶起季布，将其身上的绳索解开。

　　二人相拥那一刻，虞姬眼泪涌出，她动容了，她心颤抖了，为霸王的忠义，为季布的忠信，为她身边这些奇男儿、好男儿、伟男儿。她想此便是楚人啊，便是忠勇无比的楚人啊，便是心通鬼神、气贯长虹的楚人。他们轻生死重大义，他们血管里的血永远都是高贵的。虞姬想起了父亲常跟她讲的孟子的话："富贵不能淫，贫贱不能移，威武不能屈，此之谓大丈夫。"虞姬情愿生生死死追随着他们。

虞姬望向塬下，在那黄色的大地上，风正吹过，黄沙弥漫。昏黄中，隐约有一支人马，旌旗招展，马嘶人叫；昏黄中，那支人马如长蛇一般正蜿蜒东行。蓝天上雁叫声声，与这支人马逆向而来的雁阵正经过虞姬的头顶，一点一点的，断断续续的，却又是绵延不断的。是啊，楚人东归了，大雁北回了，虞姬却不知道自己何时才能魂归故里，何时才能再见那白发的爹娘……

第十三章　善待吕氏，烽火狼烟姊妹情

一

季布的离去，更让楚军军心动摇，无人不归心似箭。寒冷的春夜，常常楚歌声起，往往一处响起，十处应和，大有动地之势。霸王道："人心思归，天下大势，今当归矣。"闻霸王此言，楚军上下无不欢欣。

有劝留者，霸王曰："富贵不归故乡，如衣锦夜行，谁知之者！"

再有劝者，霸王怒而喝出大殿。

范增也只是摇头叹息。

范增麾下曰广云者，硬行闯入大殿，指着霸王讪笑道："人言楚人沐猴而冠耳，果然，果然。"

霸王大怒，竟命人烹之于兴乐宫前，从此无人再敢劝阻。

乃依约分天下，立诸将为侯王。是年四月，诸侯罢戏下，各就其封地。霸王亦出了函谷关，回到自己的封国。虞姬本想荣归故里，探望双亲，哪承想她随霸王刚到封地彭城，就变故不断，先是闻汉王沛公兼并了关中，后又闻齐国、赵国反叛，一时烽烟遍地。每次都是霸王亲率大军征讨，往往是这边平了，霸王鞍马未歇，那边烽烟再起。虞姬同当初一般，骑着她的飞雪紧随霸王，一路东征西讨。她自己也记不清有多少

155

风餐露宿,有多少放马陷阵。她甚至弄不清与霸王对阵的是齐是汉,还是哪路诸侯,总之眼前皆是剑戟林立,皆是血肉横飞。

这日楚军攻下沛县,大营扎在沛县郊外。是夜,月朗星稀,夜风呼啸,虽已是初夏,夜晚依然有阵阵寒气袭来。霸王与各路将领饮酒未归,虞姬独自待在大帐里久久不能入睡,夜风中总感觉有女人在哭泣,那声音幽幽咽咽,断断续续地随风缓缓飘来。虞姬甚奇,起身,披上披风行到大帐外问侍卫:"此沙场之夜,竟何女在哭泣?"

侍卫亦摇头表示不知。

虞姬四处瞭望,大帐附近皆是点点的篝火,和那些围着篝火睡觉的将士,虞姬瞭望了许久也未能辨出那声音究竟来自哪里,只好又回到大帐,复躺在榻上,复又翻来覆去。

不知过了多久,那哭泣声终消失了。虞姬寻思,此沙场之夜,少不了孤魂野鬼,或许是那些魂魄在哭泣。她心中不禁生出一丝寒意,也不知这沙场征战何时能了,她不明白这些男人为何总是要杀来杀去,暴秦已除,天下当安,黎民当生。那沛公当初言之凿凿,做了汉王,如何又要来逐鹿中原,来杀伐作乱……她实在不理解。虞姬正百思时,夜风中又传来楚歌声,断断续续,悲悲切切。这歌声打动了虞姬,她复又起身,披上披风来到大帐外。此番那歌声就格外清晰起来,虞姬便顺着歌声寻去。

夜色中虞姬看见一处篝火旁,缚着几个妇人和一个白发老翁。那歌声便是其中一个妇人唱的。

虞姬快步走过去,走近时那歌声便分明了,那歌唱道:

> 蒹葭苍苍兮月光光,
> 夜风凄凉兮水为霜。
> 恨那暴秦兮黎民伤,
> 随我君王兮征讨忙。
> 田园荒芜兮家何方,

父母爷娘兮四海亡。

　　这歌喉嘹亮、清脆，宛若夜莺一般。歌声亦是婉转悲切，凄切伤怀，在夜空里传得很远很远，如泣如诉。更令虞姬未想到的是歌词竟也这般真切，真切地唱到了她的心里，仿佛在唱她的情，在唱她的身世一般。这歌声将虞姬的心唱得柔软无比，将她的衷肠一吐为快，将她的眼眶唱得湿润起来。

　　这是何人在唱？是何人这般晓得她虞姬心中的悲切，晓得她虞姬的迷茫惆怅？如何这般地懂她？

　　虞姬快步了过去，她看见三四妇人，那些女子大多白色交领长衫，唯一女子服饰奢华，那女子头顶金色芙蓉冠，身着五色花罗裙，脚蹬泥金鞋。虞姬再走近，细看那女子，身材富态丰润，脸庞圆润白皙，柳叶眉，一双又圆又大的黑眼睛，顾盼间灵气十足，韵味无穷。此妇人虽无倾国倾城之貌，那神态与容貌却尽显其富态华贵，虞姬心中好感暗生。那歌便是她唱的。

　　虞姬走到她们身边。那女子只是乜斜了虞姬一眼，并不理会虞姬，仿佛没看见一般，依然唱着她的楚歌。

　　虞姬问道："请问这位夫人是谁，如何被缚到这里？"

　　那妇人这才歇了歌声，看了一眼虞姬，对虞姬道："若没猜错，眼前便是那名满天下的虞姬吧。"

　　虞姬一愣，不是因被她猜中，而是因这女人不卑不亢、落落大方的气度，她心里微微掠过一丝慌乱，知道这妇人不是寻常人等，有些羞涩道："夫人过奖了，哪里便名满天下，天下尽知的是我家君王。"

　　"天下人皆道霸王平生唯惧一人，便是你虞美人。"

　　"天下人皆言过其实，我家君王唯宠爱妾耳。我家君王盖世英雄，唯惧天惧地，其余哪有个惧字，休言我这小妇人了。"

　　那妇人嘴角荡起一丝笑意，盯着虞姬端详片刻，大眼睛骨碌碌转了几圈，这才道："难怪霸王对夫人百依百顺。如此艳色，岂止倾国倾城，

157

便是那《九歌》里的湘夫人，也未见得能有一比。休说那男人，便是我一老姬，见了夫人亦是为之倾倒。"

这话说得得体，说得亲和，说到虞姬的心里了。虞姬大悦，暗中已喜欢上她了，便再询问："看夫人穿戴言语皆不凡，必不是寻常人家，敢问夫人从何来？"

那妇人道："在下吕雉，乃汉王后室也。今日天下不幸，楚汉争雄，日前于沛县为楚军所虏。"

虞姬一听说是汉王后室吕雉，又是一惊。此女她早有耳闻，亦是一天下奇女子。明知她该是她的敌人才对，虞姬依旧心里喜欢她。她想，战场厮杀是他们男人的事，与女人何干？她喜欢她，她欣赏她，便可以与她为友。虞姬开心道："原来是吕姐姐，妹妹不知，多有得罪，多有得罪。"又唤左右去了吕雉身上的绳缚，对左右道，"汉王乃霸王兄弟，如何这般相待！不晓一点儿礼节！倒成了我与霸王的不是。"

吕雉又指着一旁那老翁道："夫人既识得兄弟，何不将汉王老父身上的绳索也一同解了。"

虞姬命左右解了那老翁身上的绳索。

吕雉分外感激，慌忙朝虞姬施礼。

虞姬扶起吕雉，道："姐姐休要与我客气，且随我来，且随我来。"言罢，拉着吕雉便往大帐那边去。

二

方进大帐，那吕雉不言语反身便拜，道："谢夫人！"

虞姬急忙去扶吕雉，道："姐姐何出此举？"

那吕雉道："夫人贵为王妃，我为夫人阶下之囚。夫人对我未见有辱，尚如此礼遇，此大恩大德吕雉真不知如何报答……"

虞姬大笑道："争夺社稷，剑戟相见，刀枪相逼，那是他们男人的事，与我姐妹何干？我见姐姐亲近喜好，我自善待姐姐，快起快起，休要辱杀了我。"

那吕雉依然不起，又道："夫人既如此善待于我，我有一求，不知夫人可否应下？"

虞姬道："姐姐休要疑虑，只管道来便是。"

那吕雉："夫人唤我阶下囚一口一个姐姐，若真不嫌弃，可否就此结为姐妹？"

虞姬大喜，道："你我男人本是兄弟，今兄弟阋墙而已，你我当为姐妹！"

于是二人当下便结为姐妹，虞姬兴起，唤人将大帐灯盏全部点燃，又将出酒食，设宴款待吕雉。

二人分宾主坐下，吕雉先为虞姬把盏道："夫人大名我早有耳闻，今日得见，果是天生丽质，绝世美人，配与那霸王，真真是天作地合，人间没有。"

虞姬被夸得有了几分羞涩，低声道："姐姐过奖了，初见姐姐我倒是被姐姐万方仪态所迷，一看就不是一般女人。"

吕雉叹道："妹妹不知女人最怕时光，都道是时光如箭，岁月如梭，姐姐已是美人迟暮了。哎……人生易老，转眼间，姐姐已近不惑之年，论青春容貌如何能与妹妹相比……"

"姐姐也贵为王妃，一时落难而已，休要这般慨叹……"

"休言甚的王妃王妃，我们女人哪里便看重这些个东西，我们看重的无非是儿女情长，伉俪情深。汉王要得江山，他便当了皇帝，封姐姐个皇后，那又如何呢？那时汉王宫中恐怕早已是嫔妃成群了吧，他与我亦只空有夫妻之名，并无夫妻之实了吧，日日新人笑，夜夜旧人哭，做这般的皇后哪如寻常百姓，夫妻相守，男耕女织。"

吕雉的话说到了虞姬心里，她自然也知道若是霸王做了皇帝，恐怕也是这般吧。她长长叹了口气，道："姐姐说得好，唯女人懂得女人。"

"姐姐是经历多了，虽不敢自言料事如神，倒也把世事看透了十之八九。今夜明月皎皎，却独照空床，那霸王铁衣铠甲，鞍不敢卸，马不能下。妹妹必是也睡不安稳，才被我等啜泣惊扰吧？这便是古今帝王家的日子，帝王们征战时，你被冷落；帝王霸业成时，你依然被冷落……徒有虚名罢了。"

"早便听说姐姐胆识过人，胜过那一般男人。今日闻姐姐一席话，果然是名不虚传！"

"如今天下唯楚汉我们两家相争，男人们嘴上称兄道弟，能有几分真心？江山社稷之下，必会争个你死我活。我们又何必把自己搭上，今日一见妹妹，便知妹妹性情中人，若得姐妹相称，必会一生姐妹相待。今妹妹如此善待于我，他日我若成了大汉朝的开国皇后，定会善待妹妹，不让妹妹受丝毫委屈。"

虞姬觉得吕雉的话好笑，便笑道："姐姐此言差矣，今汉王被我家君王追得如丧家之犬，恐再无他日了吧。当年鸿门宴上，我家君王大义释了汉王，哪承想汉王如此言而无信。若再得鸿门一宴，只怕再也无人与汉王说情了。"

"妹妹说得没错，汉王背信弃义，重利轻友，一身的泼皮无赖，身边皆为权弄之辈，唯其如此，他才能当上皇帝。"

"此德行何以号令天下，不怕天下人侧目？"

"妹妹呀妹妹，你呀，你家霸王，倒是忠厚仁义，心地坦荡，英勇无比，又盖世英雄，如此充其量不过一奇男子，哪里便可成就帝王霸业。更何况，霸王偏偏爱上你这般一女子——比他还任性，还刚烈，还性情。"

"那又有何不可？"

"妹妹，我的傻妹妹，当初霸王本可以定都咸阳，君临天下，那时谁敢有违？只可惜错失了天赐良机。我想，那霸王不听众人言，为践当初诺言，列土封侯，舍弃关中，定都彭城，不仅是他自己的性情，也不仅是悲悯天下苍生，多少也听了妹妹的话吧？"

虞姬亲眼见了舍弃关中的后果，心中当然也有几分内疚，她皱着眉头，低声道：“依姐姐的话，是妹妹害了我家君王……”

“妹妹，你休要如此自责。霸王毕竟从你身上尝到人世间难得的温存、万般的风流，妹妹毕竟天下第一美人，倾国倾城！多少男人梦寐亦难求的头等佳人。能与你同床共枕，亦是常人做梦不敢想的福分。我想霸王此生当足矣。只那男人毕竟是男人，骨子里流淌的便是争强好胜的血，何况霸王盖世英雄，为推翻暴秦第一功臣。若一天，他从你怀里醒来，见大势已去，见此大好江山已经有了主宰，必不苟且于世了。”

虞姬被吕雉说到了痛处，她担忧的便是江山易主那天，她不怕去做一男耕女织的村姑，而她的君王，那气贯长虹的英雄恐怕是再也活不下去了。听吕雉这般言语，她眼睛湿润了，低声道：“姐姐，我二人命苦，休言以后，只为今晚姐妹一场满饮了此盅吧。”

吕雉一仰头，将满盅酒饮尽，道：“妹妹，你或许不知，当年沛县，人言美人，必指姐姐为证。我与那汉王，也曾同你与霸王一般，卿卿我我，须臾不曾分离……只鱼与熊掌怎可兼得，女子青春易逝，帝业却永存！身为女子，我们认命吧。”

那夜，大帐外篝火连绵，晚风轻拂。大帐内二人酒酣话稠，亲亲热热饮了一夜，絮絮叨叨说了一夜，颇为相见恨晚，相惜甚切。直至黎明，号角连营，战马催人，二人双双醉倒。

三

大队人马拔营启程之时，项庄才进大帐将虞姬和吕雉二人唤醒。项庄想将二人分开，虞姬道：“我二人是姐妹，这战乱之时，岂有将姐妹分开的道理？”

项庄无奈只好也给吕雉寻了匹矮马，让吕雉跟在虞姬身后。

以前虞姬总是与项羽一起走在最前面，有所不便时，也走在中军阵里，这是第一次走在断后的队伍里。她看到许多老弱病残的楚军将士，心中不由得阵阵酸楚，想当年大家揭竿而起，皆是为暴秦所逼。推翻了暴秦，天下本该太平，这些楚国子弟也该解甲归田，夫妻团聚，母子见面了，她自己也当归家拜见父母了，哪晓得这烽烟又起。离乱，无尽的离乱，依然笼罩在这个世界，依然笼罩着她的人生。虞姬凄然回首对吕雉道："姐姐若得归汉，可否依妹妹几句话？"

吕雉道："你我姐妹，休说一句，便是百句千句万句，姐姐也依的。"

"我闻今汉王兵新败，求和，我家君王有意与汉约，中分天下，割鸿沟以西者为汉，鸿沟而东者为楚。若成约，姐姐定要劝说你那汉王，复回汉中，安分守己，好生做他汉中王矣，休要因为他一人之心，让天下不得安宁，苍生涂炭，你我皆不能与夫相守。可否？"

吕雉沉吟良久，才这般回答："男人们的事……能依我等便是好。"

虞姬亦未再言，只眉头紧锁。

二人正骑马前行，虞姬远远地便看见另一个骑着枣红马的女人，虽相距甚远，但那女人的轮廓让她感到十分熟悉。她问项庄："那女子是何人？"

项庄有些不自然，结结巴巴道："那，那，那……在下实实不知。"

虞姬道："我家君王让你殿后，后军中何人骑马竟不知乎？"

项庄面色有些发红，低声道："霸王最善手下将领，便是某将军家眷也未可知，在下哪里好一一盘问。"

"将军休要诳语，你骗得了别人，焉能骗得了我？"

项庄支支吾吾，不再回话："……"

虞姬看出项庄在隐瞒什么，她又细心地向那边遥望，那女子的衣着、身体轮廓，真的好生眼熟，怎的便那样似曾相识。虞姬心中细细回想着，终于想起来了，她隐约能看到那女子衣着似乎不同常人，被髬裘，蹬胡靴，金铛饰首，前插貂尾。虽不甚真切，亦隐约可见。虞姬想到了在兴乐宫某间小屋里与霸王亲热的小妇人，想起了那个似乎带有挑衅意味的眼神，心中愤怒油然而生，实在有些压抑不住。她回首对吕雉道："姐姐，你在此等我，待我前去看看便来，若是那畜生，我便亲手宰了她。"

吕雉一把拉住虞姬，问道："何人惹妹妹如此恼怒，喊打喊杀？"

"姐姐不知，我家君王一贯待我最善。前些日进咸阳，趁一时混乱，不知何人从哪里裹挟来一个匈奴模样的小妇人，送将到霸王面前，被我一时怒起驱将了去。霸王亦言绝不相留。却才眼看得一骑马妇人，颇类那日匈奴小妇人！竟还在楚军中，姐姐道我恼也不恼！"

吕雉一笑，道："你家君王贵为霸王之身，坐拥大半个天下，便是有人进献几个女子，何足为奇。妹妹亦是要容得下的，此方显得妹妹有母仪天下的大度，将来也好做个皇后娘娘。且不可造次，惹恼了霸王。"

虞姬撇嘴道："姐姐不知，我原是为了我家君王的好。我家君王何等英雄男儿、盖世英雄，便是宫里缺人，也只在我楚国女子中千挑万选，岂无贤德美貌之女子乎？怎的让胡人异类进我大楚宫中，祸乱宫闱。姐姐不闻'非我族类，其心必异'乎？此等祸害实实不可留！"

吕雉道："彼妇人何在？"

虞姬指着远处人丛中那枣红色马和马上的妇人道："姐姐未见那被旃裘者乎？"

吕雉眯缝着眼远眺片刻，道："姐姐眼已花矣，哪里看得真切。即当如此，妹妹亦休要这般性急，远看岂可当真？若真是哪位将军家眷，妹妹这般冲撞过去，喊打喊杀的，岂不弄得大家不好看。"

虞姬哼了一声，道："休要听项将军打诳语，甚的将军眷属，我尚不知，必是唬我也。"

项庄一旁苦笑道："我亦是不知，不过猜测罢了，哪里便敢唬夫人。"

吕雉又道："便是那胡人杂类，更不值得妹妹亲自动手，脏了妹妹的身子，遣项将军前去查明便知。若真是哪位将军家眷，他打个招呼，要算代你去问候，落个人情回来便是。若是那匈奴女子，叫项将军将人拿了过来，到时再行问罪也不迟。哪里劳得妹妹大驾前往，兴师动众的。"

项庄亦一旁嘟囔道："吕夫人说得极是，不若待我前去看个仔细，再回来禀报夫人，也省得闹出不好看，难为了霸王。"

虞姬见他二人皆这般言说，一时也犹豫，便点了点头。

那项庄得了虞姬的令，便飞马过去。

虞姬再向那边看时，那妇人却早已不见了踪影，竟连那枣红色坐骑也不见了。不知是何时，那人那马竟皆隐没在人丛中了。虞姬心口一阵疼痛，她叫了一声："哎呀……"

吕雉也发现了那妇人不见了，她安慰虞姬道："妹妹休要烦躁，项将军即去，岂可走了这个妇人。"

虞姬知道项庄一定是空手而归，一定的。

第十四章　送走范增，玉碎之心鉴河山

一

果然，过了一会儿，项庄空手而归，他对虞姬道："回禀夫人，并不曾见到甚的骑马妇人。"

虞姬平时爱跟霸王走在一起，在前军。但她知道一般都是项庄殿后。她猜得到项庄对后军是了如指掌的，这妇人出现在后军，必与项庄有瓜葛，项庄不仅知情，甚至还是安排者。他岂会对虞姬说实话，虞姬又岂能问得出来。虞姬皱眉不语。

那项庄见虞姬不再言语，便又结结巴巴道："霸、霸王叫我为后军，殿后压阵，事关重大，不敢稍有疏忽。夫人且先行，我到后面看看便过来。"言罢他拍马往后跑去。

望着项庄远去的背影，虞姬与吕雉便对视着会意地笑了起来。

虞姬问吕雉："姐姐笑啥？"

吕雉道："妹妹笑啥我笑啥。"

"那姐姐说我笑的啥。"

"那项将军哪里是瞒得事的人，那女子此刻必在最后，哈哈哈，项将军将她藏到你不注意的地方。"

虞姬也笑了，那项庄确实是个肚子里藏不住事的人，刚才那不自然的神态已经把什么都告诉虞姬了。

虞姬问吕雉道："这便去拿了那小妇人来，为楚宫除害，如何？"

吕雉沉吟片刻，道："妹妹亲自去拿一匈奴妇人，枉屈了高贵，实为不妥。"

"依姐姐所言，如何为妥？"

"今知她在何处，拿她便易如反掌，何急？"

"姐姐不知，此妇人虽为异类，倒也生得洁白似玉，颇有几分姿色。将她留于军中，也未可言不是霸王之心意。"

"天下人谁不知霸王对妹妹真情意，众口皆道：霸王爱江山，更怜虞姬。哪里是那一般妇人能比的。"

"此妇实为尤物，那男人只怕无不被此尤物所惑，妹妹只怕留来留去留成了祸害。"

"妹妹可知道此妇人何人所致？"

虞姬确实不知咸阳城怎的冒出来个匈奴妇人，她摇了摇头。

"此事姐姐倒是听说了一些，可细细言与妹妹。此妇人便是那范增所致。"

"亚父……何意？"

"出咸阳以北，或大漠，或荒草连天，常有匈奴人出没。那匈奴人彪悍好勇，善骑射。范增此举乃为楚国与匈奴和亲。"

"与那匈奴和亲？"

"是啊，当初各路诸侯皆聚咸阳，安营扎寨于咸阳四野，无不盔甲明亮，剑戟林立，莫不虎视眈眈，稍有不慎，必刀兵相见，胜负亦未可料。范增与匈奴和亲，乃一高招，是备一支雄兵，与那霸王为后援，以防不测。哪料想让妹妹撞上了。我闻妹妹可是大闹了一场，硬生生与那霸王过不去。偏妹妹遇到的是个重情重义的奇男子，便也真的依了妹妹，罢了此事。只是那范增并不死心，将此匈奴女子藏于营中，等待机会。此事天下人尽知，唯是瞒了你与霸王两个。"

虞姬恨得咬牙道："此范先生实实可恶，将军决胜沙场，乃靠勇敢，以武冠天下，以仁服天下。岂可使这般诡诈之术。不堪！不堪！真正是不堪了！"

"妹妹，今除了此妇，谁敢保明日、后日不出彼妇，再出此妇，再出彼妇？何日是穷？"

"……"

"妹妹果欲根除此患乎？"

"必根之。"

"那妹妹便听姐姐一言。"

"姐姐请讲。"

"此妇乃范增所致，根在彼处。妹妹可号令后军，大张声势寻此妇。项庄必不敢硬保，必将此妇遣往范增处。彼时妹妹可寻到范增处，一时闹将起来，索性将事闹大，闹到霸王殿上。那范增本是瞒着霸王的，看他如何做个交代？还怕他不交出那匈奴女子？"

听吕雉这般道，虞姬皱了眉头，道："何必如此，倒繁缛了许多。不如妹妹亲去后面寻了那个荡妇，一剑下去，给她一个结果，如此方来得爽快！"

吕雉笑了，道："妹妹欲根除此祸患，根在何处？在范先生处啊。此一闹，繁缛是繁缛了许多，倒也惊天动地给那范先生一个好看。谅那范先生日后再不敢为霸王张罗甚的女子，讨此无趣了。"

虞姬暗暗寻思片刻，觉得这吕雉的话有几分道理，便笑道："如此，便依姐姐的。"

虞姬依吕雉之计叫来项庄，命其动用卫队在后军逐个甄别那匈奴妇人。项庄先是道："不过寻一妇人，何必动此声势？"见虞姬不容，非如此不可，亦是无奈，只好点头应承，道："也好，便让夫人看个真切。"

他当着虞姬的面召集部下，逐一布置，严令部下不得有违，不得敷衍，其神甚为严肃，其色甚为郑重。

虞姬见项庄如此认真，低声对吕雉道："看似项将军并无甚的隐瞒，我等多疑乎？"

吕雉冷笑道："戏与妹妹观耳。"

待各人皆散去，吕雉便笑着对虞姬道："事成矣！"

二

果然一切皆在吕雉的预料中。后军大动干戈查找匈奴女，几乎人人过目，依然是一无所获。虞姬便依吕雉主意，旋即便带人去了范增处，几乎不费周折，便寻到了那匈奴妇人。虞姬当下便将那匈奴妇人缚了个结结实实，送到霸王的大帐里，请霸王当众处置。那霸王见到那匈奴妇人，也勃然大怒，圆睁那对重瞳道："既已将你遣走，何故又寻来？"

那匈奴妇人支支吾吾地将她根本未离开楚营，一直被范增藏着的事道了个清清楚楚。

霸王当即着令将那匈奴妇人送出五百里之外，永不得再回楚营。

处置罢那匈奴女人，霸王又红着脸当众将那范增狠狠斥责一番。

那范增竟无言以对。

霸王愤愤道："我亦知你心思，大丈夫逐鹿天下，靠的是勇猛无畏，靠的是仁义信用，岂可行如此诡道，更岂可言而无信？"

让虞姬意想不到的是霸王一怒之下竟褫夺了范增兵权，贬为一般幕僚，让那身为霸王亚父的范增一时面红耳赤，无地自容。

那范增如何受得了这般羞辱，叩拜道："天下事大定矣，君王自为之。愿赐骸骨归卒伍。"

霸王居然当下许之。

范增亦是当下便辞了霸王，孤身一人离开大营。

尽管虞姬不喜范增那种阴阴的气质，总觉得此人不够光明磊落，本非大丈夫。但她亦知楚军之所以驰骋疆场所向披靡，与那范增幕中策划是分不开的，他是霸王的左膀右臂，是楚军的大梁。

虞姬不想让霸王失去这左膀右臂。待霸王气稍微消了些许，她便也跟着出了大帐。远远地看着范增离去的背影，虞姬急忙去牵了飞雪，欲去追回范增。

项庄看见了，拦住虞姬道："夫人欲何为？"

虞姬道："休要拦我。"

项庄道："夫人可是去追范先生？"

"霸王岂可无亚父，我欲将亚父追回，万万不可走了他。"

项庄道："夫人有所不知，霸王早便怀疑范增和汉王有私，有意稍夺之权，今日不过寻了个借口而已。"

虞姬道："亚父虽善计谋，绝非这等不忠之人。"

"前番霸王使者至汉，汉王让人准备了极其丰盛之酒筵，那作陪的端过来刚要进献，一见使者便惊愕道：'我们以为是亚父的使者，没想到却是霸王的使者。'竟将酒筵重又撤回，拿来粗劣的饭食给霸王使者吃，亦是不再作陪，竟这般羞辱了霸王使者。使者归来，一一为霸王道。夫人寻思那亚父若不与汉王有私，汉王焉能这般款待霸王使者？今日不过寻个缘故。霸王若不看其为亚父，恐怕也放他走不得，必叫他血溅三尺之内！也便是霸王这般宽厚仁慈，才给他一条生路。"

虞姬有些不信，问："……此事可真？"

"真真切切，夫人面前，岂敢诳语。"

虞姬闻此言，便放下了手中的马缰。她真不明白这范增身为霸王的亚父，处处得霸王优渥，为何还这般与霸王离心离德，难道乱世也乱了人心？她想她是永远不会与霸王离心离德的，不仅仅是因为她深爱着这个男人，更重要的是她骨子里流着与霸王一样的血，一样的忠诚，一样的血性，一样的忠贞不渝。

楚汉相争，杀来杀去，又是些日子。这些日子也不论楚军胜负，虞姬只是善待着吕雉。二人皆期盼这战争早日结束，各自归家。

不久果然传来好消息，相争不下的楚汉终于和解了，霸王与汉相约，中分天下，割鸿沟以西者为汉，鸿沟而东者为楚。霸王旋即归还汉王父母、妻子。

吕雉归汉那天，虞姬亲自骑着飞雪来送吕雉归。二人并马齐驱，甚是亲密，一路奔往鸿沟。

远远看见鸿沟那边汉王的队伍旌旗招展，人欢马叫。汉王大旗高高飘扬，看来是汉王亲自来迎父亲、妻子。

鸿沟这边，虞姬与吕雉二人颇有些依依不舍，马行缓缓。

吕雉道："真感谢妹妹这些日子的照料。姐姐虽是身陷楚军为虏，并未有一日为阶下囚，倒是做了妹妹的座上宾。此恩此德真不知如何报答。"

虞姬道："姐姐计较了，其实都是妹妹该做的。姐姐雍容华贵，落落大方，那气度非同寻常，妹妹一见便心驰神往，妹妹只是尽自己心而已。"

吕雉又道："妹妹倾国倾城，美貌天下无二，本便是帝王家的珍宝。只是霸王意气用事，仁义有余，谋略不足，怕是要误了妹妹前程。"

虞姬笑着道："妹妹不过一女子，今生得霸王这般爱怜足矣，更复何求？"

"唉……妹妹无心母仪天下乎？"

"姐姐便是母仪天下又如何？恕妹妹直言，姐姐这些日子陷于楚营，并不见汉王前来拼命叫阵，亦并不见汉王让了那江山社稷来换得姐姐回去……夫妻情分安在？"

"……"

"我晓得我家君王，若换作我陷于汉营，我家君王便是血溅战袍，魂归阴间，亦不干休作罢，不救出妹妹他会至死不回的。他哪里容得妹妹受半点儿的委屈，便是江山换美人他亦在所不惜，汉王可做得到？"

"唉……汉王想的是江山社稷，为天下者哪里顾家，更休要说我一女子了。"

"姐姐，我等女子，男人便是我等的天，那男子若视你为草芥，他

170

便是帝王，你亦是暗无天日，那日月星辰映照不到你；那男子若视你为珍宝，便是一介布衣，你亦可昂首仰望，那白云红霞皆为你而灿烂。妹妹此生得此重瞳便心满意足了，富贵荣华皆若落花流水。"

"……妹妹所言亦是有理。一小女子，若得男人如此这般怜爱，亦是不枉此生了……如此看来，我倒真是羡慕妹妹了。"

二人正蜜语浓浓，不知不觉便到了鸿沟边上。

鸿沟那边放过一红漆楼船，船上人呼吕夫人上船。

二人眼睛一红，只好分手。虞姬看着吕雉被人搀扶上楼船，却没有进船舱，她扶着船舱边的栏杆望着虞姬。虞姬分明看见了吕雉腮边有泪水滚动。虞姬的心里也跟着一酸，眼眶也湿了。她说不上来，她为什么喜欢上这个女人了，她知道她男人是她男人的死敌，她甚至知道这个女人心计比她重，但这些都无法阻止她喜欢这个女人。她喜欢她庄重的举止，她喜欢她的从容，她喜欢她总是姐姐般教诲她……她从小就希望自己有个姐姐，她没想到居然是在她身上找到了姐姐的感觉。她想若不是楚汉是两家，她跟她一定会做一生一世的姐妹。她不知道男人们为何要争来争去，她不喜欢杀戮，她不想天下苍生遭涂炭，她不喜欢姐妹分离……

那吕雉在船上朝虞姬招手，虞姬便也朝吕雉招手。

虞姬清清楚楚地听见吕雉朝她喊道："妹妹，妹妹，休要负了相约！楚亡之日来寻姐姐，姐姐定还你个富贵荣华！"

虞姬没有回答吕雉。她不爱听这话，她善待她，是打心里喜欢她，她就没想过何时去投奔她，更不会去做那汉军的阶下囚。她要守着她的君王，生生死死地守着，日日夜夜地守着，永不分离！

第十五章　汉兵略地，不叫夫君过江东

一

送走吕雉，虞姬本以为从此天下太平了，本以为她可以回家探望爹娘了，本以为她可以日日守着自己的君王过日子了。哪承想楚军退兵途中，汉军会撕毁合约，从后面发起突然攻击。

这场攻击来得突然，汉军是在一个黎明，在东方刚刚露出鱼肚白时对楚军发起突然袭击的。虞姬记得那时她才刚刚起床，掀开大帐的帘子，那晨曦微光与清晨的新鲜空气一同涌进大帐。她方深深地吸了口气，就听得大营四周战鼓声声，响彻云天，接着便是一片喊杀声。虞姬被吓了一跳，不知出了何事，一时胆战心惊，卧榻上的霸王也被声音惊醒，一个鲤鱼打挺，跳将到地上，边披盔甲，边高声问："何人在作乱？何人在作乱？"霸王亦未曾想到是汉军来攻打他们，他还以为是楚军内部生乱了。

霸王方将盔甲齐整，项庄便冲进大帐报告汉军来袭。霸王哪里相信是汉军来攻打他。他呵斥项庄道："信口胡言！楚汉方约，以鸿沟为界，中分天下，各自退兵，那汉王如何便会来伐我？必是军中有人不堪军旅之苦作乱！我必裁之！我必裁之！"

172

项庄道："霸王，真真切切是汉军。"

"一派胡言！必是误传！"

"霸王，末将怎敢胡言，末将才与那汉军厮杀一场。方才杀声起时，已有汉兵突到大帐前，末将与帐前卫兵死命向前，才将那如狼似虎的汉兵击退。汉军此刻声势正旺，四面皆喊杀声，楚营已陷重围，那汉兵一时退去，必会再行攻打，霸王赶紧先走。"

霸王闻果是汉兵，大怒，顿足道："果是那刘邦小儿，小人言而无信！如此我便不走了，快快取我虎头盘龙戟来，待我前去取了此小人首级！一吐我心中怒气！"

"霸王，不可，万万不可！此时切不可迎敌。"

"我须惧那奸诈小儿乎？"

"霸王，汉军来得突然，今楚军已大乱，将士各自奔命，自相践踏，死伤无数，溃败已成定局，更无人可随霸王冲杀。霸王此时不走，更待何时？欲为那汉军阶下之囚乎？"

霸王哪里肯听，大喝道："荒唐！我项羽堂堂大丈夫，顶天立地，便剩我一人，又何惧他百万汉兵！"

"霸王听末将一言，末将以为今事已至此，不若先行避开汉军锋芒。霸王乃盖世英雄，马首振臂，那四下奔逃的楚军将士焉不创病皆起，复聚于霸王麾下，待我们等稍事喘息，再杀那汉军回马一枪。他汉军如何能敌我楚军勇猛，此番便不再与那汉王媾和了，因其机而遂取之，必亡汉于此一旦也，弗再'养虎自遗患'了。"

虞姬知道项庄说得有理，便也劝霸王道："楚军多为霸王当年江东带出子弟，皆慕霸王英名，遂为霸王驱使。今江东子弟四下溃散，个个生死不知，若汉军再行追杀，存者能有几人？霸王若只图自己杀个痛快淋漓，忍心置他等于不顾乎？实为不仁不义。便一日霸王击败汉王，四海称雄，却不知何以面对我江东父老？不若先突出汉军之围，收拢我江东将士，再做计较。"

"今人皆死伤走散，我便一骑突出又当做何计较？"

项庄道："只缘那汉军来得突然，我军方大乱，多为逃散，并不曾死伤无数。若得喘息，霸王振臂一呼，必卷土重来。"

虞姬央求道："霸王！万万不可弃我江东子弟！"

霸王终于被二人说动，犹犹豫豫道："……如此果为不义乎？"

虞姬道："不义。"

霸王又道："果为不仁乎？"

虞姬又道："不仁。"

此刻大帐外杀声又起，霸王喝道："取我那虎头盘龙戟来，汝等随我杀将出去！"有人送来霸王虎头盘龙戟，霸王持戟冲出大帐。

整个楚营正人仰马翻，喊杀声、哭叫声、剑戟碰撞声响成一片。子期也不知从何处突将过来，他战袍与坐骑皆为血染，见到霸王高声喊道："不好，不好，汉军突袭，我已大乱！"

有人牵来乌骓马，霸王翻身上马，望着子期道："汝等休要慌乱，随我乌骓马走，我进汝等进，我退汝等退，或左或右，唯我马首是瞻！"

众人个个手持剑戟齐声应诺。那项庄亦上马，子期于霸王左，项庄于霸王右。虞姬亦是着急上马，正寻她的飞雪而不得，眼看着霸王飞马到她身边，慌张莫名。

虞姬道："霸王先走！待我寻得飞雪，便追将过去！"

霸王哪里再听她言语，弯腰将虞姬揽上马来，将虞姬置于怀里，道："休要慌张，坐稳便是。"

虞姬双腿夹紧马身，靠在霸王宽宽的怀抱里。她听见那乌骓马一声嘶鸣，便风一般冲了出去。虞姬只觉得耳边飕飕的冷风里夹杂着喊杀声、哭号声、兵器碰撞声，眼前尽是拼杀的人，尽是闪动的剑戟刀戈。她也从腰里拔出了短剑，紧护着身子。

霸王纵马上前，猛地大吼一声："霸王在此！汉兵前来就死！"

那声音宛若炸雷一般，震得虞姬耳鸣心跳，连乌骓马也一颤。虞姬看见眼前的汉兵居然被霸王吼声吓倒一片。接着霸王挺着他的虎头盘龙戟，冲将了出去，乌骓马踏在那倒地的汉兵身上，只有哭喊声。霸王一口气冲出数十丈，又有一片不知死活的汉兵围了过来。霸王便将那虎头盘龙戟舞起，横扫竖劈，前戳后勾，但凡沾上那虎头盘龙戟者不死便伤。只顷刻间乌骓马前便又倒下一大片汉军士兵，哭喊声亦是一片。再往后，那汉兵人人战栗，莫不退避，但凡乌骓马踏处便自动闪开一条路来，无有人敢上前阻拦。

虞姬头一次遇到这般情景，心中也暗自叹服霸王英雄气概。此方为真英雄也，方为顶天立地之男人，天下有几人能有她男人的气概，又有哪个女人能得此男人这般的宠爱？沙场之上，万夫丛中，面对腥风血雨，生死倒悬，尤将他的美人揽在怀中，这是一种豪气，是生死与共的爱怜，更是空前绝后的浪漫。二人生则同生，死则同死，胜则同荣，败则同辱。天下英雄美女，千般恩爱，万般传奇，亦莫过于此了。今日便是与他共赴黄泉，虞姬亦是心甘情愿。

面对着眼前万千汉兵，面对着如林的剑戟，面对着鲜血与白骨，虞姬竟无一丝的恐惧，她想她是最幸福的，她想她是最幸运的。

二

霸王一马当先，子期项庄一左一右，楚军将士皆随霸王后，大家奋力向前，前仆后继，一口气便突出了重围，再如潮水般向东退去。楚军虽锐不可当，将那汉军的铁桶阵撕开，却也杀得格外辛苦，死伤者十之八九。

那汉军又尾随不舍，紧紧贴着楚军，丝毫不给楚军喘息的机会。更有汉家轻骑，常常是忽地斜刺里杀出，或数千，或数百，来去飘忽不定，让楚军大乱一阵，无法前行。

一次楚军人马狂奔途中，过一山包，正上山时便听咚咚咚一阵擂鼓声响。山包上忽地便现出一标人马，皆轻骑，携弓箭。那标人马占据高地，便迅速展开，张弓搭箭。那飞箭便雨点般射将过来，楚军皆不知所措，一时扑地无数。若不是那子期以身为盾，挡在面前，霸王与虞姬不死也伤。

只见子期挥着长剑，将那雨点般的箭矢拨开，边拨边护着霸王与虞姬后退。直到那箭雨射不到处，子期才收起手中长剑，再去看那子期的手臂，已是中了数矢，鲜血直流，染红了整只手臂。骑下的战马也身中数箭，鲜血直流。

虞姬见兄长受伤，心如刀割，慌忙从霸王怀中挣出身子，望着子期道："如何？如何？"

那子期微笑道："妹妹休虑，只伤及皮肉，并无大碍！"言罢那子期竟笑着将手臂上的数支箭矢拔了去，皆掷于地，弯曲着手臂示给虞姬看。

霸王道："真乃吾兄也！"

此时对方箭矢已稀，子期跳下马，又将马身上的箭矢一一拔去，轻轻地在马脖子上拍了拍，仿佛在安慰马似的。等那马打了一串响鼻后，子期又对霸王道："霸王安心稍候，待我带人拿了那山头再行。"

霸王道："我兄才中数矢，休要再向前，可休憩片刻。"

子期道："后有追兵无数，不敢稍有盘桓。况敌箭矢已尽，正是我出击之时，杀敌便在眼前，何言休憩。"

霸王道："兄当仔细凶险，不可用强。"

子期高声道："休要惦记我等，霸王与妹妹自当保重！休要有一点儿闪失。"

言罢只见那子期又翻身上马。虞姬心中掠过一丝别样的感觉，她不由得细细地打量了哥哥。二人虽同在楚营，哥哥总是征战繁忙，却不是天天能见面的。见面时霸王与哥哥又总要说些军情大事，虞姬哪有机会能细细地打量哥哥。她喊了一声"兄长——"叫住子期，子期回头朝虞姬笑了笑。虞姬觉得此刻的子期格外英武。他浓眉大眼，面色白里透红，身穿双重枣色长襦，外披棕色皮甲，那皮甲油亮放光，皮甲上的青铜圆钉更是颗颗熠熠生辉。尽管经历了无数的箭雨与刀林、拼杀与冲撞，子期的衣冠竟一点儿不乱，和平日里喜庆盛装的武将们一样。他依旧是头戴顶部列双鹍的深紫色鹍冠，橘色冠带系于颌下，打八字结，胁下佩剑。下着长裤，腿上裹着护腿，足蹬方口齐头翘尖履。胯下亦是一匹雄壮的枣红马，那马高头宽肩长腿，鬃毛浓密油亮，连人带马都透着逼人的英气。

虞姬朝子期竖了竖拇指，道："兄长……临阵不乱，如此安若泰山，乃真英雄也！"

子期大笑，道："何惧?"

"生死只一线之隔。"

"大丈夫何惧死乎？妹妹岂不知楚人有魂！"

虞姬又道："如此，兄长亦是要务必小心。"

子期道："妹妹休要挂念，你只稍等片刻。待我杀散眼前汉贼，你与霸王只管快马过山，我再与你殿后。为兄只不叫你有一丝闪失。"

虞姬听了子期的话，只觉心里有种别样的滋味在滋生，她也不知今日是咋的了，总被一种淡淡不祥之兆笼罩，只感觉子期会有意外，却又不好说出口，想找个理由将子期留下。

虞姬正在寻思之际，那子期朝身后喊一声："随我来！"便带着一队轻骑兵，飞身朝山上跑去。

虞姬只好在后面又喊了一声："兄长！千万小心……"

那子期仿佛没听见一般，便带着那队轻骑兵朝山顶杀将过去。

虞姬眼看着山顶上那些汉军阵势大乱，很快就如潮水般退了下去，子期的人马很快接近山顶。虞姬这才长长地舒了口气，心中正暗自欢喜，忽听得又是一阵鼓声，只见那山顶上又现出一标人马，跟先前一样，皆轻骑，携弓箭。这标人马迅速展开，排好阵势，又是张弓搭箭。顷刻间那箭矢便又如雨点般射将过来。

冲在最前面的子期，拼命地以长剑拨开如雨般的箭矢，还想顶着那箭矢前进。只是身后的楚军将士哪里抵得住那纷纷射来的箭矢，留下一片尸首狼藉，纷纷退了下来。

看着孤独抵抗的子期，霸王早已按捺不住了，只听他大喝一声："休要伤我兄长！"便将虞姬掀下马，拍着那乌骓马冲了上去，那些退下来的将士见霸王杀将过来，皆反身又向山顶冲。

虞姬骂着霸王，从地上爬将起来，踮着脚向前瞭望。她看着子期在那雨点般的箭矢中缓缓倒下，看着那汉军一拥而上，乱刀取了子期的首级。她心如刀绞，又无能为力，焦急之间，猛地吐了一口鲜血，摇摇晃晃，几乎要栽倒，幸好旁边的军士将虞姬扶稳。

虞姬咬着牙关站立着，她已是泪如泉涌，涕零满面。她想起了爹，想起了娘，想起了家乡的田园小溪，想起了在家乡田野上奔跑的那个少年，那个与她手足一般的兄长……"子期——"虞姬忍不住高喊，她想子期倒下了，他战死了，他的肉身已被箭矢穿了无数个洞，他的血已经流尽了，他只剩下魂魄了，他的魂魄该回家了，该去寻爹娘了。他离家太久了，他不会迷路吧，他不会忘记他的家园吧，他不会忘记那老屋吧。或许她该提醒他，她该为他的魂魄找一条回家的路了。哥哥，你归去吧！你的英魂回家吧。

虞姬想起了屈原的《礼魂》，她想她该礼赞哥哥的魂魄了，她该高歌了，她必要高歌一曲。于是她于那涕零中高声唱道：

　　成礼兮会鼓，
　　传芭兮代舞；
　　姱女倡兮容与；
　　春兰兮秋菊，
　　长无绝兮终古。

虞姬的歌声在那一刻响起了，高亢而尖厉，响在楚军将士头顶上，响在楚军将士的魂魄里。大家皆跟着虞姬高歌起来。于是将士们跟着霸王唱着，呐喊着，义无反顾地向山顶冲去，前面的倒下了，后面的踏着伙伴的尸体继续往前冲，再无人后退，再无人畏惧。

虞姬亲眼看见子期那无头的尸首也缓缓地从地上站了起来，他复活了，他的魂醒来了，他手中依然持着那支长剑，他胸前依然插着汉军的箭矢。但他沉稳，他雄壮，他义无反顾，他与楚军将士一同前行。

山顶的汉军被眼前的情景震慑住了，被楚军视死如归的精神震慑住了，有人停下了手中的弓箭，有人从军阵中逃走，整个汉军的阵容都在动摇……

霸王的乌骓马一声长嘶，腾空而起。霸王目光如炬，虎头盘龙戟高举。

山顶上的汉阵终于崩溃了，那些轻骑兵如潮水般退去。

霸王与楚军好一阵掩杀，直杀到山下，虞姬也跟到了山下。她看见了霸王，看见了子期。子期的身子和头颅被置于一处了，他被人置于一面红色的旌旗之中，那面旌旗就像火一般红，子期的战袍皮甲与那旌旗融为了一体，以致他的脸显得格外的苍白。

旌旗下面是一堆干树枝。虞姬知道霸王这是准备火化子期，这是一种荣耀，是对战死将士最大的褒奖。

霸王缓步走到虞姬跟前，突然便推金山，倒玉柱拜倒在虞姬面前，悲戚道："乃兄战殁，实实籍之过也。"

见霸王下跪，虞姬哪里还顾得上伤心，赶紧将霸王扶起，道："不可不可，万万不可。霸王休要自责，子期死得其所，今为永世鬼雄！"

项羽站起，又低声问虞姬："兄长何置？"

虞姬低声道："既然柴堆已成……如此甚好……甚好……大王便遣他魂归故里吧……"

虞姬想起了家乡那些招魂的民谣，她想子期熟悉这些民谣，子期亲近这些民谣。她想便使这些民谣随他一起归家吧，便使这些民谣指引他吧，于是她高声唱道：

　　日照黄尘兮弥今古，
　　夜行万里兮山千重。

179

东南大道兮宽且敞，
一路前行兮莫回望！
生未果腹兮今鼎食，
生无蔽体兮今玉衣。
星火一点兮千里明，
灵幡遍插兮招雄魂。
万绪回肠兮兄未去，
九曲流水兮恨难消。

　　虞姬的歌大家都熟悉，楚国各地大同小异，曲调皆相同，词稍差异而已。于是将士们都跟着虞姬吟唱起来，他们点燃无数火炬，再将火炬一个个扔到那干树枝堆上。

　　顷刻间，大火冲天，与日争辉。

三

　　这边杀退了汉军的堵截，山坡上、田野上一片狼藉，满是横躺竖卧的将士与战马的尸首，红色、黑色、白色……把大地装扮成五彩的了。霸王望着那尸首，望着五颜六色的田野，满目苍凉，几欲哽咽。虞姬看出了霸王心中的悲怆，她安慰霸王道："祸起自汉贼！大王休要悲切。"

　　霸王点了点头，叹息道："悔之甚矣！悔之甚矣！当初若是依了亚父，岂会有今日楚军大败，天下苍生再遭涂炭！"

　　虞姬道："大王休要烦恼，我们楚家子弟尚在，项家骨血也多逃过此劫。或来日霸王拔剑江东再起也未可知。"

　　霸王的重瞳射出寒光，他四下里看了看，又望着身边的项家子弟，低声对项庄道："汝可带人先行，回江东去，我一人断后。"

　　项庄道："霸王何出此言？生死关头，正须奋不顾身、以命相抵之死士，我项姓骨肉如何可先离霸王而去？"

霸王指着楚军里的妇孺道："此皆为项家妇孺，我等若只管拼杀，他们何以脱身？"

项庄呻吟片刻，道："……卑职遵霸王旨便是。霸王亦是要当心，不可稍有闪失。"

霸王大笑，道："何须挂念，天下英雄，有谁个敢敌我？皆去，皆去，我一人足矣。"

"霸王，一人是断断不可的，鸿鹄尚需羽翅方得高飞。今可兵分两路，一路随霸王断后，一路随季父与我先走。待霸王杀退汉军，我们前面会合。"

霸王点头道："汝言极是。"

当下二人分了兵马，正欲各奔东西之际，那虞姬却不肯走了，她偏要留下与霸王一起断后。她跟随霸王征战数载，经历生死无数，却从未如今日穷途末路一般。她心中有种预感，不祥的预感，她总觉得她的霸王随时都可能饮恨沙场，以前她还从未有过这种感觉。她担心她与他一旦分手，怕是永世不得相见，她不能离开他，不能。虞姬决绝道："自入楚军，贱妾何曾与大王分离，今亦不去矣，休要陷贱妾于无情无义！"

霸王见虞姬不肯离去，便好生相劝道："大敌当前，项家骨肉、楚军女眷皆先行，非你一人，何谈无情无义。"

"大王不闻，两情相合生死不绝乎？"

"何敢与君决绝，不过是走之先后而已。"

"箭矢无情，我必与大王同生共死。"

项庄也一旁劝虞姬，道："休要言决绝，霸王只为我等断后，杀退汉军便来寻我等会合，无须半日便得告成，何谈决绝？夫人心意我等具已晓，只恐夫人不去，霸王后顾，反伤及了霸王。岂不反为所患？"

旁边众人皆这般劝虞姬。

虞姬见众人皆如此说道，亦知军情紧急，不能一人耽搁大家行事，便强忍了，朝霸王深深地望了一眼，低声道："大王……如此贱妾便先走一步，休要忘记妾在前面等大王，不见不去……"

霸王点了点头。

虞姬这才策马与众人一同前行。

行不远，虞姬便看见前面一标楚军人马，为首是季父项伯。他的队伍在两条大陆之间，一条向东，一条向北。

看见虞姬他们过来，项伯便向她招手。虽同在楚军队伍里，日日征杀，各自奔命，虞姬觉得好像许久未见项伯了。她细看眼前的季父，虽说依然还是圆脸、圆头、圆滚滚的身子，但似乎比以前小了一圈似的。眼睛也明显地大了，眼眶深凹，似乎大病了一场。她身边那些楚军将士，亦是老弱病残居多，其中不少妇孺。虞姬催马跑到项伯身边。

那项伯问："霸王犹在断后？"

虞姬道："正是，他令我等且东行，杀退汉军后便追来与我等会合。"

项伯长叹，道："唉……原来秉性……兀自难易……"

虞姬看出项伯有话要说，便道："季父何事吩咐？"

项伯指着前面的两条路道："汝或南行？或东行？"

"季父此话怎讲？"

"东行便是回我江东，重聚子弟，以图再起。"

"南行呢？"

"汉王传过来话，南行离霸王，入汉营者便得免，便是项姓子弟骨血，南行者亦免。"

虞姬明白项伯这是要降汉了。她杏眼圆睁，道："季父何来此等念头？霸王尚在前方血战，项家子弟岂可言降？"

"今大势已去，天下已定。霸王无力回天。"

"江东尚在！江东子弟尚在！何言霸王无力回天？"

"霸王败与汉王，非江东子弟不善战，亦非霸王不能拔山，败于霸王宁折不弯之秉性，败于霸王心中没有江山，只有义气。便是再有十数个江东，又奈汉王何？"

虞姬明白项伯是主意已定了，她忽地从腰间掣出短剑，直指项伯的脖颈儿，高声道："……妾不以胜负辨怜爱，妾生是霸王人，死是霸王鬼，岂有他去之理？今霸王势微，别人离去尚有情可原。汝为霸王季父，霸王待你如同亲父，你怎忍离去，怎可带一干人马去降那汉贼？季父若再言离去，若再言时，便休怪我手中这剑不识得季父！"

项伯微微一笑，道："夫人且将剑按下，休要动怒，听老夫细细道来。若老夫确有悖天理人伦，夫人再挥剑亦不迟。"

项伯指着身边那些妇孺问虞姬道："他们可抵挡得住如狼似虎的汉军？"

虞姬一时无语。

项伯又道："当下，人为虎狼，我为羔羊。你欲将羔羊投入虎狼乎？况他等或项家骨血，或江东子弟，若投以虎狼汝何忍？汝我世为江东人，如此永不回江东乎？永不见江东父老乎？皇天后土，先人在上，岂可如此愧对江东！"

虞姬再无言语，她觉得项伯无错，她懂得他的用心，他为存项家骨血，为存江东子弟，才不得不南向。她对他又如何下得了手？虞姬手中的短剑渐渐放下，那杏眼亦不再那么圆了。

项伯道："老夫固知劝不走夫人，老夫之所以静候此处以待夫人，一是要尽老夫微薄之力，争取把夫人带走。二是就在此处与夫人道别，也好给霸王一个交代，想霸王会理解老夫这一片苦心。"

项庄一旁落泪道："季父一片苦心，霸王定是会感铭的。夫人与下官定会转告的。"

项伯望着项庄道："汝亦不走？"

项庄双手抱拳，道："季父就要责怪，这项家人岂可走完？总要有人陪霸王走到阴界去的，不可叫天下人笑话咱项家无亲情。"

项伯点了点头，道："也是，素晓你至诚，老夫亦不强求于你。这天下没有不散的筵席，我们便此处分手吧。"

项伯将手东指，示意虞姬他们东行。

虞姬哪里肯先行，她指着南边那条路，道："季父为长，理当先行，我等在此处权当送别季父。"

项伯长叹一声，眼睛红了，他道："就此别了!"于是他带着他那一标人马，南向而行。

虞姬望着这老者背影，比以前消瘦多了，背也弯了许多。她想起了他的忠厚，想起了他的善良，想起了他这些年来待她与霸王父亲般的关爱，不由得心中一颤，酸酸的，眼睛便湿了。

她高声喊道："季父，且珍重!"

那项伯也不知听见没有，只终未回头，紧跟着他的那一标人马亦是皆未回头，或者不忍回头。他们缓缓地前行着，一片抽泣中只听得一个沙哑的声音在高声吟唱，虞姬听出这是项伯在高唱《骊歌》呢：

> 骊驹在路兮愁蕴结，
> 孤飞两处兮风与雪。
> 骊驹在南兮声惨切，
> 军伍难更兮如貔貅。
> 古道连绵兮走南方，
> 紫阙落日兮浮云生。
> 正当今夕兮断肠处，
> 骊歌愁绝兮不忍听。

虞姬心动，情动，哪里还控制得住自己，于这边也高声唱了起来：

> 送君岔路兮淮水浩浩，
> 三军飞降兮所向皆殂。
> 行行各努力兮于乎于乎。
> ……

一时间，田野上、河流边、岔路口，皆有《骊歌》飞扬，皆有泪水飞溅，其声高亢，响遏行云。

四

送走项伯，虞姬便带着她的人马，在楚国大地上一路东归。

冬天楚国大地阳光是淡白色的，寒风凛冽，田野上虽树木连连，那些树早已没了绿叶，只有黑黑的光秃秃的枯枝，直直地指向天空。那枝丫间常有老鸹的巢悬在其上，偶尔几声凄恻的鸟叫，便见那巢里飞出几个摇摇晃晃的黑点，仿佛随时要落下一般，它们摇晃着飞向或者落向远方的草丛里。那些树木之下，便是衰草连天，那些黄色枯萎的蒿草，能埋掉人的半个身。这样的世界真是一片肃杀。

虞姬心中也产生了一种淡淡的忧伤，压抑不住的忧伤。

项庄大概看出了虞姬的忧伤，对虞姬道："夫人休要悲戚，此去乌江不远，不过三五日便得渡江。若得归江东，霸王便龙归大海，虎进深山。何人能敌？楚军亦是离此困境。"

虞姬觉得项庄说得没错，心中想再行快点儿，不由得在马屁股上拍了一掌，那马嗖的一声，便奔跑起来。

这一标人马正奔跑得起劲，就听得前面一阵鼓声，不知何时前面出现黑压压一片人马。虞姬细看时，也惊出一身冷汗，原来前面出现的是汉军战车队，那些战车横在虞姬他们前面。战车上的人正张弓搭箭，战车如洪水般朝这边汹涌而来。

项庄这边赶紧护着虞姬，道："夫人且停下，待末将杀退这些汉贼咱再行东归。"

项庄急忙召集精壮勇士，只片刻，他麾下壮士骑从者数千余人会于阵前，项庄与众人道："江东即在眼前，当归乎？"

众人皆道："当归！"

项庄又对众人道："汉贼战车阻矣，去乎?"

众人又皆曰："勿去!"

于是项庄带着这队人马朝汉军的战车冲了过去。

两军瞬间便碰撞到了一起，虞姬看见在两军相接瞬间，项庄便被汉车上的弓箭手射于马下。落马之前，他的身子仿佛被什么挑起似的，高高悬在半空，又瞬间落在了地上，血水飞溅，在空中开出了一朵美丽的花。汉军的战车滚滚而来，从项庄的身上碾过，从更多的楚军将士身上碾过。

虞姬心疼地尖叫着，她什么也不顾了，拍马一心只想冲上去，却被身边的将士死死扯住。众人皆呼："夫人休要厮杀!"虞姬只觉得天晕地旋，大地仿佛也倾斜了一般。

眼看那汉军的战车队强悍无比，项庄的那几千精壮骑士，虽勇猛无比，拼死向前，无有后退者，仍难以挡得住汉军的战车。那战车高大，皆四马并驱，车上所载壮士三人，一驾马者，一弓箭手，一手执长戟者。远则弓箭射之，近者长戟挑之，再近则那四马并驾撞了上去，楚军骑士无不人仰马翻。

眼看一场恶战下来，那数千楚军将士死伤相接，皆倒于阵前。汉军战车虽也有折损，多数并无大碍，碾过楚军尸首，便向虞姬这边奔驶过来。那虞姬被身边人围着，退也不是，进也不是，竟陷于困境。

眼看汉军战车掩杀到眼前，忽又听得身后一阵鼓声，原来是楚家援兵到了。虞姬侧首看见季布带一标人马过来，旌旗招展，长戟林立，他们呐喊着杀将过来。季布在马上高声喊着："汉贼! 休伤我主——"

虞姬尚未来得及看第二眼，那季布便带着人马杀向汉军的战车队。

这季布本是一员猛将，更兼麾下勇士无数，个个奋不顾身，勇不可当，只瞬间便将那汉军的战车团团围住。季布所部并不急着与那战车接触，将士各执弓箭在手，远远的，只朝那战车射出箭矢，那箭镞皆为火球，无数火球落在汉军的战车上，点燃了那战车，点燃了战车上的将士，一时杀声震天，火光四起。

186

不知是太阳出来的缘故，还是壮士们的血将蓝天染红，这一刻整个天空都血红血红的，那火烧云从中天一直蔓延到西天。太阳似乎也在空中摇曳，战栗，各种武器发出的碰撞声、将士们的呐喊声、战马的哀鸣声，一时间地动山摇。

这是怎样的一片土地啊，它辽阔，它肃杀，它悲壮。此刻这片土地上，河水在沸腾，荒草在燃烧，战车在倾斜、覆地，各种声音如雷鸣般轰隆隆滚过。

地上的烟柱，也黑烟滚滚，那黑烟裹着红色的火焰，渐渐升入天空。天上仿佛有了无数太阳，燃烧，还是燃烧，壮观无比。那火光中的尸体被烧得无可辨认，毛发和指甲脱落了，青铜器爆裂了，连飞翔的鸟类也从天空中跌落下来。

为了逃脱死亡，许多人跳下战车，为了逃避死亡，许多的人跪地求饶。勇猛的季布带着他的人马好一阵厮杀，一个时辰便将那汉军的战车全歼。

他这才跑到虞姬跟前，气喘吁吁地道："末将来迟，夫人受惊了。"

虞姬欣喜道："若不是将军及时赶到，贱妾恐已做了汉贼的刀下鬼。"

季布问："那霸王呢？如何不与夫人一处？如何让夫人自己带些老弱妇孺至此？"

虞姬这才将霸王断后，子期、项庄战死之事一一告诉季布。说到子期、项庄战死，她泪流满面，她自己也不知道为何在季布面前她便感到自己脆弱了许多。

季布低声安慰虞姬道："夫人休要悲切，休要悲切……俗话道：瓦罐不离井上破，将军难免阵上亡。古来征战，几人能归？令兄、项庄皆我大楚豪杰，只恐英魂入阴间，亦要追杀汉贼，为阎罗所爱。"

虞姬问："怎的一直未见将军？"

"前番事急天黑，我与那龙且突出重围，寻不到霸王，又杀将回去，几进几出，那龙且亦是魂归沙场了。好不叫人心疼！"

虞姬当然知道龙且，和霸王、子期他们都是少年伙伴，闻听龙且也战死了，虞姬心疼，眼泪愈发如雨。

季布又对虞姬道："如今好了，如今好了，从此我便不离夫人，于夫人前后，护佑夫人与霸王，再不叫夫人稍有闪失。"

五

火烧云渐渐散去，太阳西落，天色将晚。

霸王才带着断后人马撵了上来。霸王那黑色的战袍几乎被血染成了红色，跟在他身后的将士，也个个是血染战袍，神情疲惫。那些将士皆是这些年随霸王转战南北的楚国子弟，虞姬认得许多，有他们村的，有邻村的，有霸王所居村上的，其中许多虞姬都叫得上名。

虞姬望着这些疲惫不堪的楚国子弟，心中充满感动。她朝那些将士深深地施礼。

霸王骑着那乌骓马一直跑到虞姬和季布跟前。他未与二人搭腔，先抬头四下瞭望。

虞姬知道他在望什么，他在望他的将士，他在望他的人马，当初那浩浩荡荡、无穷无尽、千里相接的情景早已不在了。霸王目断眼前，他无须再将目光远眺，远方只有破败的山河，再也没有他楚国望不断的兵马了。

虞姬看见霸王那重瞳里的失望与酸苦。她安慰霸王道："所幸离乌江已不远了。江东还有数十万少壮，等霸王过了江东，振臂一呼，那江东子弟必会重聚于霸王麾下，何愁不卷土重来，再创下我大楚江山社稷。"

霸王点了点头，道："爱姬所言极是，暴秦犹无奈我何，这汉贼焉能亡我大楚，我自不信！"

虞姬这才将项庄战死，项伯一标人马东行投汉之事说与霸王。霸王

188

眉头紧锁，愤愤道："苍天之过，苍天之过也，既生籍，奈何又生这许多险阻坎坷，让我蒙难。季父不惠，季父不惠，既为项姓，今只有一死以谢天下，何故又贪生？大丈夫不死社稷，只恐贻笑后世。"

季布又将龙且战死说与霸王。那霸王闻龙且亦战死，眼睛一红，竟有几滴热泪流出。众人无语，继续东归。

此番楚军真的大败了，彻底由盛转衰了。虽是突出了汉军的重围，但已呈一溃千里之势，不过数日，大军便溃败到垓下。

楚军元气不再，已非当年情景了。先是汉军一路尾随追杀，折了不少的楚军将士，连子期也阵亡了，再便是粮草匮乏，汉军攻击突然，楚军粮草损失殆尽。诸侯见楚军大势已去，皆不肯接济，每日只靠溃败途中筹集点粮草维持生存，其实是杯水车薪。楚军将士经常是饥肠辘辘，休说那项伯也降了汉，一路上更有不少士兵扔下兵器，各自回家。余下的大多为霸王当初从江东带过来的子弟兵，念着霸王平日里对他们的情意，念着乡亲的血脉，勉强跟着霸王。

是日，楚军夜宿一处旷野，此时的楚军大营再无昔日绵延十数里的庞大阵容了。星空下，一大片围栏，十数个帐篷，虽是寒冬腊月，大批将士仍露宿在篝火旁，呻吟声、抱怨声、叫骂声此起彼伏。

霸王的大帐亦无往日辉煌的灯火，零落的三五盏油灯，凑成一片昏黄的光亮。霸王便与虞姬二人神情沮丧地坐在那光亮里。霸王叫人将来酒食。没有几案，酒食便摆放在一块木板上；没有坐垫，二人便盘腿坐在地上。二人更无甚的言语，默默饮至夜深。

霸王突然长叹一声，对虞姬道："自睹爱妾芳容以来，寡人未敢一日有忘，实在是意欲'执子之手，与子偕老'……"

虞姬亦道："承蒙君王大恩，垂青小女子，少年时便与君王石桥边私订终身，更感谢君王让妾进了楚营。妾进楚营至今亦是从不曾离君王左右，妾欲报答君王，与君王'死生契阔，与子成说'，别无他念……"

"……唉，爱妾……寡人岂不知你一片真情，本想凭借这盖世英雄

189

之勇力，争下个江山社稷送与爱妾，也不负你一个绝世美人的深情。哪承想天不助我，偏偏让寡人落到这步田地，惭愧，实在是惭愧哦……"

"君王休要这般说道，君王何愧之有？以君王盖世英名，居然垂青我一山野小女子，不知羡杀天下多少青春女子，妾才是真正的三生有幸，感恩不尽的该是妾啊。在妾眼里，那江山社稷不过是烟花飞絮、过眼云烟耳，而君王之垂爱才是妾眼中最看重的，得君王这般垂爱，妾以为此生足矣……"

"只恼怒这苍天不济，天欲灭我矣。"

"君王休要烦恼，与那苍天何干？胜负乃兵家常事。眼下不过是失了一阵而已，君王哪里便输了江山社稷。君王英名尚在，楚军精髓尚在。下一阵输的未必还是君王，来日楚军或赢得一阵，那汉军亦是狼奔豕突，江山变色，胜负易手，也不过顷刻间的事……君王何必心灰。"

"爱妾所言亦是有理。只眼下楚军不过万人，那汉军人多势众，数十倍于我，再赢一阵又谈何容易。楚军须万众一心，将士不惜性命，个个拼死向前。此役何人不生死难料？"

"妾知矣，愿与君王生死与共……"

"爱妾不知，昔日每每拥爱妾入怀，厮杀于阵前，陷身于箭矢，虽自以为英雄无比，豪迈无双，更所谓天下风流丈夫者无出寡人其右者。颜面上风光无限，实则心中忐忑，常常令寡人的心分两处，慎之再三，唯恐稍有失于万一。若爱妾有个闪失，寡人必是魂魄尽散，不复有英雄豪气矣。今恶战在即，故寡人不欲再有分心，有一事请爱妾应允，不知爱妾肯应否？"

虞姬道："君王示下便是，贱妾岂敢不从。"

"寡人欲请爱妾去楚营而远走，避凶险而过江东，休要再分了寡人心。待寡人赢了眼前这一阵，再迎爱妾归来如何？"

虞姬从未想过与霸王分开，她哪里肯此刻离开楚营。霸王的话音刚落，虞姬便道："君王何出此言？打进楚营那一日，妾何曾惧过凶险？失季父，过漳河，哪一次贱妾不在君王身边？箭矢如雨，剑戟如林，贱

190

妾又何曾抽身回避？今出此言，君王不自思忖有负贱妾否？"

霸王见虞姬这般言语，思忖良久，又低声道："不是寡人有心负爱妾，今楚军新败，军心涣散，势如逃寇，而汉军却势如虎狼，紧追不舍，欲穷我楚军于一旦。此凶险前所未有，寡人只忧爱妾有失……"

"妾与君王戎马以来，何种凶险未曾遭遇，君王何曾想过弃妾而去？大敌压境之时，君王携小女子于那乌骓之上，揽小女子于大帐之中，何曾惧过，何曾忧过？君为竖子之时我偏为君狂野，鬼神不避，凶险不辞，人皆曰'少年风光，生死无惧'。今日君虽为君王，亦不过三十，便如何没了英雄胆？没了少年气？患得患失起来？"

霸王长长出了口气，道："爱妾既出此言，寡人不再勉强，欲留便留。明日一战，胜者，爱妾便随寡人西去，一泻千里，直捣关中，取那刘贼首级，平那大小叛贼！"

"若不胜呢？"

"身后便是乌江，江东皆我大楚子民，重返江东，无非东山再起，拼将一身热血，重整天下！亦要将个大好的江山社稷送到爱妾手中。"

"君王此言差矣，依贱妾所见，再无不胜二字。只一胜字，唯有胜，只有胜。君王，你我身后便是江东，君王没有一寸退路。江东虽地阔，君王却无颜再去寄居；江东父老虽怜爱君王，君王却无颜再见江东父老；江东虽壮丁无数，君王却无颜再征一兵一卒！何敢言负？休要言负！"

霸王被虞姬一番话说得兴起，一拍大腿道："爱妾所言极是！今实实是已无退路。明日爱妾只管观敌料阵，且看我虎头盘龙戟是如何向前的！"

"贱妾只和君王生死一道，明日阵前，请为三军擂鼓，楚军不胜，战鼓不歇！"

"好！好！好！"

此二人竟一时酒兴大发，一边唤人取酒，一边高声歌吟。他们唱得不是别的，正是屈原的《国殇》：

操吴戈兮被犀甲，车错毂兮短兵接。

旌蔽日兮敌若云，矢交坠兮士争先。

凌余阵兮躐余行，左骖殪兮右刃伤。

霾两轮兮絷四马，援玉枹兮击鸣鼓。

天时怼兮威灵怒，严杀尽兮弃原野。

出不入兮往不反，平原忽兮路超远。

带长剑兮挟秦弓，首身离兮心不惩。

诚既勇兮又以武，终刚强兮不可凌。

身既死兮神以灵，魂魄毅兮为鬼雄。

　　那歌声在楚营的夜空飞扬，在星空里传得很远很远。帐篷里、篝火旁许多的楚军将士被歌声唤醒，他们的热血被点燃了，他们的豪迈被唤回了，那豪迈之气氤氲在夜空，氤氲在每个楚军将士的心里，氤氲在每个楚人的魂魄里。

六

　　翌日，楚汉两军于千里沃野对垒。

　　这是霸王退到垓下后，组织的第一次反击。那日清晨便风和日丽，霸王抬头看了看天，对身边众将领道："是个厮杀的好日子！传令三军，今日杀贼！不再后退半步，今日不破汉军誓不收兵！"

　　连日来疲于奔命的那些将领听霸王这般说，皆精神大振，个个摩拳擦掌道："早想出这口恶气了！似这般日日奔跑，何时是了！"

　　虞姬一旁也给大家鼓劲道："身后便是江东了，各位已无路可退了！"

　　楚军集结，兵马各自列阵，霸王的帅旗高高飘扬。将士们闻听不再退却，亦是斗志昂扬，个个擦拭好剑戟，盔明甲亮，精神抖擞。太阳渐渐升高，虽是冬日，那太阳却格外鲜亮，圆圆的，红红的，居然同个火球一般孤独地悬在天空，不见一丝的云朵，整个天空蓝得如同一块蓝色水晶。虞姬登上一辆战车，身披红色披风，头扎红缨，双手持鼓槌，目视着西边的大地。

太阳再高，西边的天际便出现了点点的人影，须臾那人影便黑压压的一片了。再少时那黑压压人影便冲将过来，高扬的是汉军的旗帜。虞姬知道是汉军追杀过来了。她不由得看了看身边的霸王——乌骓马上，那双重瞳正熠熠生辉，寒光闪闪，似欲穿透天地。他手持虎头盘龙戟，那英气依然不减当年，他还是膀阔腰圆，威风凛凛，黑战袍乌金甲，乌黑的头发在头顶上扎一圆髻，好大一块红绸束之，若一束大红花，与天上的红日交相辉映。虞姬心中的爱慕油然而生，她想，配着这般一个儿郎，自己便是天底下顶顶幸福的女人了。再看看楚军将士，个个目视前方，几欲向前。她想：数日来的溃退，早将愤怒淤积在楚军将士心上了，今日必是一发而不可收。

虞姬心中动情，她想到这些日子溃逃，她想到了复仇，她想到了发泄，她知道此役楚军必胜，于是她高声唱起昨夜她与霸王唱的歌：

操吴戈兮被犀甲，车错毂兮短兵接。
旌蔽日兮敌若云，矢交坠兮士争先。
凌余阵兮躐余行，左骖殪兮右刃伤。
霾两轮兮絷四马，援玉枹兮击鸣鼓。
天时怼兮威灵怒，严杀尽兮弃原野。
出不入兮往不反，平原忽兮路超远。
带长剑兮挟秦弓，首身离兮心不惩。
诚既勇兮又以武，终刚强兮不可凌。
身既死兮神以灵，魂魄毅兮为鬼雄。

楚军将士皆会唱屈原的这首《国殇》。当年他们就是唱着这首歌上路的，就是唱着这首歌跟着项羽揭竿而起的，就是唱着这首歌直捣咸阳的。此刻虞姬的歌声震撼了他们的心，震撼了他们的魂魄。大家都跟着虞姬唱了起来。

长期以来汉军都是在追杀楚军的，几乎没有遇到抵抗，那汉军的将士只顾纵马前冲。即便狂奔也往往见不到楚军队伍的踪影，只抓了些零零落落掉队的楚军兵士，手起刀落，割了头颅领赏，并不曾遇到真正的刀光剑影拼杀。此刻他们潮水般涌过来，没有阵势，没有队形，见到楚军高歌列阵于前，个个斗志昂扬地等待着一场厮杀。这些汉军一时竟毫无准备，不知所措。

那霸王突然大吼一声，挥起手中的虎头盘龙戟就冲了出去。季布紧随其后，呐喊着杀向敌阵。楚军将士哪肯落后，个个高喊着，怪叫着，跟着霸王便杀将过去。

战车上的虞姬见势也拼命地擂动了战鼓，咚！咚！咚！咚！咚！咚！一阵声响，战鼓催人，旌旗猎猎，楚军便势不可当地掩杀过去。

汉军将士正不知所措，见霸王过来了，见楚军战车过来，见楚军的铁骑过来，见楚军的将士掩杀过来。本就无队形、无准备、根本没做厮杀准备的汉军那里挡得住这般冲杀。只见那汉军，前者退，后者进，慌乱者扑地，惊叫者哭喊，骑者踏人，行者被踏于人。一时前后相搏，左右相突，自相践踏，哪里还有心与楚军争锋。

霸王瞬间便冲入敌阵，一阵左突右奔，虎入羊群般，四下赶杀汉军官兵，戟下死伤无数。楚军将士亦是个个争先恐后，杀得好不痛快淋漓。

一时间汉军便如潮水般退了去。

虞姬更是兴奋，她甩掉了红色披风，驱车向前，一双手臂尽情地挥动着鼓槌，咚！咚！咚！咚！咚！咚！那战鼓声穿透了楚人的胸膛，穿透了天地，一刻也不见停息。楚军将士精神愈发高涨，便这样在旷野上追杀汉军几个时辰，直到黄昏。

整个原野尸横遍地，血流成河。此刻，西天残阳如血，残阳边一大片一大片的火烧云，形态各异，缤纷四射，皆血染般鲜红，似鬼神，若虎狼。它们将那鲜艳无比的血色张扬着，挥洒着，映得山河变色，鬼哭神泣。

红色，红色，还是红色，整个世界皆被红色笼罩。虞姬望着地平线上正渐渐远去的汉军。她长长地出了口气，她想楚军终于获胜了，终于旷野重整旗鼓了。她抬眼去看乌骓马上的霸王，战袍已经被血染红了，人与马似乎皆精疲力竭了，马腿在颤抖，那虎头盘龙戟斜斜地垂着。楚军的将士亦是个个精疲力竭，有的瘫坐于地上，有的斜倚于树木。大家看着远远消失的汉军，再无追赶之力。虞姬很想朝霸王挥一挥手，只是手臂已经麻木了，仿佛不在她身上，一点儿也不听她使唤。虞姬只好朝霸王微微一笑。

她看见霸王也朝她淡淡一笑，那笑容里不见得意，亦不见彷徨，很淡定很沉稳，只那重瞳依然如往日般光芒四射。

第十六章　四面楚歌，饮剑何如楚帐中

一

　　楚军虽连赢几阵，却怎么也打不退如滔滔潮水般涌来的汉军，仗打得越来越艰苦，越来越残酷。子期战死了，项庄战死了，龙且战死了。虞姬没想到汉军竟然像割不完的韭菜，越割越多，越割长得越快。韩信带兵来了，彭越带兵来了，诸侯似乎都站在汉军一边，汉军有着无穷无尽的援兵。这些援军会合汉军，将楚军团团包围了好几层。霸王只好叫楚军将士在垓下修筑了营垒。那营垒虽简易，用石头与树木围成，但足以挡人，也足以拒马。汉军一时攻不进来，可楚军亦突不出去。

　　不几日，楚军便粮草将尽，加上天寒地冻，将士们皆面临着饥寒交迫。虞姬第一次从霸王那张年轻的脸上看到了忧虑。这种忧虑以前从未在霸王脸上出现过，以前的霸王青春、轻狂、不可一世，仿佛从来不知什么是忧虑。如今的霸王却变了个人似的，常常瞪着那重瞳发呆，望着某处好久，无言亦无语。虞姬不知道他在想什么，但虞姬知道霸王的忧虑，知道如何安慰他。她穿上红色披风在大帐里给霸王舞剑，用一双玉手为霸王斟酒，愿意陪霸王一起醉。

　　一日，二人正在帐中对饮，忽听得营垒外有汉军将士喊话："汉王有信札与夫人！""汉王有信札在此！"

两个人出得大帐，霸王正欲叫人去取。

虞姬料到这信札必是吕雉的，内容她也能猜得到，当初吕雉屡屡说与她，道是：楚亡之时去寻吕雉。今楚亡之时已在眼前，那吕雉必是送信札与她，劝她投汉军去，投她吕雉去。当初吕雉便是这么与她约定的，那吕雉倒是有信用。其实，这可能吗？她虞姬怎么会离开霸王呢？她拦住霸王道："休要听汉军聒噪，必是那吕雉来劝降于我。"

霸王听虞姬这般说，微微一笑，道："好啊，英雄末路如此，我倒要看看……汉贼是如何劝降我爱妾。"

虞姬道："君王欲取笑于妾耳？"

霸王道："寡人岂肯取笑爱妾。"

虞姬道："那……君王是疑妾情真乎？"

霸王摇摇头。

"君王疑妾惧死乎？"

霸王又摇了摇头。

"君王亦识得诗书之人，那'死生契阔，与子成说。执子之手，与子偕老'的诗句，想亦是咏过的。"

"寡人又何尝不欲与爱妾偕老……只……今日天欲绝我，恐是难以与爱妾执手偕老了……"

虞姬当然知道她与霸王的处境，"与子偕老"只能是他们的梦想了，她看不到白发的他了，他亦是看不到白发的她。但她却没有一丝的惆怅与悲苦，她寻思只要能与眼前这个年轻的君王在一起，便是此刻同去赴死，她也义无反顾。一个弱女子得一英雄盖世的君王这般宠爱，她无憾了！虞姬又对霸王道："自妾识得君王那日，便暗自决心生为君王人，死为君王鬼。别无他顾。"

霸王长叹一声，道："如此，便信札也不接，一字也无回，只是负了那吕雉的一片慈悲。"

虞姬看到霸王眼里的悲愤与忧虑。她不想她的君王这般，只要她在

197

他跟前，便要他笑，便要他欢心。虞姬眼珠转了转，笑道："依君王之意，咱看看她信札，便是回姐姐一书又如何？"

霸王听虞姬这般说，便哈哈大笑起来，道："如此甚好，如此甚好！怎好负那荡妇一片慈悲。"

于是霸王叫人寻来羊毫，又叫人营垒外取来信札。那信札是几支竹简，卷合着，外面有牛皮绳缚好。二人解开牛皮绳，打开竹简细细来看，果然是吕雉写给虞姬的书信。吕雉在书信中告诉虞姬，汉军已将他们里三层外三层围得水泄不通，这次无论如何霸王是走不掉了，楚军彻底覆灭亦是旦夕之事。她吕雉不忘旧情，想起当初在楚营时虞姬对她的好，念及二人姐妹之谊，向汉王求了情。汉王特免虞姬一死，并赐予她吕姓，可出入汉宫，居于吕府，允其永世不再嫁人，存其贞洁，任何人不得有违其心志。信中还道，知道虞姬生性坚贞，更与霸王情深意笃，不会轻易离开，只是她留楚营亦于事无补。请虞姬三思，再三思，速速拿定主意，早日归汉，也好姐妹团聚。信中亦请霸王对虞姬放行，那吕雉对霸王道，争江山社稷乃是男人的事，她与虞姬不过一弱女子，休要累及她们。

霸王反复看了竹简，又有些心动了，低声对虞姬道："如此，爱妾可全贞洁，亦可全了性命。倒不妨细细寻思，便是先投了汉，待寡人东山再起，也未尝不可……"

虞姬也不答霸王的话，一把将那竹简夺了过来，摊开，便挥毫于那竹简的背面写下一首楚歌，那歌道：

> 虞家有女兮气若虹，
> 魂祭灵旗兮飒楚风。
> 不羡汉宫兮苟且意，
> 偏随竖子兮傲长空。
> 青萍三尺兮为君舞，
> 耻学鸿门兮遁江东。

虞姬写完，一转身做了舞剑的动作，如白蛇吐信一般将那狼毫远远掷向天边，再回首问霸王道："君王，看妾写得可否？"

霸王将那竹简接在手中一字一字读罢，便顿足击掌，进而狂笑，高声道："好好好！羞杀那贼沛公了，想他一男儿统率关中，虎视天下，却几番苟且，枉为了汉王，尚不如我大楚一烈女子！好！当歌之！"

二人笑罢，击掌罢，喜罢，乐罢，便高声唱着这歌词，叫人将此信札送归汉营。虞姬想那吕雉姐姐太过心机了，哪里懂得她的心，哪里晓得女儿的情意，哪里懂得女人的幸福，真真是枉有了一个女儿身。她一点儿也不羡慕她，她甚至还嘲弄她。

二

回了吕雉的信札，又与攻打营垒的汉军血战一场，打退了汉军的攻击，数千楚军将士已疲惫不堪。

霸王方回到大帐，战袍未褪，季布便进了大帐。那季布亦是身着满是血迹的盔甲，双手端着一块木板进得大帐来，那木板上置的是一坛酒与一牛头。自项庄战死后，季布就在霸王的大帐左右，从不远离，他照料霸王与虞姬的衣食，前后左右护卫着霸王与虞姬，须臾不肯离开。

季布进得大帐，高声道："霸王，进食！"

霸王看了看季布手中的木板和木板上的酒与牛头，问："此是那台上祭物乎？"

季布道："果是祭物，已无他食。"

霸王重瞳圆睁，问道："楚军今夜粮草安在？"

季布跪地道："断矣。"

霸王指着那酒肉，面色不悦，道："楚营粮草既已断，寡人宜与将士同饿才是，季布如何还将酒与这祭物拿来与我？"

"只一牛头耳，何以养数千将士？"

"既如此，寡人与众将士共断炊耳。"

那季布道："霸王尽管唉之饮之，我自有道理与霸王理会。"

霸王怒道："你竟做何理会，现在便给寡人一一道来。"

"今夜断炊，为了明日有。"

"……此话怎讲？"

那季布道："霸王尚记得我楚军漳河破釜沉舟之役吧，置于死地方得后生。我数千将士今夜断炊，明日何人不拼死求活？此正是霸王率我楚军突围之际。"

霸王沉思片刻，仰头朝天，拱手作揖道："既如此，苍天在上，请看我今日与将士们同断炊，明日与将士们同生死，拼将出一条生路。寡人明志告天。汝速速将此酒肉送将出去！寡人不食！"

季布哪里肯依，继续道："霸王万万不可断炊！"

"同在疆场征战，将士断得，我为何便断不得？休要多言，寡人今日与众将士一同断炊！明日与尔等同去争个生路。"

那季布力辩道："楚有乡俗曰：祭者，吉耳。霸王一吉，则楚军吉，则大楚吉！明日将士们能否一生，全仗霸王神威，霸王勇则楚军勇，霸王生则楚军生，为眼下江东这数千子弟计，为大楚江山社稷计，今日霸王断断不可断炊。故霸王须唉之饮之以养足精神，保持体力。霸王若不食，便是视我江东数千子弟如草芥。霸王何忍？"

季布言罢转身掀开大帐的帘子，帐外进来数位将校，齐刷刷跪在霸王面前，齐声劝霸王道："霸王，请进食！"

虞姬明白将士们的心情，楚军已最后关头了，大家实指望明日霸王能带他们闯出一条生路，她在一旁道："君王请食。我代君王与将士们一同断炊！"

众将士继续央求道："霸王请！"

霸王依然面对苍天，不允。

虞姬亲自斟上一杯酒递到霸王手上，她道："我为楚舞，以助君王

200

酒兴！”

将领们皆道："善！"于是众将领皆悲歌。

在那悲歌声中，虞姬红色的身影如同雏燕般的轻盈，伴随着将士们的吟唱，虞姬玉手按住出鞘剑，手腕轻轻旋转，青铜剑也如同闪电般闪动，剑光闪闪，与虞姬那抹柔弱的身影相融合。青色的剑光在空中画成一弧，虞姬的腰肢顺着剑光倒去，却又在着地那一刻扯出水袖，绕着大帐如天仙般地飞旋，青色的剑光如幽灵般不可捉摸。那身影稍缓，剑锋却如白蛇吐信，嗤嗤破风，又如游龙穿梭，行走于四身，时而轻盈如燕，点剑而起，时而骤如闪电，落叶纷崩。虞姬此刻已然忘却了自己，她与她的剑，与她的魂，已融为了一体。她的眼中，只有霸王与那些将领，只有刚毅的下颏、赴死的沉稳、壮士的豪情，只有剑与血，只有舞动的魂魄。只见她红袖翩翩，衣裾飘飘，在将领的吟唱声中，那灵动的腰肢宛如剑身，那闪亮的目光如剑锋的寒光。兴之所至，她歌从口出，庄重而又柔美：

今宵月寒兮，
王与壮士歌。
汉军四围兮，
饥寒复哀悲。
且歌且舞兮，
把酒祭山河。

剑与人，歌与舞，霸王与将领，虞姬与大帐，大帐与四野的山河皆融作一曲楚歌了。楚人的豪迈，楚人的魂魄，楚人的旋律便是今夜的一切了。霸王于歌舞中不由自主将盏中酒一饮而尽。那季布又上前斟酒，霸王再饮，季布再斟，霸王再豪饮。

季布道："楚有俗，食祭物，必饮其血，茹其毛。"

霸王微笑颔首。

季布以剑指牛头，切而挑之，血与肉皆现，毛与血交融，季布将剑锋上的滴血的肉送到霸王的唇边。那霸王重瞳光芒四射，笑而啖之。季布再挑而送之，霸王再笑而啖之。

于虞姬的歌舞中，于众将士的吟唱中，霸王从容地饮之啖之，只须臾间那具牛头便只剩残骨。

三

虞姬不知道自己是怎么醒的，她只觉得一阵阵寒意袭来，让她觉得自己未着衣服一般，耳边也是寒风习习，整个脸都是冰凉的。她睁开眼，看见了那一缕缕射进帐篷的月光，它们裹挟着寒风，从帐篷顶射进来，甚至还带着嗖嗖的声音。是啊，这帐篷早便破烂不堪，白天还不觉得怎么，到了夜晚，那月光与寒风便钻了一帐篷，把所有的暖意都挤了出去，其实早已不能御寒了。虞姬这才发现自己与那霸王这夜皆是和衣而卧的。帐篷里早便没了卧榻，她与他同卧在一张羊毛毡子上。霸王的战袍很肥大，可以裹下虞姬的整个身子，霸王的胸脯也很宽，散着温馨的气息。虞姬钻进霸王的战袍，紧紧贴着霸王的胸脯，她感到了温暖，感到了踏实。她将霸王的一只手放在自己的身下，另一只手放自己身上，紧紧贴着自己的背。她想霸王这是在拥抱她呢。

虞姬看着霸王沉睡中的面孔，那肉乎乎的鼻子，那厚厚的嘴唇，似乎还带着一丝笑意，一缕月光落在他的额头上，与他额前的一缕黑发相交，像是谁在用手指扯那缕头发。而他的面容那样沉静，毫无所知，甚至还有些憨态可掬。

虞姬笑了，她用头顶拱了拱霸王的下颌。她听见霸王低声道："休、休要……取闹……"

虞姬更淘气地拱了拱霸王的下颌。

霸王嘟嘟囔囔地又说了句什么，虞姬没有听清楚，于是她想伸手去

202

扯霸王额前那缕头发。她还未动手，就感觉身子一紧，便再也动弹不得了。霸王的双手像绳索一般把她缚得紧紧的，霸王的双腿动了一下，也将她下身夹得紧紧的。夜晚霸王欲睡时，常常似这般将她缚住，使她不得动弹。

虞姬无可奈何，只好静了下来。耳边忽然响起了歌声，好熟悉，好亲切。屏息细听，荒野之中仿佛有人在唱《鸡鸣歌》，那歌声隐隐约约，断断续续传将过来：

> 东方欲明星烂烂，汝南晨鸡登坛唤。
> 曲终漏尽严具陈，月没星稀天下旦。
> 千门万户递鱼钥，宫中城上飞乌鹊。

真的吗？真是这首《鸡鸣歌》？虞姬想起家，想起父母居住的老屋，想起了家乡的田野与小河，啊，多么亲切。这歌声仿佛是父母的召唤，仿佛是家乡的召唤。虞姬的心一下子柔软了，眼睛一下子湿润了。爹，娘，我要回去，我要回去，我要回到你们身边！

那歌声仿佛越来越大，从四面八方传过来。

霸王也被这歌声惊醒，二人皆坐了起来，竖起耳朵听着。虞姬看见霸王那双重瞳也变得温柔起来，甚至饱含着晶莹剔透的泪水。

"东方欲明星烂烂，汝南晨鸡登坛唤……"他二人也不由自主地跟着唱了起来。四野的歌声越来越大，已经清晰可辨了。

霸王怆然道："这四面皆是楚歌，皆是楚歌！难道我们大楚已经全部陷落了？全部陷落了？"

虞姬想起了自己的村庄，她不知道汉军会不会将那个秀美的庄子焚毁，就像楚军焚毁咸阳一般，就像她焚毁阿房宫一样；她不知道家乡的那片田野在大汉军队马蹄践踏后，是不是一片荒芜；她不知道爹娘在大汉军队的剑戟过后，还能否存世？

渐渐，楚营里也有人跟着唱起了《鸡鸣歌》，哽哽咽咽，呜呜咽咽咽，在楚营的各个方向，在大帐的四面八方。

霸王从地上跳了起来，他连连顿足高声道："不好！不好！军心散矣！军心散矣！大楚休矣！大楚休矣！"

果然，片刻之后，那季布便匆匆来报。他单腿跪在霸王面前，高声道："霸王，事急！事急！不知何故，忽地四面皆楚歌。"

霸王问："那又如何？"

"连年征战，我楚军将士思乡情切，今更饥寒交迫，忽地闻此家声，莫不皆悲恸万分。何人不是爷娘所生，何人没有手足兄弟，何人没有夫妻恩情，一时间父欲寻子，夫欲寻妻，子欲寻爷娘。我楚军大营有人逾营垒而四逃……"

霸王垂下头，低声道："是我愧对江东父老了……"

那季布又道："请霸王出帐巡视，再有逾营垒四逃者，杀无赦！方可止此溃散！此溃散若不止，楚军恐一夜尽散矣！"

霸王低头沉思片刻，摆手道："此为寡人负江东父老，如何可再对江东子弟开杀戒。由大家去吧，由大家去吧，能突出去，保全一条性命倒也是个好。"

那季布还想再说什么，霸王把手一挥，道："传我令：欲归者，但归去。"

季布抬眼看了看虞姬。虞姬明白他是让自己劝阻霸王这个令的；可是自己如何开口呢。如今霸王身边这数千子弟兵，皆当初随他起事出来的，血雨腥风，生生死死，无怨无悔跟他转战七年了。今已是饥寒交迫，走投无路，难道还不让人家去寻条活路吗？虞姬觉得她若是霸王，也一定会让大家自寻生路去的。她欣赏他的担当，她欣赏他的仁慈心肠。虞姬也朝季布摆摆手，示意他出去。

季布长叹一声，出了大帐。

霸王朝虞姬笑了笑，道："爱妾，今大势已去，悔否？"

虞姬亦笑道："有我家君王这般的千古宠爱，何悔之有？独我幸矣！"

204

"待这江东八千子弟尽行散去，寡人便一戟一骑带你突出这重围，也让你看看寡人手段如何？"

虞姬掩嘴笑曰："君王的手段，少年击杀求盗时，妾便知晓了。"

霸王叫虞姬说得有些羞涩地笑了。

二人正聊，那季布又来，身后簇拥一些手执马鞭的兵士。季布跪在地上，对霸王禀报道："霸王，江东那八千子弟已尽行散去。大营只剩霸王麾下壮士骑从者八百余人。"

霸王问："尚有欲走者乎？"

季布道："皆愿随霸王一同赴死！"

霸王大笑，对虞姬道："为我楚舞，我为汝楚歌。"

于是那虞姬便在大帐里舞了起来，她红色大氅旋转，长袖翻浪，短剑闪光。霸王望着虞姬的舞姿，重瞳光芒四射，他高声唱了起来：

力拔山兮气盖世。

时不利兮骓不逝。

骓不逝兮可奈何！

虞兮虞兮奈若何？

霸王的歌声沙哑而深沉，穿透力极强，那歌声里充满着无奈，充满着苍凉，充满着悲怆，此便是英雄末路，此便是末路英雄。那歌声让大帐里的人无不唏嘘慨叹。

虞姬当然能听懂霸王的心，也当然知道他此刻的心境，她知道他绝不会束手就擒的，很快他便会骑上他的乌骓马，很快他便会舞着他的虎头盘龙戟冲向敌阵，只是这回不同以往，这回他身后只几百壮士，这回外面是里三层外三层的围兵。足足几十万人啊，这八百壮士入数十万人之铁阵，无异于以羊投狼群，无异于以卵击石，其凶险虞姬想也能想到。她想若她再乘上他的乌骓马，他几乎便没有突出的可能了，她想她不能连累他，她也不能做汉军的俘虏。她想：此刻便是她最后的绝唱了，她生命的绝唱，她与他爱情的绝唱，她义无反顾的绝唱。她只能陪他至此了，她只能爱他至此了。她一想到与他诀别，便泪如雨落，心如刀绞。但她强忍了，她知道她不能哭，不能，不能折了霸王的锐气。她要他英雄到底，她要他气贯长虹，她要他千古留名。

虞姬强颜作笑，暗自思忖：君王啊，我们作别的时候到了！君王啊，我到阴间地府里去等你，等再会时我们再魂魄共舞吧。那虞姬舞到热处，高叫一声"热"，便将身上的大氅解下，随手甩到一旁。一袭黑色丝绸坎肩，下面露着她雪白的小蛮腰，一双修长的玉臂，与青铜剑交相辉映。虞姬自己也想不到，她竟没有一丝的寒意，心，热热的，血，热热的。再舞数个回合，虞姬又将脚上的长靴踢飞，一双雪般的玉足光光亮亮地在那地毯上飞起，落下。不一会儿虞姬又舞到霸王跟前。那虞姬卧蚕眉上扬，丹凤眼斜挑，双眸秋波闪烁，数番朝那霸王使媚眼。霸王自是三魂走了两魄。这一刻他眼中，心中只有这叫人销魂的美人，只有他的虞姬。他早已将生死仿佛置之度外了。他身子颤抖，重瞳光芒四射，数度饿虎扑食般扑向虞姬，他想抱住她，他想永生永世拥有她，他想让她融化在自己的怀里。

虞姬水蛇腰稍稍一扭便摆脱了霸王。周围将士齐声叫好。

霸王方站稳，那虞姬又扭到霸王面前，以短剑撩拨霸王额前短发，霸王昂起头，虞姬又去撩拨项公子胯下被血染红的战袍。那早已成布条的战袍，被挑起，露出了霸王一对黑色的巨大的战靴。那霸王哈哈一阵狂笑，再次兴起，大步跳到虞姬身边，以舞伴之，以歌颂之。此刻不只是项公子陶醉，所有人皆醉，皆欢呼尖叫。

霸王唱罢数阕之后，那虞姬便边舞边和道：

> 汉兵已略地，
> 四方楚歌声。
> 大王意气尽，
> 贱妾何聊生。

虞姬歌声似乎愈加尖厉，愈加悠扬，数行清泪于她面颊上滚落下来，真可谓长歌当哭泪滂沱。那虞姬数次舞到霸王面前，带泪与那霸王蹭脸，与那霸王对视，与那霸王调笑。此便是她与他最后的作别。面对死亡，不愿独生，不愿后死，此便是美人虞姬；死，算什么，君王，我先死给你看，死给我的英雄看，死给我的情人看，爱到极致便是死时，这便是忠贞与传奇的虞姬！此刻的虞姬已抱定了必死的信念，她要死在此刻，要死在他的眼前。

这是一种何其浪漫和凄美的死法啊。

只见那虞姬趁人不备，突然将短剑高举，扬脖，然后将那尖锐的剑锋直刺入自己的脖颈儿，那一刻鲜血便如注般地直溅上大帐的棚顶。

虞姬倒地了，虞姬自刎了！

众人惊呼，莫敢向前，唯有季布高喊一声，冲了过去，高声连呼带唱地唤着虞姬乳名，试图将她的魂叫回来。便是那霸王亦是惊呆了，他亲眼看着虞姬缓缓倒下，亲眼看着虞姬合上眼，亲眼看着季布千呼万唤喊不回虞姬的魂。这才如梦方醒一般，跑到虞姬跟前，将虞姬的身子从地上缓缓抱起，眼看着虞姬的面色渐渐没有一点儿血色。

霸王不知所措，霸王无能为力，只长啸一声，泣数行下。

大帐之中，左右将士皆跪下大泣，莫能仰视。

死竟成神，魂犹舞草湿胭脂（后记）

一

虞姬走了，走在霸王的怀里，霸王问左右道："其殁乎？"

有人答："已殁。"

霸王闻此言便挥剑相向。

答者赶紧跪下道："未殁！"

霸王又问左右："其生乎？"

众人皆答曰："生矣！"

霸王大笑，乃抱虞姬上乌骓马，麾下壮士骑从者八百余人皆随其后，皆视死如归状，洞开营门。霸王大喝一声，挺戟突入汉军营盘，众亦大呼，直夜溃围而南出。

那汉军哪有准备，霸王所至之处无不溃散。偶有一两员汉将，策马执刀来阻，亦难挡霸王的勇猛，不过一二回合，便被霸王的虎头盘龙戟挑于马下。那项羽挑了汉将便对怀里的虞姬道："爱妾，爱妾，你休要烦恼，看本王如何杀他个天昏地暗，带你冲出此重围。"

霸王极想听到虞姬的应答，极想看到那虞姬的笑容。每每虞姬身子随马晃动时，霸王便疑心虞姬苏醒了。他慌忙勒住马缰，将那虞姬的脸

208

捧到眼前，道："爱妾醒矣！爱妾醒矣！"

只是那虞姬并未苏醒，依然双目紧闭，不见出声，乌骓马一动不动时，那虞姬亦是一动不动。

霸王将那虞姬捧在手里，呼唤了许久，终于长叹一声，与周围道："未醒矣——未醒矣——我等先杀将出去，是时晨风拂面，虞姬便醒来也未可知……"言罢，再纵马向前。那八百将士义无反顾，紧随其后。

天将亮，那霸王与八百将士已突出楚军之围。来到一片旷野。

东方的天空露出一丝晨曦，大地与天空的交界处，已泛出一片乳白，乳白中还夹杂着微微的玫瑰红。耳边的喊杀声已尽然消失，霸王长长出了口气，看看周围，那八百将士几乎毫发未损，身后亦并无追杀的汉军。霸王大喜，道："汉军不善夜战，幸甚！"

那一刻清凉的晨风袭来，虞姬乌黑的秀发随风飘起，霸王赶紧下马，将虞姬平放于前，高声道："爱妾醒矣！爱妾醒矣！"

众人亦是下马围将过来。

细看时，那虞姬并未见一丝生动，那惨白的脸上依然是双目紧闭，不见一点儿声音，额上亦不知何时新添了一处疤痕，显然是箭矢所伤。霸王心痛无比，一遍遍抚摸着虞姬的额头，大呼："爱妾，归来兮！爱妾，归来兮！"又如此数番。每有风吹草动，霸王便疑心虞姬将醒，晃动虞姬的肩膀，大声呼叫。直待晓风停息，却并不见虞姬醒来。

直待声嘶力竭，那霸王才似乎死心，朝天大喝一声："虞姬虞姬，天已大明，汝胡不归！"

众人皆呼："魂兮，归来！魂兮，归来！"

于是又放声：

> 万里赴生死兮，可怜四面鼙角沉。
> 乡关何处是兮，斜阳一缕一销魂。
> 大名垂宇宙兮，古来征战犹几人？
> 寂寞箫鼓落兮，荒烟依旧楚地升。

209

招魂楚歌嗟兮，山鬼暗啼风雨声。

八百将士皆放声为虞姬招魂，天已大亮，依然乳白色，那些许的玫瑰红已褪去。东方却并无日出，乳白的天空中有细细的雨丝斜斜落下，落在大地上，落在将士们的身上，落在霸王的脸上。霸王舔了舔唇边的雨水，竟有几分咸涩，真如眼泪一般。这本是该飘雪的季节啊，却落起了泪水，莫非此便是所谓的天地感应乎。

季布一旁道："大王，此处切不可盘桓，天已大明，若那汉军发现我等踪迹，必行追杀。"

霸王道："我亦知此处非久留之地，只爱妾将何置？不可再随我冲杀，实不忍让爱妾再与我同遭此箭矢！"言罢霸王再一次抚摸着虞姬额上的伤痕，面容极度悲戚。

那季布道："有季布在，大王只管东去……"

霸王道："欲将爱妾置于何处？"

季布道："大王，楚国大地，何处不是青山绿水，何处不可安放芳灵？青山绿水处，月朗星稀时，芳灵与大王必是相依如故！"

"以何为证？"

"大王不见昔舜崩于苍梧之野，葬于九嶷之山。今九嶷山上斑竹千枝，枝枝含情，天地无不为之悲恸，那大舜岂可不知？神魂相依，两爱缠绵，岂是那生死阴阳可间隔？"

霸王闻此言大喜，道："此言大善！"

季布道："我此刻便携芳灵远走，大王东向莫停，我们后会有期！霸王休要担忧，季布一息尚存，便不会让夫人有半点儿委屈！"

霸王长叹道："善，天下人皆言，得季布一诺便胜似千金！本王今日要的便是你一诺。"

季布脸涨得通红，大气不出，像接受重大使命一般，牵着一匹白马缓缓走到霸王跟前，下跪，领命……

霸王点了点头，眼看着那季布登上白马，他亲手将虞姬的身子缓缓置于那白马前，再三吩咐季布道："休要让爱姬有一丝委屈……"

言罢，霸王咬牙猛然挥手，示意季布速去。

那季布打马方行十数步，那霸王又欲改主意，喊道："且慢！"

季布转身，道："大王，还有甚吩咐？"

"自爱妾来营中，稍不分离，无不左右相随。今天涯各去一方，其实不忍！"

众人皆劝霸王道："大王神勇，今日去，明日归，何言天涯各去一方。"

霸王仍道："不忍！"

众人再劝。

那霸王不做理会，径直走到季布马前，只见他腰间拔出长剑，手起剑落，竟将那虞姬的头颅砍了下来，再割下一块战袍，将那头颅轻轻裹将起来，悬于怀中。他低声对季布道："汝去便去，爱卿自与我同行！"

那季布被眼前情景吓呆，半晌无言，哪里还忍再答言。

霸王猛地在白马屁股上踢了一脚。那马惊慌，立刻便奔将起来。季布这才催马南向，一阵尘土飞扬，烟尘里季布只留下了一句话："大王自去！"

霸王一声朝天怒吼："啊——"

放眼处，寒风起，细雨飞。季布那血染的战袍被风吹起，虞姬的长裙亦被寒风吹起，他们仿佛在飞，飞向遥远的天边。

望着寒风细雨中远去的战马，望着远去的虞姬，霸王心如刀绞，他的眼睛第一次湿润，他的眼睛有些迷离了。他知道，此一别，便成永远；他知道，此一别，他的虞姬便不再回来；他知道，此一别，他与她便生死相隔；他知道，此一别，天地昭昭，他再也无法将她揽入怀中。霸王只觉得胸中堵得慌，他不由得仰起脖子，朝天大吼一声，竟喷出一股血水。

众人皆惊叫。

霸王道："无妨！"

此时身后响起了一片追杀声，回望西边的地平线上，竟黑压压一片，霸王知道，汉军来矣。八百将士皆变色，个个抖动马缰，几欲东奔。霸王大喝一声，道："休要惊慌！叫彼汉贼小视于我等……"其实他是恐季布未走远，故意耽搁时间，等着大队的汉军奔自己而来。

眼看汉军逼近，霸王这才大喝一声："随我来矣——"

于是这八百将士，皆随霸王飞马东向而去。

二

到底是拼杀了一夜，再奔跑时有些将士便追不上那乌骓马，落在后的这些将士很快被赶上来的汉军，包围杀戮，惨叫声、呼救声一时弥漫在大地上。霸王不忍将士遭此杀戮，掉转马首，欲返回。身边将士死死拦住，众人皆道："大王，休要回头！请过淮河再做计较！"

霸王已没了虞姬，亦失去了主心骨一般，见众人皆这般说道，便也随众人所指继续前行。

原来此时，霸王的人马已来到淮河边上，这年天寒，冬天的淮河水面上已结了层薄薄的冰。远远看去，那淮河乳白色的水面与乳白色的天空融为了一体，空蒙一片，人在空蒙中，山河亦在空蒙中，整个世界都在空蒙中，你几乎分不清哪是淮河，哪是天空。只是在朦胧的天光之下，偶尔会有淮河水面上薄冰点点的反光，像隐约可见的铜镜一般，不时地刺得你眼花，让你知道脚下是一条生动的河流。

看着河面上那层薄薄的冰，谁也不知道自己能否过去。大家都拿眼睛去看霸王，那霸王毫不含糊，他道："为汉贼所擒亦死，为淮河所没亦死，何惧乎？"言罢，驱乌骓马直向冰面奔去。众见霸王状，皆随后驱马奔向对面河岸。

那河面上百马奔腾，那马蹄声一时间惊天动地，岸边芦苇被震得摇晃，那芦苇中的众鸟皆被惊飞，天空顿时黑压压一片飞鸟。待这队人马刚过毕，不知何处又传来一声巨响，接着便听见河面那些薄冰咔嚓咔嚓地响成一片。众人再回首望时，淮河上那薄冰居然皆开裂了，眼看那些开裂的薄冰，在水面上翘起，陷落，又张牙舞爪一样，杂乱地跌入水中。由近及远，由慢渐快，不一会儿的工夫，目光所及之处，那淮河水面的冰居然皆开裂，坠入河水中。

众人皆欢呼，道："苍天有眼！必欲救我等于危难！"

霸王也大笑，他回头看看周围这些壮士，只百余人耳！虽依然斗志昂扬，但个个面黄肌瘦，连日的征战，饥寒交迫，哪个不是人困马乏。他心中一颤，如刀割一般疼痛，想淮河结冰，天遂人愿，那汉军一时是过不了河。他终于可以喘口气了，该让大家饱食一顿了，该让大家歇息一会儿了，等大家身体稍有恢复，再摆脱身后的汉军也不迟。

霸王对众人道："此去阴陵不远，不若一口气奔到阴陵，埋锅造饭，且酒足饭饱之后，我等再寻机摆脱汉贼如何？"

众人皆道："唯大王命是从！"

于是霸王带着大家直朝阴陵的方向奔去。此处本是霸王熟悉之地，当初他们起事时，从这里经过，还盘桓了数日。霸王哪承想才短短数年，此处仿佛已经是沧海桑田了，当初的良田已经荒芜，当初的村落已成废墟。再加上天地一片空蒙，视线所及不过百丈。霸王等奔着奔着，竟迷茫起来，皆识不得东西辨不得南北。

众人正犹豫踟蹰，空蒙中见一树，树下立一人。霸王赶紧催马上前，近前方看清原是一农夫，虽严冬，依然身着薄薄的夹层白色短衫。

望见霸王，那农夫瑟瑟发颤。

霸王问道："咄，阴陵在何方？"

那农夫抬起一只手臂指着道："左。"

于是霸王带着大家向左奔去，众人快马加鞭，跑了约两个时辰，依然不见阴陵，身下坐骑却陷入一片沼泽之中。向前，无论如何也走不动，后退也只能踟蹰而行。有人问霸王："大王，那阴陵到底在何方？"

霸王往前望去，空蒙中天地皆是一片白茫茫的，哪有阴陵的影子？

213

此刻他心中方明白，那农夫分明是说了谎话，把他们引到这片沼泽里来了。他低声道："想是被那贼人赚到这儿来了，不可再向前了……"

于是众人又踟蹰着后退。大约又过了两个时辰，大家才得以从这沼泽地中退出。正人困马乏之际，忽听得耳边有人擂起了战鼓，霸王四下看时，原来汉军已追上了他们，将他团团围住，四周皆黑压压一片。

此刻细雨已停，太阳的影子隐约可见，偏东的天空不知被谁划开了一道口子，露出一丝亮光。霸王挥戟朝东方一指，道："此处为生路！"

于是众人随他一起杀将过去，人哭，马嘶，箭飞，戟折。好一番拼杀，霸王率众终于冲到了阴陵城东。他再细数人数，只剩二十八骑。

而汉军骑兵追赶上来的足有几千人，仍是黑压压的一片。霸王自己估计此番难得再脱身了，他语于众人道："吾起兵至今八岁矣，身七十余战，所当者破，所击者服，未尝败北，遂霸有天下。然今卒困于此，此天之亡我，非战之罪也。"

于是霸王将这二十八骑分为四队，面朝着四个方向。面对着汉军重重围堵，霸王对大家道："吾为公取彼一将。"

于是他令四面骑士驱马飞奔而下，约定冲到山的东边，分作三处集合。于是项王高声呼喊着冲了下去，那汉军被这二十八骑的气势吓倒，像草木随风倒一般退却。霸王果然于那乱军丛中杀掉了一名汉将，他将那汉将的头颅提在手中，哈哈大笑。周围的汉军无不魂飞魄散。

此时，汉军骑将赤泉侯杨喜赶上前来。霸王瞪大眼睛，那重瞳的寒光直逼杨喜，他呵斥道："咄！将欲取尔头颅！"

那赤泉侯哪里敢停留，掉转马首便往后奔，他麾下的官兵亦随他退了好几里。

霸王与他的骑兵终于在三处会合了。

那汉军再拥上来时，不知项王的去向，便将部队分为三路，再次包围上来。霸王大笑，又驱马冲了上去，又挥戟斩了一汉军都尉，随手杀了百把人军士，让那吓破胆的汉军如潮水般退了下去。

霸王再聚拢跟随，仅仅损失了两个人。霸王问大家道："何如？"

随从的将士们都敬服地道："如大王言！"

霸王与随从正欲东去，又被一条大河拦住了去路，那大河并未如淮河一般结冰，岸边枯黄的芦苇随寒风摇晃，河面上波光粼粼，白浪滔天。霸王当然记得这条大河，多少年他从未忘记这条河——乌江。他更记得这个渡口，当年他正是在这里带着八千子弟渡江西征。眼下又来到了这条江边，又来到了这个渡口。霸王的眼睛一下子湿润了，脑海中浮现的是当年那轰轰烈烈、人欢马叫渡乌江的情景。再回首看看身边这仅剩的子弟兵，霸王的泪终于落下来了，那泪顺着他苍凉的脸庞而下，打湿了他乌黑的胡须。

岸边的芦苇丛中飞出一只小舟，舟上立着一手执蒿杆、头戴斗笠、身披蓑衣的老夫，那老夫虽瘦，但精神格外矍铄，双目有神。霸王识得此人，原是江边的渔夫，当年霸王渡江他征集船只立了大功，被霸王封为亭长。

那乌江亭长将小舟撑到霸王眼前，道："江东虽小，地方千里，众数十万人，亦足王也，愿大王急渡。今独臣有船，汉军至，无以渡。"

霸王苦笑着道："天之亡我，我何渡为！且籍与江东子弟八千人渡江而西，今无一人还，纵江东父兄怜而王我，我何面目见之？纵彼不言，籍独不愧于心乎？"

他大声对亭长道："吾知公长者。吾骑此马五岁，所当无敌，尝一日行千里，不忍杀之，以赐公。"言罢霸王下马，将那乌骓马牵到小舟上。

亭长不忍受。

霸王道："吾平生两爱，一谓虞姬，一谓乌骓。今虞姬已善去，公必善待乌骓，吾平生无憾矣！"

亭长这才接了缰绳，将那乌骓强拉上小舟，便撑船而去。

那小舟在乌江上缓缓前行，像一片小小的槐树叶。小舟上的乌骓马仿佛不忍离开霸王，望着霸王，伸着脖子，发出撕心裂肺的哀鸣，一声声划破江面，划破苍天。霸王再次落泪，他亦心中万分不舍，眼睛直直

215

地望着江面，望着那叶小舟……不一会儿那小舟便到了江心。只听得那乌骓马一声长长的哀鸣，便见它鬃毛倒竖，前蹄扬起，接着它纵身一跃，在空中画了道弧线便跳入江中。江面上溅起一片雪白的浪花，那浪花纷纷扬扬飞到半空中，又如雨般落下，待雨水落定，水面上只剩一个圆圆漩涡，越来越小，越来越小……

霸王长长地出口气，他知道这是最后的时刻了，他与虞姬也该分离了，他不能让汉贼看到虞姬的头颅，不能让他的虞姬遭任何欺凌。他想寻个地方将他的虞姬葬了。霸王昂首瞭望，看见了一片高地。在那高地上，目光所及，一定会四野在望的，远处，近处，那山山水水皆可现于眼前。他想她的虞姬是爱看风景的，在黄土高原时，他们曾在那塬上极目远眺的情景依然历历在目。如今将她葬于那高地，倒也不委屈他的虞姬，待他们皆为鬼魂，那魂魄再聚，相偎相依之时，他们还一样携手看此楚地风光，看那远山与近水。于是他便捧着虞姬的头颅朝那块高地走了过去。刚上到那高处，奇迹便出现了，虞姬的脸色居然红润了起来，如她生前一般微笑着。霸王眼睛红红的，道："爱卿必是喜悦了！本王便将你安葬于此吧——"那虞姬额上的伤口处竟有鲜红的血渗出，新伤一般。那鲜红的血开始下落，一滴到地上，就化为一座小土丘，那额头上的血一路滴下了七滴，化作了七座小土丘。如今民间还俗称这里为七星照月。葬着虞姬头颅的地方至今还被后人称作"嗟虞墩"。

霸王选好了地方，用剑掘了个小坑，将虞姬的头颅轻轻地置于那坑内，再与身边随从匆匆搬来三块土块，将虞姬的头颅掩盖上。至今虞姬墓还呈三棱的样子，相传后人按此样式堆砌而成高大封土。

掩盖好虞姬的头颅，那霸王再也忍不住了，以足顿地，大喝一声，便泪如雨落。此情此景尽入人眼，那随从皆号啕，一时哭声震天。

眼看汉军迫近，霸王擦干眼泪，对周围道："今两爱皆去，吾魂归矣，不欲生还！尔等可自行散去，或为生路。"

众人皆道："我等早投身大王，何惧生死？乌骓尚魂追大王，其情不若乌骓乎？何惜此生！"

于是霸王命令骑兵都下马步行，手持短兵器与追兵交战。霸王一个人就杀掉汉军几百人，自己身上也十几处负伤。

又是一阵拼杀，霸王见那二十余骑皆扑地，如今的霸王已无心再战，他不知道自己该为谁而战了？为楚国的社稷？为推翻残暴的大秦？为了当初随他过江的八千江东子弟？为了他的虞姬？他眼前浮现出虞姬那姣好的面容，浮现出虞姬那优美的身姿，浮现出虞姬那曼妙的舞姿。虞姬似乎在向他招手，在一步一步远离他……他想他生无可恋了，他该去了，该与他的虞姬魂归一处了。虞姬在召唤他呢！他怎么可能没有他的虞姬呢？他怎么可能离开他的虞姬呢？霸王回头正好看见汉军一将领面熟，他细看时那人却躲闪，其实霸王早便识得此人，乃汉骑司马吕马童。霸王指着他道："若非吾故人乎？"

那马童无以回避，这才与霸王打了个照面，并不与霸王答话，将霸王指给旁边另一位头领道："乃项王也。"

霸王依然指马童道："吾闻汉王购我头千金，邑万户，吾为若德。"

马童哪里敢答话，只往人丛里躲闪。

霸王大笑，高声，朝马童招手道："来来来，来来来，便成全于你。"这是何等的蔑视，又是何等的悲壮！死算什么？死给敌人看，死给朋友看，死给天下人看，死给后世子孙看。这便是霸王。言罢，眼看那霸王将剑横在自己脖子前，大喝道："来，来，来，来取！"便挥剑自刎。寒光闪处，血柱冲天。

在一片惊呼中，霸王如一堵墙般轰然倒地。

霸王并未合眼，重瞳那一刻居然射出两道耀眼的白光，那白光撕破了天上的白云，与太阳碰撞在一起，引得火光四溅。

数千汉军，无不战栗。

虞姬走了，霸王走了，一代英雄走了，一代美人走了，一场旷世绝恋也这样悲壮地走了。

大江东去，浪淘尽，千古风流人物。如今楚汉之争的硝烟早已随风飘散，然而霸王别姬的凄美绝伦还在我们民族的文化中余音绕梁。那是爱的象征，那是义的象征，那是美的象征，那是楚歌沉郁悠远意蕴的象征，那是生死与爱情之间出自灵魂的悲鸣与叹惋。

听，营帐中霸王最后的悲歌：

> 力拔山兮气盖世。
> 时不利兮骓不逝。
> 骓不逝兮可奈何！
> 虞兮虞兮奈若何？

这是何等的苍凉悲壮，情思缱绻悱恻。

看，那营帐中虞姬怆然拔剑起舞，并以歌叹之：

> 汉兵已略地，
> 四方楚歌声。
> 大王意气尽，
> 贱妾何聊生。

这又是何等决绝与义无反顾的爱啊。

后人有文载："姬葬处，生草能舞，人呼为虞美人草。"那长满虞美人草的地方唤作嗟虞墩。每到春天，这墩上的虞美人草，便在风中摇曳，婀娜多姿，甚是好看。"虞美人"后来成了著名的曲牌名，也就是词牌名，据说始源于唐教坊曲。在早期戏曲表演中，虞姬故事也传遍千家万户，表现出感人至深的艺术魅力。南宋人刘克庄《田舍即事》诗十首之九写道："儿女相携看市优，纵谈楚汉割鸿沟。山河不暇为渠惜，听到虞姬直是愁。"

著名词人辛弃疾在《虞美人·赋虞美人草》中，曾这样写虞美人草：

当年得意如芳草。
日日春风好。
拔山力尽忽悲歌。
饮罢虞兮从此
奈君何。

人间不识精诚苦。
贪看青青舞。
蓦然敛袂却亭亭。
怕是曲中犹带
楚歌声。

这词是咏虞美人草的。开头写项羽春风得意，言其在反抗暴秦的浪潮中乘机起事，犹如芳草应运而生，春风得意，枝繁叶茂，成为西楚霸王，天下无敌。"拔山"承上启下，写其由强变弱，由盛转衰，化用项羽的悲歌，浑化无痕。词的下阕便是咏虞美人草了。"人间"二句言虞美人草为虞姬精诚所化，听到虞美人曲，就应拍而舞，千载之下，犹见其对项羽的精诚，世人不理解这一点，只是"贪看青青舞"，则辜负了虞美人的一片苦心。"蓦然"句写虞美人草停止舞动。在这里，作者使用"敛袂"，写虞美人草静止不动，为什么虞美人停止舞动？"怕是曲中犹带、楚歌声"，引起虞姬怀旧情绪而不忍卒舞，那虞姬的女儿心跃然纸上。

虞美人草摇动春风，百艳千媚，博得千古咏叹，万世风流。虞美人草究竟是一种什么草呢？唐人段成式《草篇》中说到"舞草"："舞草，出雅州，独茎三叶，叶如决明，一叶在茎端，两叶居茎之半，相对。人或近之，歌及抵掌讴曲，必动，叶如舞也。"

《益州草木记》曰："雅州名山县出虞美人草，如鸡冠，花叶两相对，为唱《虞美人曲》，应拍而舞，他曲则否。"《贾氏谈录》记载："褒斜山谷中有虞美人草，状如鸡冠大，叶相对，歌唱《虞美人》，则两叶如人拊掌之状，颇中节。"

明人郑真《摇摇花》，副题"虞美人草"，诗曰："摇摇花，花开向天涯。花摇摇，花如金步娇。惜昔美人年正少，青春正睹花容貌。金钗聘入霸王宫，嫣然一笑胭脂红。独夫叱咤空四海，恩穷惟怜一身在。戏马台前宫阙深，当筵歌舞娱君心。君心荒兮霸业消，淮南却望乌江遥。汉兵十万纷于蚁，帐底美人泪如水。八千军散楚歌声，仓忙忍为君王死。阴陵古道行人来，倾国倾城真堪哀。金剑霜飞一泓血，夭魂化作春花闭。花开花落流年改，春秋浩荡愁如海。愁如海，将奈何，虞姬墓前烟草多。花魂寂寞欲归去，杜宇夜啼三月暮。"

清代学者王士祯则认为"'虞美人'即'罂粟花'，俗名'米囊'，有千瓣五色，又名'满园春'"。潘荣陛《帝京岁时纪胜·五月》写道："虞美人几枝娇艳，则又为端阳之佳卉也。"可知花期在初夏。

或许，虞美人草或者摇摇花仅是一种花草的俗称，各处有异，可在我们民族的心理认知中，它是一种文化符号，也是一种文化象征，是一种情感寄托。

宋人萧海藻言："鲁公死后一抔荒，谁与竿头荐一觞。妾愿得生坟土上，日翻舞袖向君王。"明人李东阳在《虞美人》里这样写道："按剑孤营落日昏，楚歌声里汉兵屯。当时国士无存者，独有虞姬不负恩。"清人吴雯《虞姬》诗中这样写道："楚歌一夜动悲凉，百战空嗟霸业荒。子弟皆知归长者，美人独解报君王。江东日落垓尘散，原上春归墓草香。回首五陵烟树尽，千秋同作恨茫茫。"这是历史的咏叹，这是忠贞的象征。

两千年后，以爱情为主题的好莱坞大片《泰坦尼克号》走红世界，走红中国。那《我心永恒》的主题曲，让多少痴情男女为之心动。其实这哪里比得上我们的虞美人，哪里比得上嗟虞墩上芳魂化作的小草。轻生死，重情爱，爱得有声有色，爱得痛快淋漓，爱得旷古永恒，中国早已有之。

当然我们的文化中，也不乏以别样眼光来看虞美人草的，宋人易幼学在《咏虞美人草》里这样写道："霸业将衰汉业兴，佳人玉帐醉难醒。可怜血染原头草，直至如今舞不停。"草随风摇，一如"佳人"依然醉舞，哪晓得亡国之恨，社稷兴衰。无非又是美人累了江山。这里的虞姬已经失却了自身的意义，完全等同于"芳丛"中的罂粟了。

在众多对虞美人草的赞誉中，赞美虞姬独立人格的那一类应属极为可贵的，例如南宋诗人汪元量《乌江》诗这样写道："平生英烈世无双，汉骑飞来肯受降，早与虞姬帐下死，不教战血到乌江。"作者甚至认为在某种意义上虞姬要在项羽之上。虞姬确实是一个叫许多男人羞愧的女子。其实笔者早便认为，天下女子少权术，天下女子重情意。因为身为女儿身的她们，更感性，爱得更投入，更少了许多男人所谓的理性"权衡"，她们常常牺牲自己。从艺术角度来说，无疑是更感人，更惊天动地。其实持这种观点的绝非笔者一人。张志合《读项羽传》里这样写道："万人一剑都无用，怕见虞姬地下羞。"古诗文里更有不少直接称项羽为"虞姬婿""虞家婿"的。在旷世绝恋面前，在以死报君的决绝中，那霸王项羽又当如何呢？哪抵得重情重义、爱如磐石的女子。

我赞美虞姬，赞美天下钟情的女子！